나에게 길은 있었네

나에게 길은 있었네

개정판 발행 2023년 1월 30일

지은이 미우라 아야코
옮긴이 임종삼
발행인 홍철부
발행처 문지사
등록 제 25100-2002-000038호
주소 서울특별시 은평구 갈현로 312
전화 02)386-8451/2
팩스 02)386–8453

ISBN 978-89-8308-586-3 (03830)
정가 16,000원

ⓒ2022moonjisalnc
Printed in Seoul Korea

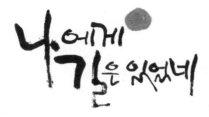

나에게 길은 없었네

미우라 아야코

문지사

차례

이 책을 펴내면서

이 책은 내 삶의 자취를 더듬어 써 보고 싶은 열망에서 시작했다.

어떤 이는 이런 말을 했다.

"여자에게 정신적 생활이란 있을 수 없다."

과연 그럴까?

내가 이 말을 들은 것은 여학교 시절인 것 같다. 그때 나는 이상하게도 이 말이 가슴을 찌르는 듯 격한 감정에 사로잡혔다.

다분히 여자들의 화젯거리는 옷차림이나 머리 모양, 타인의 일상에 관심이 많다는 것은 어린 나도 느꼈기 때문이다.

'여자에게도 정신세계가 있고 사상도 있다. 사람이라면 마땅히 가져야 할 덕목이다.'

늘 이렇게 나 자신에게 타일렀던 기억이 있다.

이 책의 내용은 내 마음의 흐름을 따른 것일 뿐, 모두 사실 그대로를 기록한 것은 아니다. 이렇게 말하기보다는 쓸 수 없는 내용도 있었다고 변명하는 편이 더 옳다.

이는 내 삶의 자취를 기록한 서사이다.

왜냐하면 40대에 쓰는 자서전이란 타인에게 고통을 줄 수도 있기 때문이다. 되도록 남에게 폐를 끼치고 싶지 않아 몇몇은 부득이 가명을 썼다.

그러나 내 삶의 자취를 더듬어보기로 한 이상, 나의 정신을 풍요롭게 하여 크게 성장시키거나, 상처를 입힌 일은 가능한 한 사실 그대로 쓰고 싶었다.

이 이야기는 1946년(昭和 21년), 내 나이 스물네 살 때부터 현재에 이르는 내 삶의 자취이다.

많은 분이 읽어 주셨으면 좋겠다.

늦은 가을에
미우라 아야코 드림

미우라 아야코 상점 1층 상품진열 케이스

미우라 아야코 상점 2층 『빙점』 집필 당시의 방

잃어버린 계절
제1부

멀리서 피리 소리 들리면
어쩐지 숙연해져
눈물만 나오네

북녘 강 언덕에
버들잎 푸르르니
눈물만 더 하누나

새싹들의
합창

    1946년(쇼와 21년) 4월 중순, 그날은 13일이던가 싶다. 시인 이시카와 타쿠보쿠石川啄木의 기일忌日이었다고 기억한다.

    예기치 않았던 일로, 우리 집으로 니시카와 이치로西川一郎의 함이 들어오는 축제와 같은 날이었다.

    그런데 나는 뜻밖에 현기증을 일으켜 힘없이 쓰러져 버렸다. 태어나 24년 동안 단 한 번도 현기증이라곤 일으켜 본 적이 없었다.

    하필이면 함 들어오는 날 현기증으로 쓰러진 충격은 불길한 예감을 안겨주었다.

    얼마간 혼돈의 시간이 흐른 후 이불 속에서 겨우 의식을 찾은 나는, 어떤 심정으로 약혼하려고 하였는지 불길한 마음에 자책하지 않을 수 없었다.

    지금 생각해 보아도 어처구니없는 이야기로, 당시의 나는 다른 청년과도 결혼 약속을 했던 불량한 여자였다. 몰래 이중 약혼을 한 것이다. 그러한 문란한 생활에 이르게 된 데는, 변명 같지만 나름의 이유가 있었다.

    쇼와 21년(1946년)은 우리나라가 패전한 이듬해였다. 패전의 절망적인 현실과 나 자신의 문제를 아울러 이야기하지 않으면, 이중 약혼을 이해할 수 없을 것이다.

초등학교 교원 생활 7년 만에 패전의 소용돌이에 휩싸였다.

고작 이 한 줄로 설명할 수 있는 현실은 일본인 전체는 물론 내 생애에도 상상조차 할 수 없는 절망적인 사건이었다.

7년간의 교원 생활은 내 삶 중에서 가장 순수하고 최고로 열정적으로 살아온 날들이었다. 이성에 대한 그리움보다는 어린아이들을 통해 내 꿈의 텃밭을 가꾸는 데 열정을 쏟을 수 있었기 때문이다.

하루의 마지막 수업을 마치면 어린아이들을 교문 앞까지 배웅한다. 그러면 아이들은, "선생님, 안녕."하고, 내 앞에서 머리를 꾸벅 숙이고는 제각기 쏜살같이 흩어져 간다.

란도셀ransel[1]을 덜거덕거리면서 뛰어가는 아이들의 작은 뒷모습을 바라보면서 얼마나 많은 눈물을 지었던가.

도대체 이런 연민의 강물은 어디서 흘러오는 것일까?

'아무리 귀여워하면서 열심히 가르쳐도, 저 아이들은 누구보다도 엄마 곁이 좋을 거야.'

아이들의 부모가 부럽기 짝이 없었다. 나는 꽤 근엄한 교사라고 자부했지만, 어린이들을 맹목적으로 귀여워했다. 그들은 나의 천사였다.

어쩌면 이 같은 담임교사의 조건 없는 사랑을 학부모들은 알지 못할 것이다. 흔히 공부를 잘하는 아이만 귀여워한다든지, 잘생긴 아이만 편애

---

1) 등에 메는 초등학생용 가방

한다면서 담임교사의 험담을 해대는 학부모들이 지금도 악의 꽃처럼 그들 사이에서 이야기로 꽃을 피울 것이기 때문이다.

그러나 단 한 번이라도 어린이들을 맡아 교단에 서서 가르쳐 보면 교사의 마음을 이해하리라 변명 아닌 변명을 해본다.

신학기에 학급을 배정받아 첫 1주일쯤은 용모가 단정한 아이나, 수업 시간에 적극적으로 질문하는 아이가 눈에 띄게 마련이다. 그것은 눈에 띌 뿐이지 각별한 관심을 가지고 돌봐주는 것과는 다르다.

그러나 1주일쯤 지나면 공부를 잘하는 아이도, 못하는 아이도, 잘생긴 아이도, 눈에 띄지 않는 아이도 모두 사랑스럽게 느껴지는 것은 교사만 아는 심리 현상이다. 그것은 마치 결혼하고 나면 용모 따위는 그다지 신경 쓰지 않는 남편과 아내의 관계와 흡사하다.

내가 담당한 어린이들 한 명 한 명에 대해서 하루도 빠짐없이 기록장에 기록한다. 그러니까 반 아이들 인원수만큼의 기록장을 가지고 있는 셈이다. 방과 후 어린이들이 다 돌아간 텅 빈 교실에 혼자 남아 산더미처럼 쌓인 기록장 한 권 한 권에 그날 있었던 일을 기록해 나간다. 사각사각 펜 소리 속으로 나만의 산책을 시작한다.

「국어 시간에 느닷없이 일어서서 '차렷!'하고 호령한 히토시人志. 깜짝 놀라 내가 녀석을 보자, 멋쩍은 듯 머리를 긁적이면서 자리에 앉는다. 나는 엷은 미소를 머금지 않을 수 없었다.

그날은 가을 하늘이 유난히 푸른 빛을 더하고 있었다. 햇빛이 쏟아지는 운동장에서 후루카와古川 선생이 4학년 어린이들에게 목청 높여 호령하고 계셨다. 그 호령에 정신이 팔렸던 히토시는 자기도 모르게 따라 하고 싶었는지 큰 소리로 호령하였다. 장차 어엿한 청년이 될 것이다. 그 아이의 천진한 행동이 보기만 해도 즐거웠다.」

라든가,

「미술 시간에 비행기를 잘 그리던 모리가, 내가 책상 사이사이를 비행하듯 오가면서 '멋지게 그렸구나!' 하고 말을 건네자, 코를 훌쩍이면서 칭찬받은 비행기 그림을 옆의 짝꿍과 뒷자리의 아이들에게 보여주느라 부산하다.

그런데 미술 시간이 끝나갈 무렵 모리의 그림은 온통 새까맣게 칠해져 있었다. 어찌 된 일이냐고 물었더니, 모리는 활짝 웃으면서 말했다.

"저 말이에요, 선생님, 비행기가 하늘을 날다가 갑자기 폭풍우를 만났지 뭐예요."

가슴이 찡하여 말없이 모리의 머리를 쓰다듬어 주었다.」

이와 같은 기록장 쓰기가 저녁때까지 이어가는 하루의 마지막 일과다.

한 학급 오십여 명의 어린이들 가운데 서넛은 아무래도 인상에 덜 남게 마련이다. 그럴 때는 다음날 첫 시간에 기억에 남아있지 않던 그 아이들에게 질문하거나 책을 읽힌다. 이것이 담임교사로서의 남모르는 사과 방식이었다.

나는 꽤 열성적인 교사라고 자부하며, 어린이들도 깊이 사랑한다고 나름대로 평가한다. 그런데도 한 과목의 수업이 끝날 때마다, 국어 시간이라면 학급 전원에게 낭독시키거나, 산수 시간이라면 문제를 못 푸는 아이가 있으면, 그들을 반드시 교실에 남게 하여 방과 후에 복습하게 하거나 다시 가르쳤다. 아이들은 그런 나를 꽤 성가신 선생님이라 기억할 것이다.

한 예로 이런 일까지 있었다.

학급에 도이 요시코土井芳子라는 여자아이가 있었다. 그때 요시코는 4학년이었는데, 각 과목의 성적이 우수하고, 특히 글짓기에 뛰어났다. 나이답지 않게 성숙한 것 같아 담임교사로서 늘 믿음직하게 여겼다.

어느 날 쉬는 시간이었다. 요시코를 중심으로 너덧 명의 반 아이들이 돌 차기 놀이를 하고 있었다. 그러자 한 아이가 다가와서,

"나도 좀 끼워줘."

하고 청했다.

끼워달라는 말은 함께 놀게 해 달라는 뜻이다. 그 아이는 가정 형편도 어렵고 성적도 좋지 않았다.

"몰라."

하고, 도이 요시코는 한마디로 쌀쌀하게 거절했다.

그때 나는 그 옆에서 다른 아이들과 줄넘기 놀이를 하고 있었다. 두 아이의 모습이 자연히 나의 주의를 끌기에 관심을 가지고 바라보았다.

"끼워줘, 요시코야."

거절당한 그 아이는 또 애원했다.

그러자 요시코는 아무 대답도 하지 않고, 그 아이 얼굴만 빤히 볼 뿐이

었다.

"끼워줘, 응? 함께 놀게 해달라고…."

그 아이는 돌 차기 놀이를 무척 하고 싶은 듯 간절하게 세 번인가 네 번 애원하는 데도, 요시코는 매정하게,

"알 게 뭐야."

라고 잘라 말하고, 그 아이를 거들떠보려고도 하지 않았다.

다른 아이들은 여왕을 섬기는 시녀처럼 아무런 참견도 하지 않았다.

나는 더 이상 보고 있을 수가 없어서,

"요시코야, 함께 놀려무나."

하고 말하였다.

그러자 요시코는 말없이 고개만 숙인 채 대답이 없었다.

그때 3교시 수업 시작을 알리는 종소리가 울렸다.

교실로 들어간 나는 교과서도 펴지 않고, 먼저 요시코부터 불렀다.

"요시코, 반 친구와 함께 놀 수 없다면 공부도 함께 하지 않아도 좋아요."

차가운 내 말에 요시코는 깜짝 놀란 듯 고개를 푹 숙였다.

"일어서요. 요시코는 우리 반에서 공부하지 않아도 돼요."

그러자 요시코는 울음을 터뜨렸다.

"요시코와 같이 놀던 어린이들은 반 친구가 놀게 해달라고 할 때 왜 끼워주지 않았지요?"

그렇게 꾸짖고 그 아이들은 책상에 그대로 앉혀 두었다. 요시코는 울면

서 용서를 빌었으나, 나는 끝내 용서하지 않았다. 영리한 이 아이가 지금 가슴 깊이 새겨둬야 할 잘못을 철저하게 가르치고 싶었기 때문이다.

그날은 요시코를 교실 한구석에 앉혀 둔 채 끝내 자기 자리로 돌려보내지 않았다.

다음 날과 그다음 날까지 사흘간 요시코는 자리로 돌아가지 못했다.

애달픈 마음으로 요시코에게 기대를 걸었었다. 가난하다든가 성적이 나쁘다든가 하는 이유로 사람을 차별해서는 안 된다는 것을 어린 시절에 엄하게 가르쳐 가슴에 뼈저리게 새겨주고 싶은 간절한 마음이 있었다.

교사로서 되짚어보면 요시코에게 사흘이나 그러한 가혹한 벌을 내릴 필요까지는 없지 않았나 반성도 한다. 누구보다 영리한 요시코는 분명 내 마음을 알았을 것이다.

그땐 나도 젊었다. 요시코에게 너무 큰 기대를 한 나머지, 어린아이에게 사흘간이나 자리에 앉지 못하게 한 것은 선생으로서 지나친 처사였다.

어디까지나 교육적인 차원에서 견지한 태도였다고 나 자신을 용서하며 잘못을 시인했다. 그리고 어쩌면 놀이에 끼지 못한 아이를 너무 가엾게 여긴 나머지 진심으로 분노를 느꼈는지도 모른다.

열정을 바치는 마음으로 아이들을 교육하였지만, 진정한 교육자의 입장으로 본다면, 아직 교육의 목적이 무엇인지 제대로 터득한 바가 없지 않으냐는 생각도 들었다.

만일 교육이란 어떠한 것인지 제대로 알았다면, 나는 결코 선생이 되지 못했을 것이다.

열 하고도 몇 학생을 낙제시키는
가혹한 처사를 꼭 해야만 했는가?

허탈한 모습으로 창가에 기대어 있는 학생을 본 후부터
어두워진 내 마음

낙제한 아이들과 찬 바람 몰아치는 거리로 함께 나와
먹을 것을 사 먹이다

탄광 마을의
초등학교 소녀 교사

만 17세의 어린 나이에 초등학교 교사가 되어 첫 근무지로 발령받아 부임한 곳은 어느 탄광 마을의 학교였다. 40명가량의 선생님이 근무하고 계셨고, 이 학교는 아주 이색적인 모범학교였다.

이색적인 것은 무엇보다 이른 출근 시간이다. 아침 다섯 시에는 교장 선생님을 비롯한 몇 분 선생이 이미 출근해 계셨다. 사실 여섯 시 반까지 출근하면 되는데, 교장 선생님께서 다섯 시에는 어김없이 출근하셨기 때문에 다들 일찍 출근하였다.

한 선생이 어둑어둑한 새벽 교정에서 빗자루를 든 교장을 보고,

"죄송합니다. 늦게 나와서…."

하고 말하자,

"선생은 늘 죄송하다고 말만 하는데, 좀 일찍 나올 수는 없소?"

라고 말했다는 이야기가 후문으로 전해올 정도다.

어쨌든 한창 전쟁 중이라 온 나라와 국민이 미쳐 있는 그런 시대였기 때문에 이런 학교가 있다는 게 참 다행이라고 위안해본다.

5시부터 6시경까지 봉안전奉安殿2) 주변과 교정을 깨끗이 청소하여 비질한 자국마저 또렷하게 보일 정도였다. 그 비질한 자국을 밟으면서 등교할 때 왠지 꺼림칙했던 느낌은 지금도 잊지 못한다.

6시 반부터 7시까지는 '수양 시간'이라 하여 전 교직원은 자신을 위한 수양 도서를 읽는다. 7시에는 직원 조례가 있는데, 그때는 교원에게 내려 주신 칙유勅諭3)를 봉독하고 '교육가'를 부른다.

맑고 맑은 물이 탁해지더라도
거기서 피는 꽃을 곱게 가꿈이 우리의 사명

대강 이런 내용의 가사였지 싶다.

노래가 끝나면 당번 교사가 기다렸다는 듯 감상을 피력한다.

예를 들면 다음과 같은 이야기가 인상 깊게 남아있다. 그때 미리 준비해 온 듯 원고를 읽어 내려가는 선생의 목소리에는 아침 안개에 젖은 듯 촉촉함이 묻어 있었다.

'눈이 내리는 날 교정을 똑바로 가로질러 가려고 목표를 정하고 걷는 다. 목표지점에 이르러 뒤를 돌아보면 똑바로 걸어왔어야 할 내 발자국이 이리저리 삐뚤거린다.'

이 글을 쓴 모리타니 타케시森谷武 선생은 작문 실력이 뛰어난 분으로

---

2) 예전에 각 학교에서 교육 칙어教育勅語를 모셔둔 사당 모양의 작은 건물
3) 천황이 내린 가르침, 칙교勅教

존경의 대상이었다. 이 글은 여학교를 갓 졸업하고 열일곱에 교사가 된 나에게는 매우 함축성이 있는 교육적인 말씀으로 가슴에 남았다.

이런 감상이 끝나면 교장 선생님께서 나름의 촌평을 하신다. 이른 아침 출근이 괴로웠지만, 직원 조례는 흥미로운 30분이었다.

직원 조례를 마친 후, 7시 반까지인 아이들의 자습 시간이 끝나면 2천 여 명의 전교생이 운동장에 모여 조회를 마친 후 다시 교실로 돌아가는 데만도 30분은 족히 걸린다.

정규 수업이 시작되는 8시에는 꾸벅꾸벅 조는 선생님도 계신다는 학교 내 야담이 생겨날 만큼 출근 시간이 일렀다.

출근 시간만 봐도 참 유별난 학교였고, 그것이 세태였던 듯하다. 그 밖의 일로도 미루어 알 수 있겠지만, 이런저런 작은 사건이 지금에 와서는 재미있는 추억거리가 되었다.

어쨌든 여학교를 졸업하고 확고한 신념도 없이 뛰어든 사회의 한 영역 인 초등학교 교원으로, 출근 시간부터 어딘지 정상적이지는 않았지만, 교사란 이처럼 이른 아침부터 자기 수양에 힘쓰며 가르쳐야 하는 현실을 나는 아무런 의구심도 없이 받아들였다.

그리고 이 같은 현실은 내 삶의 여정에 약이 되는 길잡이일지언정 해로운 독은 되지 않을 거라고 확신하였다.

'어떠한 영웅도 그 시대를 초월할 수는 없다.'라는 격언이 있다. 영웅은 커녕 동東과 서西도 분간 못 하는 풋내기 소녀 교사에게 교원 생활은 시대의 흐름을 정확히 파악할 수는 없는 미완의 현장이었다.

'인간이기보다 먼저 국민이 되어라.'

이 말은 지난날, 그러니까 쇼와 15~6년(1940~41)부터 20년(1945년)에 걸쳐 우리 국민에게 부여한 가장 큰 과제였다. 지금은 이 말을 꺼내기만 해도 모두 장난스럽게 웃음으로 넘길 것이다.

그 당시 교육의 목표는 국민을 천황폐하의 백성으로 만드는 데 두었다. 그래서 이런 교육에 열중한 교사의 인간관은 근본부터 잘못된 것이었음이 증명되었다.

갓 소녀티를 벗어난 초등학교 교사인 나에게 패전이 얼마나 큰 충격이었는가는 이미 앞서 말한 이유로 양지하시리라 믿는다.

패전과 동시에 미군이 성조기를 앞세우고 진주進駐해 들어왔다. 일본은 국권을 잃고 외세에 점령당한 것이다. 점령국의 명령에 따라서 우리가 가르치던 국정교과서의 여러 부분을 삭제해야만 했다.

"자아, 먹을 가세요."

내 말에 아이들은 말없이 먹을 간다. 아이들의 그 순진한 얼굴을 보는 순간 울컥한 마음이 눈물이 되어 쏟아졌다. 먼저 도덕修身 책을 꺼내게 하여, 당국의 지령에 따라 젖은 목소리로 지시했다.

"맨 첫 번째 장 둘째 줄부터 다섯 번째 줄까지 지우세요."

그렇게 말하고, 나는 또 참지 못하고 눈물을 흘렸다.

일찍이 일본의 교사 중에서 점령국의 지시에 따라 그들의 요구에 맞춰 국정교과서에 먹칠까지 하리라고 누군들 생각했겠는가? 천진한 어린 제자들에게 이 같은 굴욕적인 지시를 해야 하는 비정한 상황이 오리라고 예측한 교사가 일본에 단 한 사람이라도 있었을까? 이는 치욕스러운 패전의 대가였다.

아이들이 내 말에 따라 지적한 부분에 묵묵히 먹칠하는 동안 교실 안은 깊은 침묵에 잠겨 있었다. 도덕책 수정을 끝내고, 다음으로 국어책을 꺼내놓게 했다. 먹칠하는 아이들의 모습을 보면서 마음의 결단을 내렸다.

'나는 더 이상 교단에 설 자격이 없다. 가까운 시일 내에 하루라도 빨리 교사를 그만둬야 한다.'

아이들보다 한 단 높은 교단 위에 서 있는 것이 고통스러웠다. 이렇듯 교과서에 먹칠까지 해야만 하는 현실은 도대체 어디에서 연유하는가 하고 자탄하지 않을 수 없었다.

'지금까지의 일본은 잘못되어 있는 나라였다는 말인가? 아니면 이 나라를 점령한 미국의 잘못인가?'

나는 한쪽이 옳다면 다른 한쪽은 잘못된 것이라는 양단론자였다.

'그럼 어느 쪽이 옳은가?'

패전을 맞은 일본은 문자 그대로 뒤죽박죽 대혼란이 빚어졌다. 내가 근무하는 학교에 육군부대가 주둔하게 되었는데, 패전과 동시에 절대복종의 군율은 거짓말처럼 무너졌다. 상관을 욕하는 자가 있는가 하면, 심지어 두들겨 패는 병사까지 생겼다.

어제까지 부동자세로 상관의 명령을 받으면 무조건 따르던 병사들의 걸음걸이마저 거만하게 변모되어 갔다. 위아래의 질서가 무너진 군대는 그야말로 오합지졸이었다.

'그럼 어제까지 보았던 군인의 모습이 올바르단 말인가? 아니면 지금과 같이 질서를 잃고 혼란한 모습이 올바른가?'

내가 절실히 요구하는 대답은 '과연 어느 쪽이 올바른가?'이었다. 왜냐하면 나는 선생이기 때문이다. 점령군의 지시에 따라 교과서에 먹칠하여 읽지 못하게 하는 것이 옳은가, 아니면 일본이라는 국권을 가지고 편찬한 교과서가 옳은가를 알아두어야 할 책임이 있었기 때문이다.

누구에게 물어봐도 시원한 대답은 듣지 못했다. 모두 애매한 대답 아니면, 시시한 별 볼 일 없는 말은 집어치우라는 표정을 지을 뿐이었다.

"이것이 시대의 흐름이지."

누군가 이렇게 말하였다.

도대체 시대란 무엇을 말할까? 지금까지 옳았던 것이 잘못된 것으로 바뀌는 것이 시대의 흐름이란 말인가?

점령군의 지시에 따라 이제까지 해왔던 황민화皇民化 교육의 잘못을 시정하기 위해 아이들의 교과서 내용들을 계속 검게 먹칠시키면서까지 교사직에 머물러야 하는가? 나의 번민은 극에 달했다.

'7년간의 교사 생활을 통해 무엇을 얻고, 그토록 열심히 가르쳐 온 것이 잘못이라면 나는 7년이라는 시간을 그저 허비한 것이란 말인가?

아니다. 잘못을 범한 것과 세월을 허송한 것은 별개의 문제다. 잘못했다면 두 손 모아 빌며 사과해야 한다. 아니, 사안에 따라 패전 후 할복자살한 군인들과 마찬가지로 우리 교사들도 아이들 앞에서 죽음으로 사과해야 옳다.'

그런 생각을 하는 한편 나의 7년이란 세월보다 내게 가르침을 받아온 아이들의 7년이라는 시간을 생각해 보았다. 당시 내가 담임하고 있던 아이들은 4년간 한 식구처럼 지냈다.

사람의 일생 가운데 4년이란 시간은 결코 짧은 세월이 아니다. 그들에게 4년의 학창 시절은 삶의 여정에서 귀중한 한 부분일 것이다. 그 귀중한 시간 동안 나는 교단에서 큰 소리로 잘못된 것을 가르쳐 온 것이다.

'만약 나의 과거가 옳다고 한다면, 앞으로 가르치는 일은 가치가 없다.'

어느 쪽이 옳은지 그른지도 모르는 채 가르치기보다는 차라리 퇴직하고 시집이나 가버릴까? 그런 또 다른 내 앞날을 생각하는 동안에 기적처럼 나타난 남자가 앞서 말한 니시카와 이치로였다.

'시집이나 가버리자.'

하는 안이한 생각으로 약혼하려던 나에게 운명은 경고장을 날린 것일까? 함이 들어오던 날 나는 빈혈을 일으켜 쓰러졌다. 그리고 얼마 후에는 폐결핵으로 오랫동안 병석에 누워있게 되었다.

전략기戰略機 떠다니네, 세상을 자기 것인 양
화가 나서 그러는가? 우중충한 저 하늘

싸움터로 실려 간 병사들로 가득 찬
화물열차 철창엔 짐승 같은 눈들이

슬픔의
씨앗

패전 다음 해인 쇼와 21년(1946년) 3월, 나는 결국 만 7년간의 교원 생활을 마감했다.

이유는 나 스스로 가르치는 일에 대한 확신을 갖지 못한 채 교단에 설 수는 없다는 생각 때문이었다. 이렇듯 교사로서 확신도 없이 시대의 흐름에 편승하여 잘못된 것을 가르치게 될지도 모르는 불안이 끊임없이 나를 괴롭혔고, 그 결과가 퇴직으로 이어졌다.

전교 어린이들과 이별을 고할 때 나는 그저 허탈하기만 했다. 7년간 열심히, 그리고 전력을 다하여 교사로 일했음에도 불구하고 아무런 충실 감도 없었거니와 긍지도 느낄 수 없었다. 다만 잘못된 일까지 잘난 체하고 가르쳐 온 부끄러움과 뉘우침으로 가득 차 있을 뿐이다.

교실에 들어서니 내가 담임하고 있던 반 아이들은 책상에 엎드려 흐느 끼고 있었다. 남녀 구별 없이 소리 내어 울고 있었다. 그런 아이들을 보면 서 두 번 다시 교사가 되지 않겠다는 결심을 굳혔다.

물론 나도 함께 울었다. 1학년 때부터 4학년 때까지 연임하여 가르쳤던 아이들인지라 남다른 애착을 갖지 않을 수 없었다. 앞으로는 더 이상 교단에 서서 아이들 한 사람 한 사람의 이름을 부를 수 없다고 생각하자, 실로 벅찬 감정이 끓어올랐다.

결코 내 성격은 유순하지 않다. 엄하기만 한 선생이었다. 그러나 점심시간이면 도시락 반찬으로 소금에 절인 무짠지밖에 싸 오지 못한 아이들에게 내 도시락 반찬을 조금씩이라도 나누어 주었다. 나누어 주지 않고는 견딜 수 없는 애틋한 마음이 교사와 학생의 유대감인가?

그러다가 교장을 끈질기게 설득한 끝에 급식 허락을 받고 급식을 시작하였다. 그 무렵은 학교 급식 따위는 엄두도 내지 못했던 시절이었다.

아이들에게 점심 식사에 필요한 국거리를 한 줌씩 학교로 가져오도록 했다. 두부며 양배추, 무, 어묵 따위를 곁들인 갖가지 국거리에 된장을 어울리게 풀어 냄비에 넣는다. 그것을 달마 난로에 올려놓고 수업을 한다. 점심시간이 되면 간장을 더 넣어 간을 맞추고 나서 각자 가져온 그릇에 적당히 덜어 나누어 준다.

이 된장국은 대호평이었다. 자기 집에서는 절대 먹지 않던 아이들까지도 된장국을 좋아하게 되었다.

이 된장국은 식량이 부족하던 시절 유달리 추운 아사히카와의 겨울철 먹거리로 큰 성공을 거둔 셈이다.

이별에 즈음해서는 그런 사소한 일까지 도리어 슬픔의 씨앗이 되었다.

'이젠 이 아이들에게 된장국도 끓여주지 못하게 되었구나.'

모든 것을 버리고 떠나는 것이 어쩐지 나쁜 짓인 것 같았다. 아이들은 눈물로 나를 배웅하면서 돌아가려고 하지 않았다. 결국 2킬로나 떨어진 우리 집까지 바래다주었다.

그날 나는 한 명 한 명에게 이별의 편지를 건네주었고, 그것을 지금도 똑똑히 기억하고 있다. 꼼꼼한 아이라면 그 편지를 간직하고 있으리라.

이렇게 학교와 작별한 나는 실연한 사람처럼 한동안 학교 주변을 맴돌았다. 다시 교단으로 되돌아가고 싶은 마음은 추호도 없었지만, 아이들의 얼굴을 한 번만이라도 더 보고 싶은 마음이 간절하였기 때문이다.

그러나 새로 온 후임 교사에게 실례가 되기에 아이들의 얼굴을 보려고 학교 안까지 들어갈 수는 없었다. 수업 중인 학교 언저리를 그저 허전한 마음으로 배회할 뿐이었다.

이제 믿었던 모든 것을 잃고, 가르쳐야 할 학생들마저 잃어버려 삶의 목표를 상실한 나는 무기력해져서 될 대로 되라는 심경에 빠져들었다.

당시 그런 마음으로 니시카와 이치로와 또 다른 남자와 비밀리에 이중 약혼을 한 것이다.

두 사람 가운데 니시카와 이치로한테서 함이 들어오는 날, 빈혈을 일으켰다는 사실은 앞에서도 밝혔다.

빈혈이 가라앉고 제정신을 차렸을 때는 이미 함이 들어와 있었다. 나중에 생각해 보니 이마저도 어떤 예시였구나 하는 불길한 생각이 들었다. 어쨌거나 누군가가 벌을 내린 듯 어두운 그림자가 늘 따라다니며 떨어지지 않았다.

그로부터 1개월 반이 지난 6월 1일이었다. 갑자기 40도에 가까운 고열에 시달렸다. 다음 날 아침 겨우 잠에서 깨어나 보니 온몸 마디마디가 저리도록 아픈 통증이 찾아왔다. 틀림없는 류머티즘이라고 스스로 진단했다.

쇼와 21년(1946년) 당시의 교통수단이던 인력거를 타고 황급히 병원으로 달려갔다. 의사도 류머티즘이라면서 잘브로 주사를 놓아주었다. 그 당시 잘브로 주사는 귀중한 치료법이었다.

1주일쯤 지나자 열이 내리고 발의 통증도 가라앉았다. 체중은 7킬로 가까이 빠졌고 미열은 좀처럼 가시지 않았다. 5, 600미터가량 떨어진 병원에 다니는 데도 숨이 차고 몸은 날로 더 쇠약해질 뿐이었다.

'혹시 폐병인가!'

미지의 두려움 속에서 은연중 모든 것을 각오하였다. 죽음의 서막을 느낀 것이다.

요즈음엔 폐결핵이라고 하지, 폐병이라고는 하지 않는다. 폐병이란 말 속에는 뭐라 형용할 수 없는 음울하고 불길한 기운이 감돌기 때문이다. 폐결핵으로 진단받으면 사형선고를 받은 것과 같은 절망감에 사로잡힐 만큼 결핵은 죽음의 늪이었다.

그래서 그 무렵의 의사들은 폐결핵을 늑막염이라 말하기도 하고, 폐침윤이란 용어를 쓰기도 했다. 그렇게 표현하여 환자가 조금이라도 병상病狀에 대한 인식을 가벼이 하도록 배려한 것이다. 아니나 다를까 나에게도,

"가벼운 폐 침윤입니다. 3개월간 입원하면 좋은 결과를 얻을 수 있습니

다. 당장 입원하지 않으면 예측하기 어렵습니다."
라고 무서운 검사 결과를 알려주었다.

요양 3개월이란 말을 듣고 입원한 환자는 몇 해를 요양해야 했고, 6개월 입원이란 말을 들으면 대부분 목숨을 잃었다.

한편 우리 집에서는 내가 폐병이 아니라 폐 침윤이라고 믿고 있어서 막막할 따름이었다.

모든 것을 운명에 맡기기로 결심하였다. 절망적인 상태에서 스스로 위안을 얻을 수는 있었다.

의사의 진단 결과를 들은 아버지와 어머니는 불평 한마디도 하지 않았다. 중학생과 초등학생 자녀들을 둔 월급쟁이 아버지가 나를 병원이나 요양원에 입원시키기는 무척 어려웠을 것이다. 어머니도 막 약혼이 성사된 딸의 발병이 너무나 큰 충격이었을 것이다. 당시 부모님의 심경을 생각하면 울고 싶다.

그런데도 불효한 나는 부모의 고통과 애증을 이해하기는커녕 자기본위로 발병을 은근히 기뻐하기까지 했다. 그 이유는 어린 학생들에게 그릇된 가르침을 주었다는 자괴감이 폐결핵이란 병으로 벌을 받는 느낌이었기 때문이다.

사실 그때는 거리를 떠도는 거지나 되어버릴까 하는 이상한 생각까지 품었었다. 거지가 하는 말은 남들에게 크게 영향을 주지는 않는다. 누구든 거지의 말을 믿거나 상대하려 들지 않기 때문이다.

그러나 한 단 높은 교단에 올라선 선생님의 말씀은 순진한 어린이들이라면 더구나 더 의심하지 않고 절대적이라 믿어버린다. 아이들이 믿는다는 사실을 패전을 통해 절실히 통감했다.

거지가 되어 아무 말도 하지 않고 조용히 살아간다면 이 세상에 해독을 끼칠 염려는 없을 것 같았다. 그것이 선생으로서 아이들에게 저지른 잘못에 대한 뉘우침이 되리라 생각했다.

아담한 정원의 꿈은
산산이 부서지고 말았으니

안이하게 생각하고 한 약혼이지만, 나 나름대로 소박한 꿈이 없지도 않았다. 비록 아담한 정원만 한 사소한 삶을 희망할지라도.

그러나 폐결핵의 발병이 내 마음을 초조하게 만들지는 않았다. 도리어 올 것이 제대로 찾아온 그런 심정이었다.

패전 후의 공허감과 절망감, 교단을 떠난 허전함이 하루가 다르게 몸 깊은 곳으로 퍼져나갔다.

진단받고 돌아올 제 겨울 강을 흐르는 소리에도
이 마음 이다지도 쓸쓸한가!

높고 높은
선생님의 은혜

약혼자 니시카와 이치로는 한마디로 진지하고 성실한 남성이다. 그는 내가 병이 나서 입원하였다는 소식을 전해 듣자, 멀리서도 한달음에 문병 차 달려왔다. 그리고 몇 해 동안의 문병은 그의 과제가 되어버렸다. 인연의 끈은 질겼다.

어느 달에는 자기 월급 전부를 내 치료비로 보내준 적도 있다.

아사히카와에 오기라도 하면,

"안 돼요. 환자가 그런 걸 먹으면…"

하고, 연어알이나 고기 같은, 환자에게 도움이 될 만한 간식을 사 들고 찾아왔다. 그런 적도 한두 번이 아니다. 어떻게 해서든 내 병을 고쳐보고 싶다면서 '생장生長'에 관한 책을 가지고 와서 병실 침대 머리맡에 앉아 읽어 주었다.

가래를 뱉으려고 하면 재빨리 타구를 집어 입가에 대준다. 정말 눈치가 빠르고 자상하여 나에게는 과분한 사람이었다.

그러다가 고향 마을로 돌아가면 하이쿠(俳句4)를 지어 편지와 함께 보내

---

4) 5·7·5로 이루어지는 일본 고유의 시

오곤 했다. 생활력이 남달리 강하고 미스터 홋카이도로 선발될 만큼 용모가 준수하고 남달리 뛰어난 체격을 가지고 있어 뭇 여성들의 흠모 대상이었다.

내 동생들에게도 친절하였다. 동생들은 "이치로 아저씨, 이치로 아저씨."라고 부르면서 그의 주위를 맴돌았다. 말하자면 흠 잡을 데가 한 군데도 없는 상남자였다.

그러나 내 마음은 그에게서 멀어져 가며 나날이 어둡고 거칠어져 갔다. 그때 내가 뭔가를 믿는다는 것은 도저히 상상도 할 수 없는 일이었다.

스물셋에 이르도록 오로지 믿고 지내 온 삶의 희망이 모조리 물거품이 된 국가 패전의 날 이래, 나는 믿는 게 두렵기만 했다. 그러한 내 마음의 흔들림을 약혼자인 니시카와 이치로는 알아줄 것 같지 않았다.

어느 날 그에게 물었다.

"이치로 씨는 삶에 대해 어떤 고민을 하고 있나요?"

"내게 고민 따위는 없습니다. 고민한다는 건 사치 아닐까요?"

그는 밝은 표정으로 아무 거리낌 없이 대답했다. 어쩌면 병상에 누워있는 나에게 고민 이야기는 금기라고 생각했는지도 모른다.

그러나 나는 환자보다는 젊은 나이에 무게를 두고 물었다. 그 말을 듣는 순간,

'자기 인생에 대한 고민이 없다면 나와 더는 인연이 없는 사람이구나.' 라는 생각이 그에 대한 반감으로 솟아올랐다.

나는 사람이란 고민을 많이 해야 성숙한다는 지론을 가진 고민 예찬론

자였다. 적어도 참된 인간이라면 높은 이상을 가지고 삶을 영위해야 한다는 것이, 인생에 관한 내 화두였다. 이상을 가지게 되면 필연적으로 현실 속 자신과 비교해 보고 고민하는 게 당연하다고 생각하였다. 청춘에 대한 번민, 이것은 젊음이 피워내는 꽃이다.

그토록 친절하고 성실한 니시카와 이치로에게 고민이 없을 리 없다. 지금은 약혼자인 나의 병이 그의 최대 고민 아닌가? 그가,

"나에게 고민 따위 전혀 없습니다."

라고 말했던 것이, 내게 하는 위로였음을 깨달은 것은 훨씬 뒤의 일이다.

어쨌든, 그때부터 나는 약혼자인 니시카와 이치로와 주고받는 말의 의미를 찾지 못했다.

어두운 눈빛으로 도대체 무엇 때문에 생명을 이어가려고 헛된 요양 생활을 하는지 반문하며 허물어지는 마음을 방치했다.

언니 유리코百合子도 몸이 약했다. 그런데도 나를 위해 2킬로나 떨어져 있는 요양원으로 매일 아침 일찍 찾아와 식사 준비를 해주곤 했다. 피로에 전 언니의 모습을 볼 때면 죽음에 대한 나의 욕구는 강렬해졌다.

그 무렵 요양원엔 간호사가 단 둘뿐이라 급식이 없었다. 환자가 청소도 하고, 풍로에 부채질하며 취사도 해야 했기에 요양원엔 연기가 많이 났다. 그래서 눈물을 흘려가며 밥을 지어야 하는 열악한 환경이었다.

삶의 기쁨을 전혀 느끼지 못하는 나를 위해 아침 일찍부터 밥을 해주러 오는 언니가 무척 애처로웠다. 언니가 자상하고 친절할수록 나의 가슴은 더 무거워졌다.

'이렇게 잘해 주어도 나는 아무 보답도 못 하고 죽을 거예요.'

가끔 언니의 등에 대고 그런 말을 중얼거렸다.

내가 죽으려고 했다는 것은 헛된 과장이 아니다. 패전 직후에는 나라 안에 식량이 없어서 굶어 죽는 사람이 부지기수였다. 물론 폐결핵 환자를 위한 스트렙토마이신streptomycin[5]이나 파스pas[6], 하이드라진hydrazine[7]도 없었다. 요양원 환자들은 잇달아 죽어 나갔다.

어제까지 기침으로 고생하면서 쌀을 씻던 환자가 오늘은 심각한 각혈을 하고 죽어버린다. 그런 일이 몇 번이나 거듭 있었다.

그 죽음의 강물 속에 내가 있었다. 이쯤에서 죽더라도 그리 원통하다는 생각은 하지 않았다. 아이들에게 미안한 마음 때문만도 아니었다. 무엇보다도 내가 살아갈 목표를 찾지 못한 것이 더 큰 문제였다.

왜 살아야 하는가, 무엇을 얻기 위해 생명을 이어나가야 하는가, 그런 것을 모르면 이 세상을 살아갈 수 없다고 생각하는 사람과 그런 것과는 전혀 무관하게 맹목적으로 살아가는 사람이 있다고 생각했기 때문이다. 나는 전자에 속할 것이다.

무엇을 목표로 두고 살아야 하는지도 모르면서, 그저 숨만 쉬는 것은 고통일 뿐 삶이 아니다. 무엇도 믿지 않았고 세상만사가 허무하게만 느껴졌다. 허무한 생활은 인간을 헛되게 만들고 삶의 낭비다.

우리 인간은 모두 허무하여 삶에 대한 열정을 느끼지 못하는 병적인

---

5) 항생제
6) 결핵 치료용 약
7) 반응성이 높은 염기 환원제

요소가 있다. 그뿐인가. 이것저것 세상일이 어리석게 마련이다. 모든 존재가 부정적으로 보이고 자신의 존재마저 긍정할 수 없는 생각 속으로 침몰한다.

인생의 허무감, 이것은 죽음보다 더 깊은 심연이다.

니시카와 이치로에 대한 열정이 식은 것도 어쩔 수 없는 일이었다. 그러나 단 하나 부정할 수 없는 일이 있었다. 그것은 제자들에 대한 무한한 애정이다. 그들은 나에게 숨 쉬는 공기와 같은 존재였다.

4개월쯤 지난 11월, 취사도 청소도 할 수 없게 된 나는 모두 체념하고 집으로 돌아왔다. 그런 상태인 나를 문병하기 위해 제자들이 몇 번이나 집으로 찾아왔다.

새로 배운 노래를 불러주기도 하고, 학교에 관한 얘기도 들려주었다. 그것이 얼마나 큰 위로가 되었던지.

무엇보다도 탄광 학교 시절 내가 담임한 장난꾸러기 나카이 타다오中井忠男는 아르바이트해서 번 돈으로 달걀을 엄청나게 많이 사 들고 찾아왔다. 이에 놀란 내가 다다미 위에 늘어놓아 보라고 했더니, 다다미 한 장을 꽉 메울 정도였다. 받은 나보다 더 기뻐하는 나카이를 보고 선생이었다는 이유만으로 이렇게 많은 걸 받아도 되나 하는 두려운 마음마저 들었다.

나카이는 그 뒤에도 겨울용 땔감인 코크스koks[8]를 몇 가마니나 보내 주어, 추운 겨울 아사히카와에서 요양하는 나에게 여러모로 도움이 되었다. 나카이는 현재 게이오慶應대학의 교직원으로 성실히 근무하고 있다.

---

8) 해탄骸炭

내 후임으로 전근해 온 니노미야 이쿠오二宮生男 선생은 반 아이들을 데리고 여러 차례 문병차 와 주었다. 이 선생은 내가 그만둔 후 부임해 오셨기 때문에 책상을 맞대고 하루도 근무해 보지는 않았다. 그러나 나를 전임자로 깍듯이 예우해주셨다. 내가 가르친 반 아이들이 졸업할 무렵이었다.

니노미야 선생은 전람회에 출품했던 아이들의 그림과 서예를 보내주셨는데, 남자아이들이 그것을 다다미 여섯 장 넓이의 내 병실 벽에 걸어주었다. 그것을 오랫동안 치우지 않고 그대로 두어 교사 시절의 추억을 떠올렸다. 한 장 한 장을 몇 번이고 바라보면서 아이들을 회상하며 추억에 젖었다.

한밤중에 문득 잠이 깨어 벽에 걸린 그림이나 서예가 눈에 들어오면 나는 울고 싶을 만큼 아이들이 보고 싶었다.

만일 아이들에 대한 애정이 없었다면, 허무한 생활에서 살아남지 못했을 것이다. 그러한 내 마음을 들여다보기라도 한 듯 니노미야 선생은 나를 너무나 잘 위로해 주셨다. 그중에서도 가장 잊히지 않는 것은 졸업식이 거행되던 날의 일이었다.

아침부터 제자들의 졸업식 생각을 하며 마음의 안정을 찾지 못하고 있었다. 졸업식은 교사에게는 가장 기쁜 날이어야 하지만, 사실 가장 괴로운 날이기도 하다. 한 번도 직접 가르쳐 본 적이 없는 아이들의 졸업식인데도 저절로 눈시울이 뜨거워지는 것이 초등학교 선생들이다.

하물며 담임을 맡았던 아이들이고 보면, 아무리 마음을 단단히 먹고 눈물 따위와는 인연이 없는 듯 보이는 무정한 남자 선생일지라도 자기도 모르게 눈물짓는 것이 졸업식 날에 볼 수 있는 아름다운 작별 풍경이다.

퇴직한 지 2년이나 된 나도, 제자들의 졸업식을 잠깐만이라도 지켜보고 싶은 마음이 간절했다. 이런 마음은 자연스러운 인지상정 아닌가. 모든 일이 허망하게만 느껴지는 나였지만, 제자들에 대한 애틋한 마음만은 예전 그대로 살아있었다.

"실례합니다."

정오가 가까울 무렵이었다. 현관문이 활짝 열리면서 남자의 목소리가 들렸다. 맞이하러 나갔던 어머니가 종종걸음으로 복도를 따라 내 방으로 뛰어 들어오셨다.

"얘야, 선생님께서 아이들을 인솔하고 오셨구나."

깜짝 놀라 황급히 일어나 이부자리 위에 앉았다. 좁은 방 안으로 들어오라고 하기도 염치없었다.

그 무렵엔 아직 척추 카리에스가 발병하기 전이었으므로 집 안에서 걸어 다닐 수는 있었다. 서둘러 옷을 갈아입고 현관으로 나갔다.

현관 앞에는 아이들 전원이 정렬하고 내 쪽을 바라보고 있었다.

"선생님 덕분에 전원 무사히 졸업할 수 있었으므로 감사 인사드리러 왔습니다."

젊은 니노미야 선생이 정중한 말투로 말하면서 고개를 숙였다.

그때 내가 무슨 말을 했는지 전혀 기억나지 않는다. 다만 어린이들이 목청을 가다듬어 부르는,

'스승의 은혜는 하늘 같아서….'
라는 노랫말이 지금도 또렷이 귓가에 맴돈다.

　니노미야 선생과 함께 뒤돌아보고 또 돌아보면서 손을 흔들며 눈이 녹아 질퍽질퍽한 길을 걸어가는 아이들의 뒷모습을 바라보며, 아이들이 좋은 담임선생을 만나 5, 6학년 2년간의 학교생활을 마치고 졸업하는 모습에 나도 흐뭇해졌다.

　지금도 그때의 일을 회상해보면 감동적인 영화의 한 장면과 같아 가슴이 벅차다.

　방황하던 구름은 어느새 높이 흘러가고
　창가에는 3월의 하늘만 남았구나

다시 요양원
침대에 눕다

허무란 무서운 감정의 늪이다. 내 주위에서 나를 지탱해 주던 아이들의 관심과 사랑도 결국 나를 구원해 주지는 못했다.

세상일 이것저것 다 시들해지고 모든 것을 믿지 못하는 패배감에 젖은 생활 속에서 나는 점점 황량해져만 갔다. 희망 없는 사막의 모래밭을 바람으로 걷는 듯한 나날이었다.

그 후 자취 생활을 할 만한 체력까지 회복한 쇼와 23년(1948년) 8월, 또 요양원에 입원했다. 그곳은 남녀 합해 30명가량이 치료하며 생활하는 작은 요양원이었다.

환자 중에는 미키 키요시三木淸[9]에 심취한 휴머니스트도 있었다. 그는 회의적인 나를 향해,

"휴머니즘이 인간성 회복의 최고라고 생각되지 않아요?"

하고, 눈을 반짝이던 그 학생을 나는 따라갈 수 없었다.

인간중심 사상에 나는 아무런 감동도 느끼지 않았기 때문이다. 저 잊지 못할 패전의 쓰라린 체험이 나에게 인간이란 어리석고 믿지 못할 존재임

---

9) 철학자. 하이데거에게 사사 받은 후 귀국하여 휴머니즘의 입장에 서서 저작 활동을 이어가며 젊은 층에 커다란 영향을 미쳤다.

을 여실하게 가르쳐 주었기 때문이다.

"당신, 극단적인 회의주의자는 아니죠? "

그런 말도 들었다.

또 아주 맑고 깨끗한 정신의 소유자인 마르크시스트(Marxist)도 요양자 가운데 섞여 있었다. 그는 나를 마르크시즘으로 부단히 유혹하려 했지만, 나는 유물론唯物論을 이해할 수 없었다.

침대에 누워 탐색하듯 하얀 벽을 바라본다. 아침의 벽 빛깔과 한낮의 벽 빛깔, 그리고 저녁 무렵의 벽 빛깔은 완전히 달랐다. 분명 벽은 거기에 항상 존재하고 있으나 빛깔은 시시때때로 달랐다. 어느 때의 빛깔이 본래의 빛깔일까?

그런 사소한 일에도 인간의 객관성을 의심하지 않을 수 없었다. 그러므로 인간의 눈은 삶을 위해 진정 소중한 모든 것을 관찰한다고 시인할 수 없었다. 아니, 인간의 눈은 살기 위해 가장 소중한 것을 보지 못하는 것 같은 느낌마저 들었다. 유물론은 사물의 현상을 깨닫기 전에는 받아들일 수 없는 사상이다.

"부자도 가난한 자도 없이 모두 똑같이 분배받는 평등한 사회가 된다는 것은 분명 이상적인 국가관이죠. 그러나 인간은 그것만으로는 행복해질 수 없는 존재 아닌가요? 석가모니가 한 나라의 왕자로 부귀와 영화를 누리며 건강한 미모의 왕비와 귀여운 자녀들이 있음에도 왕궁을 버려두고 홀로 입산한 데에는 뭔가 상징적인 의미가 있지 않을까요? "

나의 말에 유물론자 마르크시스트는 떨어져 나갔다. 츠카고시塚越란 사람이었다.

그 밖에도 학문이 최고의 지혜라고 믿는 사람, 문학이 생명이라고 말하는 사람도 있었다. 또 연애 지상주의자도 있었다. 저마다 무엇인가를 최상으로 삼고 있는 듯 젊음이 넘치고 활력이 감도는 요양원 생활이 오히려 내 마음을 더 울적하게 만들었다.

낙관론자처럼 될 대로 되라는 식의 생활 태도를 보일수록 주위에는 남자와 여자들이 서서히 모여들었다. 이미 나는 스물일곱 살이었으므로 사람을 적당히 상대하며 다룰 줄도 알았다.

그것은 나이가 들어 성숙했기 때문이 아니라, 나 자신을 소중히 여기지 않는 것과 마찬가지로 남도 소중히 여길 줄 몰랐기 때문에 적당히 상대했던 듯하다.

그런 식으로 요양원 생활에 만족하던 어느 날, 나를 찾아온 남성은 뜻밖에도 어렸을 적 소꿉친구인 마에카와 타다시前川正였다.

지빠귀 쪼아내는 꽃잎이 소복한데
그래도 벚꽃만은 말없이 피어나네

십
남매

소꿉친구인 마에카와 타다시에 대해 말하기 전에, 내가 태어나고 자란 배경, 즉 가족의 이모저모에 관해 먼저 설명하고자 한다.

아버지가 태어나서 자란 곳 도마마에苫前는 동해에 속한 홋카이도北海道의 작은 어촌이다. 초등학교 4학년 때 처음 나는 이 마을에 가 보았다. 안내해 주던 이 고장의 친척이, "여기가 너희 집 땅이었지. 아, 저기도 너희 땅이고…"하고 가르쳐 주었다.

그리고 바다 멀리 눈썹처럼 보이는 작은 두 섬, 데우리天売와 야기시리燒尻를 손가락으로 가리키며, "너희 할아버지가 이 도마마에 마을에 큰 공로가 있다고 관청에서 저 섬을 드리겠다고 했는데도 할아버지는 욕심이 없으신지라 받지 않으셨단다."라고 말해 주었다.

또 내가 안내를 받고 절에 들어서자, "아사히카와 홋타堀田 씨네 따님이 오셨군요."하는 환영을 받았다.

할아버지와 할머니는 내가 태어나기 전에 이미 세상을 떠나셨기 때문에 어린 소녀인 나는 두 분 모두에게 아무 관심도 가지지 않았다. 그때 처음으로 할아버지와 할머니를 가깝게 느끼고 두 분에 대해서 알고 싶어졌다.

대가족을 거느린 아버지의 인생은 평생 순탄치 않았다. 지금은 영영 잃어버린 시간이기는 해도, 도마마에에서의 화려했던 할아버지와 할머니의 삶은 가난한 손녀인 나에게는 한낱 꿈처럼 느껴졌던 모양이다.

친할아버지는 열여섯 살 때 단신으로 무작정 사도佐渡 섬에서 홋카이도로 건너왔다. 메이지明治10) 6년(1873년) 큰 도시로 발전한 하보로羽幌11) 마을의, 지금은 나루터지기가 사는 오두막이 할아버지의 집이었다고 전설처럼 전해져 오고 있다.

할아버지는 열여섯 살에 포목 행상을 하면서 바닷가의 어촌마을을 돌아다니며 젊은 시절을 보냈다. 성실함과 절약 정신으로 재산을 어느 정도 모은 할아버지는 도마마에에서 쌀, 된장, 간장 따위의 식품부터 잡화, 옷감에 이르는 다양한 물품을 취급하는 제법 큰 상점을 운영하였다. 물품 저장창고 세 동에 지배인과 점원이 다섯, 가정부까지 거느렸을 만큼 그 무렵 시골 마을의 점포로는 규모가 꽤 컸던 모양이다.

할아버지는 마을의 총대總代12) 역할까지 맡고 있었는데, 그 무렵엔 호장역장시대戶長役場時代라 하여 마을 의회제도村議會制가 없었다.

가끔 학교 선생들이 부족한 급료 때문에 할아버지를 찾아오면 도움을 주셨다고 한다. 할아버지는 비교적 온순한 성격의 소유자로 화내는 얼굴을 남에게 보인 적이 없었다고 친척 한 분이 말씀해 주셨다.

---

10) 일본의 연호 1867~1910년
11) 도마마에 인근의 도시
12) 이장

이러한 할아버지를 알고 있는 사람들은 존경과 칭찬 일색이었으나 결점이 많은 나는 가문의 좋은 혈통을 이어받지 못한 것 같은 죄스러움에 고개를 들 수 없다.

한편 할머니는 할아버지와는 대조적으로 감정에 치우치는 불같은 성격의 소유자이셨던 모양이다.

언젠가 아버지는 야마다 이스즈山田五十鈴[13]의 사진을 보고,

"이 사진은 너희 할머니와 똑 닮았다."

하시며 그리운 듯 들여다보셨다.

어쩌다가 탁발하는 스님이 할머니와 함께 계시기라도 하면 그 곁을 떠나기 싫어서 좀처럼 집 안으로 들어가려고 하지 않았다는 얘기를 몇 번인가 들은 적이 있다.

할머니는 성격이 활달하여 식사 때에 찾아오는 사람에게는, 그가 단골집 점원이든 낯선 사람이든 간에 불러들여 밥을 주셨다. 식사라고 해야 된장국과 무짠지 정도였겠지만 말이다.

어쨌든 두 말들이 단무지 한 통을 하루 사이에 비워버리는 일도 드물지 않았다는 것은 과장이 아닌 듯하다.

한편 사도섬의 할아버지에게 어려운 부탁이나 생계 문제로 찾아온 사람을 두서너 달 식객으로 집안에 묵게 하였다가 가게를 마련해 준 일도 있었던 모양이다. 요즘에는 상상할 수도 없는 인정 넘치는 미담이 아닐 수 없다.

---

13) 일본 고유의 아름다움을 지녔다는 여배우

또 가난한 사람을 보면 은화나 동화를 아낌없이 한 줌씩 집어주셨다고 하는데, 할머니는 뭔가 비위가 상하거나 기분 나쁜 일을 당하기라도 하면 전에 주었던 돈이나 이불, 옷가지를 내놓으라고 호통쳤다는 것을 보면 꽤 어린애 같은 심술도 있었던 모양이다.

할머니는 마흔한 살에 할아버지를 하늘로 보내는 슬픔을 겪으셨다. 화투 놀이를 좋아하시는 할머니는 돈을 따면 같이 놀던 화투 꾼들을 모두 데리고 요릿집으로 가서 몽땅 써버리는 호탕한 분이셨다고 한다.

또 옷차림이 유난하기로도 소문이 나 있었는데 겉옷은 물론 속옷까지 전부 비단이었다니, 그 시절이라면 굉장한 사치였으리라.

이렇듯 사치스럽고 도박 좋아하고, 성미마저 괄괄한 미인 할머니에 대한 인간적인 품격을 전하는 얘기도 얼마든지 있지만, 다음 기회를 기약해야겠다.

이러한 할머니의 거침없는 성격은 아버지를 통하여 우리 10남매 모두에게 이어지고 있다고 보아야 할 것이다.

할아버지는 아버지가 열다섯 살 때, 할머니는 아버지가 스물두 살 때 세상을 떠나셨다고 한다. 할아버지가 세상을 떠난 지 12년 만에 아버지는 7만 5천 평이나 되는 땅과 해산물 건조장海産干場이라는 바다의 등기권리증과 같은 권리증 몇 개와 가게는 물론 물품보관 창고까지 모두 흐지부지 흩어버리고 말았다.

당시는 메이지 말기로 해산물 건조장 한 군데의 일 년 총수입이 백 엔 안팎이었으니 상당한 금액이었다고 할 수 있다.

집안의 장남인 아버지가 열다섯 살밖에 안 된 미성년자라 큰 살림을 관리하기는 버거웠을 것이며, 할아버지가 세상을 떠난 뒤에도 할머니의 타고난 사치 성향에 따른 지출은 조금도 변함이 없었을 것이다.

무엇보다 홋카이도 어장의 운영권은 집안의 운명을 좌지우지했다. 어장의 우두머리 격인 선장이 청어잡이 그물을 치더라도 해마다 풍어가 보장되는 것은 아니다.

추석과 설 대목 두 차례 계산을 치르고 나면 쌀, 된장, 간장, 돗자리 외상 판매 대금이 한 푼도 들어오지 않는 해도 있었다.

본토에서 밀려온 많은 떠돌이가 고기잡이에서 먹고 마시고 입거나 한 대금을 내지 못하면 그 담보로 그물이나 배를 잡혔다. 값비싼 어망이나 어선을 그대로 놀려두는 것이 아깝다고 고기잡이에 손을 댄 것이 실패의 원인이었다.

운 좋게 한탕 들어맞으면 손에 잡는 이득이 크지만, 허탕 치는 날이 이어지면 그 손해는 이루 말할 수 없다. 그런 실패가 몇 번 겹쳐 빚더미에 앉게 되자, 모든 것을 팔아 없애고 빈털터리가 되고 만 것이다.

아버지도 젊은 패기와 오기가 있어 뭔가 해보려고 노력은 많이 하였으나 어촌에서는 고기잡이 외에 특별히 할만한 일이 없었을 것이다.

지금도 나는 데우리와 야기시리 두 섬을 착잡한 심정으로 바라본다. 그러나 저 섬을 할아버지가 대여받았더라도, 그것이 우리 손자들에게 반드시 행복의 터전이 되었으리라고는 생각하지 않았다.

한편 외할아버지는 같은 도마마에에서 조재사造材師였다고 한다. 외할아버지는 우리의 마음에 그다지 뚜렷한 인상을 남기지 않았던 것으로 기억한다. 그러나 외할머니는 아흔셋이라는 고령임에도 건재하셨고, 어렸을 때부터 우리 남매에게는 많은 위안을 주셨다.

외할머니는 언제나 이타적 입장에서 사리를 분명히 하는 깔끔한 성격이셨다. 서른아홉에 남편과 사별하고 자식 다섯을 거느리며 고생도 무척 많았을 텐데 사납고 모진 데가 전혀 없고 늘 밝은 얼굴을 하신다.

이런저런 가난을 경험한 끝에 큰아들이 회사 사장 자리에 앉았는데도 외할머니는 자가용 운전기사에게까지 정중하게 대하며 자신은 아무런 쓸모도 없는 사람이라면서 머리를 낮추는 성품을 지니셨다. 그래서 니와 후미오丹羽文雄14)의 『심술궂은 나이』15)를 읽고, 외할머니의 겸손한 태도에 나는 정말 놀라지 않을 수 없었다.

내 생각에 노인이란 외할머니처럼 매사 조심성 있고, 항상 이웃의 어려운 사정을 동정할 줄 아는 풍부한 감성을 지니고 계시므로 뭇사람의 존경을 받는 존재라고만 여겨왔다. 유감스럽게도 외할머니의 성격은 어머니에게는 이어졌지만, 무슨 이유인지 나에게는 조금도 전해지지 않았다.

아버지는 도마마에 초등학교와 고등과高等科16)에서 늘 1등이었다는데, 할아버지를 닮아서 머리는 좋았던 모양이다. 그러나 할머니의 성격을 물려받아 격정적이고 외곬으며, 좋고 싫음이 분명했다.

아사히카와에서 행상도 했고, 나중에는 신문사에 근무하였고, 무진회

---

14) 일본의 저명한 소설가
15) 厭がらせの年齢
16) 6학년 수료 과정

사에서는 모범 직원으로 정년퇴직하셨다.

아버지는 우습게도 정각 1시간 전에 출근하지 않으면 불안해서 못 견디는 성격이었다. 이런 성격은 출근 시간뿐 아니라, 버스나 기차를 탈 때도 예외가 없었다.

언젠가 이와미자와岩見沢 역 앞의 친척 집에서 아사히카와로 돌아올 때, 역이 바로 집 앞인데도 출발 시각 한 시간 전에 이미 그 집을 나와 역에서 기차를 기다렸다는 것이다. 이 이야기는 지금도 집안 식구들의 화젯거리로 회자되고 있다.

할아버지와 할머니의 성격으로 미루어 보면, 아버지는 누구를 닮아서 이토록 소심한지 참 이상하다. 이처럼 근무지에 대한 충성도 유별났다.

아버지는 만년에 무진회사에 근무했는데, 그 회사는 훗날 상호은행으로 변모하였다. 만 60세에 은행에서 정년퇴직하셨으나, 회사 측의 요망에 따라 촉탁 직원으로 2년간 더 근무하셨다. 그 뒤 사장 친척의 토지관리를 위임받아 관리하였다. 이것은 평소 아버지의 근무 태도를 사장이 높이 샀기 때문이리라.

그런데 관리하는 토지 일부를 팔려고 내놓은 때가 있었다. 이때 아버지는 돈을 꾸어서라도 사려고 들면 못 살 처지는 아니었다. 땅을 산 사람 중에는 얼마 지나지 않아 갑절로 되판 사람도 있는 터라, 아버지에게 빨리 토지를 매입하는 게 좋지 않겠느냐고 권하는 사람이 많았다.

그러나 아버지는,

"어리석은 소리 말게. 내가 관리하는 토지를 어떻게 돈벌이로 이용할 수 있겠는가."

하고 완강하게 뿌리쳤다고 한다.

지금도 그때 땅을 사두었더라면 큰돈 벌었을 것이라는 말이 식구들 사이에 오가지만, 아버지는 한 번도 그런 뜻을 내비치지 않았다.

우리 남매는 아버지를 가리켜 충신이라고 부르는데, 이러한 아버지의 태도가 이 세상을 사는 가장 바람직한 모습이라고 여긴다.

어머니는 침착하고 성실한 분이다. 자식을 열이나 기르면서도 친척이나 친지들에게도 늘 세심하게 신경 쓰고, 그 집 아이들의 생일은 물론 기일이나 49재 등을 정확하게 기억해 두었다가 어김없이 방문하신다.

그뿐만 아니라 내가 깁스하고 침대에 쭉 누워있고서부터는 나를 대신하여 요양원 친구들의 문병까지 가 주셨다.

이처럼 침착하고 언제나 단정한 몸가짐을 하는 어머니에 비하면 나는 너무도 안 닮은 돌연변이 딸이다. 아빠 다리를 하고 앉거나 개구쟁이 사내아이들처럼 물구나무서기를 좋아하여 어머니의 탄식을 자아내게 만드는 말괄량이다.

우리 남매는 오빠 셋, 남동생 넷, 언니 하나, 여동생 하나, 그 외에 다 클 때까지 언니라고 알았던 고모 하나, 생질 하나가 한 집에서 아웅다웅 함께 생활하며 자랐다.

우리 남매의 공통점은 하나같이 성격이 불같이 과격하다는 것이다. 그러나 집안에서 남매끼리 싸우는 일은 비교적 적었던 것 같다. 이것은 어머니가 아버지에게 야단맞지 않도록 늘 신경을 쓰신 것이 자식들에게 상당한 영향을 미쳤던 듯하다.

아버지는 요즘 세상에서는 약해져 가고 있다고들 말하는 부권을 강력히 주장하는 완고한 분이시다.

15, 6년 전 어느 눈 내리던 날 한밤중에 아버지는 지붕이 무너질 것 같다면서 곤히 자는 식구들을 깨웠다. 그중 사내아이들에게 지붕에 쌓인 눈을 쓸어내리라고 명령했다. 남동생 넷은 재빨리 지붕으로 올라가 눈을 쓸어내렸다.

이때 졸린다거나 춥다고 불평을 늘어놓는 자식은 한 사람도 없었다. 그때의 일을 아버지는 가끔 상기하시는 듯,

"우리 애들에게는 훌륭한 점이 있단 말이야."

하고 미안한 듯 말씀하신 적이 있다. 가까운 친척들도,

"홋타네 아이들은 부모에게 말대답하는 걸 본 적이 없어. 모두 얌전한 애들뿐이야."

하고 입버릇처럼 칭찬해 주셨다.

자식들이 부모에게 잘 따르며 순종했는지 얌전했는지 부권이 강했는지는 모르겠으나, 어쨌든 집안 분위기는 그랬다. 그러나 그런 것이 칭찬받을 일인지 늘 의문이었다.

형제들의 직장에서의 근무 태도는 융통성 없는 고집불통인 모양이었다. 언젠가 집안에서 가장 온순하고 얌전하다는 다섯째 동생이 근무하는 직장으로 전화를 걸었다.

"타로오 군, 전화 받으렴."

전화를 받은 사람이 동생을 불렀다.

동생의 이름은 타로오가 아니었다. 나중에 이상하게 생각하고 동생에게 물어보았더니,

"누나! 이 년인가 삼 년 전에 말이야, 『옹고집 타로오』란 영화가 상영되었는데, 그 주인공이 나처럼 고집쟁이라 그런 별명이 붙었어."

동생은 그렇게 말하면서 웃었다.

가장 온순하다는 동생도 이러하거늘, 다른 동생들은 더 말할 나위가 있으랴. 제각기 나름 꽤 과격한 성격이면서도 가정에서는 자제하는 지혜도 함께 지녔던 모양이다.

어린애 쓰다듬듯 내 머리를 쓰다듬고
별실에서 돌아선 아버지의 뒷모습

밀 방문 사이에 두고 중얼대는 아버지
의외로 늙은 모습 그림자로 비쳤네

끊임없이 걸려 오는 전화통 앞에 앉아서
받으시는 말씀을 누워서 듣는 밤

아침의 홍안이
저녁에는 백골 된다
소설 『빙점』의 주인공 동생 요오코에 대한 회상

집안에 형제가 많다는 것은 여러모로 번잡스러운 일과 사건이 없지도
않지만, 풍부한 인생 경험을 얻을 수 있는 기회는 외동인 경우보다 확실히
많음을 엿볼 수 있다.

예를 들어 남동생이나 여동생의 출생이 바로 그것이다. 아직 사람 같지
않은 얼굴을 한 갓난아기이긴 하지만, 나에게 누나와 언니다운 마음을
일깨워 주는 고마운 존재다.

대야에서 알몸으로 목욕하는 갓난아기 동생을 날마다 싫증도 내지 않
고 바라보기도 하고, 등이 휘는데도 스스로 청해서 업어 주기도 하고,
아장아장 걷는 모습을 보면서 기뻐하는 가운데 나는 나름대로 뭔가를
느끼고 경험했다고 자부한다.

또 식구의 수가 많다 보면 1년에 한 번쯤은 누군가 입원할 정도로
무거운 병에 걸려 온 집안을 긴장시키기도 한다.

단 하나뿐인 여동생이 여섯 살 때 병으로 죽었다. 이 여동생 요오코陽子
는 세 살에 글자를 읽었고, 여섯 살로 죽은 해에는 초등학교 4학년 정도의
글을 읽고 쓰는 총명함을 보여 가족들을 놀라게 했다.

이 여동생의 손이 내 손 안에서 점점 온기를 잃어가는 중에 어떻게 해줄 수도 없을 때, 열 살이었던 나는 죽음은 관념이 아니라 현실임을 깨달았다. 죽음의 냉혹함과 무정함은 훗날 내 삶의 방식에 커다란 변화를 가져다주었다.

이때 베갯머리에서 읽었던 불경 한 구절,

'아침의 홍안이 저녁에는 백골이 된다.'

라는 말을 여동생의 죽음으로 절감하였다.

'사람이 죽을 때는 온 가족이 모여 울고 슬퍼해도 아무런 보탬이 되지 않는다.'

라는 뜻의 경문도 가슴을 헤집어 놓았다.

학교에서 돌아오면 곧장 여동생의 유골이 있는 방으로 가서 토를 단 불경 책을 펴서 읽곤 했다.

'여인은 죄가 많고, 의심하는 마음이 많다.'

'영화와 영광에 취하여 살면서 바라던 것을 다 얻어도 그것은 오십 년, 내지 백 년 사이에 불과하다.'

'죽을 때는 처자도 재물도 단 한 가지도 내 뒤를 따를 수 없느니라.'

이러한 불경 말씀에 깊이 공감하기도 했다.

밤늦게 집에서 가까운 교도소와 학교 사이의 어두운 길을 걸으면서,

"요오코야, 이리 나와. 요오코, 빨리 나와요."

하고, 죽은 여동생을 외쳐 불렀던 일도 잊을 수 없다.

그 어린 나이에도 여동생을 만날 수만 있다면 유령이라도 괜찮다고

생각하기도 했다. 이 여동생에 대한 애틋한 정이 내가 성장하여 쓴 소설 『빙점』의 주인공 이름이 된 것도 결코 우연이 아니다.

여동생이 죽은 지 3년째 되던 해, 또 나의 바로 아래 동생이 대장염으로 위독해지자, 나는 한밤중에 동생을 업고 병원으로 달렸다.

이때도 여동생처럼 남동생이 죽어버리지나 않을까 얼마나 노심초사勞心焦思했는지 모른다. 병실 앞 복도에서 아버지는 이마를 바닥에 대고 기도하셨다. 그것은 누가 무슨 말로도 형용할 수 없을 만큼 비통한 모습이었다. 나도 아버지와 마찬가지로 병원 복도에 앉아 손을 바닥에 짚고 간절히 기도했다.

"하나님, 부처님, 부디 동생을 살려주세요."

누구에게 올리는 기도인지도 모르고 하나님과 부처님 두 분께 기도했다. 하염없이 뚝뚝 떨어지는 눈물은 복도바닥을 적셨다. 어찌하여 이토록 슬픈 일을 당해야만 하는가 하고, 문득 살아가는 것이 두려워질 만큼 큰 슬픔에 빠졌다.

그 후 동생이 완쾌되고, 언젠가 둘이 싸우다가,

"너 때문에 흘린 눈물 돌려줘…"

하고 쓸데없는 말을 하기도 했다. 그만큼 진지하게 기도한 이유는 내가 태어나서 처음 겪는 일이었기 때문이다.

마침내 전쟁의 포화가 대륙으로까지 옮겨붙어 격렬해지자, 동생과 오빠도 전쟁터로 나갔다. 큰오빠는 선무반원宣撫班員으로 북중국으로 건너가 병영 생활을 하면서 현지에서 결혼하기로 되었다. 사진으로 선을 보고 고른 여성은 속눈썹이 길고 키가 후리후리한 미인이었다.

쇼와 17년(1942년) 7월의 어느 무더운 날, 그 결혼식을 아사히카와의 우리 집에서 간소하게 올렸다. 물론 중국에 있는 오빠가 신랑 자격으로 돌아올 수 있는 것은 아니었다. 신부 차림을 한 새언니의 옆자리에 신랑의 예복이 놓였을 뿐이다.

혼자 삼삼구도三三九度17)의 예로 술잔에 입술을 대는 신부를 보면서, 나는 형용할 수 없는 슬픔과 아련함을 맛보았다.

그것은 전쟁이 연출한 운명의 무대였을까? 사진으로만 맞선을 본 신랑이 있는 머나먼 대륙 중국으로 시집가는 신부의 마음은 어떨까? 깊은 감동이 자리했을까?

마흔아홉 살의 어머니는 베이징北京에 배속된 큰오빠한테까지 가는 올케의 여정에 동행해 주었다. 귀국할 때는 만주벌판을 가로지르고 한국을 거쳐 아사히카와까지 오는 긴 여정을 홀로 마쳤다. 이런 어머니의 모습에서 나는 처음으로 모성의 강인함과 희생을 절실히 깨달았다.

한 가정의 어머니가 된다는 것이 얼마나 큰 희생의 산물인가를 뼈저리게 느끼게 해주었다.

둘째 오빠는 육군 대위였는데, 쇼와 23년(1948년) 3월 전쟁 중에 병사했다. 그리하여 패전 후 군인의 비애와 고통을 둘째 오빠를 통해서 잘 알게 되었다. 그리고 그것은 시대의 변화를 선명하게 부각한 비극의 현장

---

17) 결혼식 때 헌배하는 예. 신부가 하나의 잔으로 술을 세 번씩 마시고, 세 개의 잔으로 아홉 번 마시는 일

이었다.

 이렇듯 많은 형제는 여러 가지 슬픔을 함께 맛보게 되는 운명의 공동체다. 그 밖에도 형제들의 이성 교제나 결혼, 취직 등, 그 하나하나마다 어떤 의미를 부여하며 부딪히면서 날마다 투쟁하듯 살아왔다.

 내가 마에카와 타다시를 만났던 쇼와 23년은 큰오빠는 아직 시베리아에 억류되어 있고, 둘째 오빠가 죽는 불행이 이어지던 해였다.

 우리 집은 모두 아홉이나 되는 대가족으로 막내는 아직 초등학생이었고, 둘째 오빠가 남기고 간 질녀는 더 어렸다. 그런 아수라장을 방불케 하는 북새통 속에서 내가 요양하는 것이 경제적으로 얼마나 큰 어려움을 주었을지 짐작하고도 남는다.

 어린 동생들이 부럽다는 듯 곁에서 보는 앞에서 혼자만 고기반찬에 쌀밥을 먹는 나는 좋기보다는 괴롭고 고통스러웠다. 그러나 동생들도 그 광경을 엿보는 어머니도 큰 곤욕이었으리라.

 당시 삶의 목표가 없었던 나는 결코 희망이 보이는 요양자는 아니었다. 이미 앞에서 말했던 것처럼, 그 무렵 요양원에서는 환자를 받아들일 준비와 태세가 제대로 갖추어져 있지 않았으므로, 입소하려면 최소한 자취를 할 수 있을 만큼의 체력이 필요했다. 그것이 요양원 측의 요구였고, 환자의 우선 과제였다.

 그러한 요양원 생활에도 돈이 절대적으로 필요했기 때문에 재입소한 나는 가미카와지청上川支廳18) 관내의 결핵 요양자 모임의 서기 일을 맡아

---

18) 가미카와 종합진흥국의 구식 명칭

보았다. 보수는 매월 천 엔에 불과했지만, 나에게 그 돈은 정말 고마운 거금이었다.

서기 일은 회원명부에 기록되어 있는 3백 명의 결핵 환자들에게 보낼 회지를 편집 출간하여 각지로 우송하고, 회원들을 위한 식품을 사들이는 일 등이었다. 그래서 내 병실은 자연스럽게 간사들의 모임이나 회원들의 집합소가 되었다.

내 삶의 궁극적인 목표는 찾지 못했지만, 날마다 일이 많아 그런대로 바쁘게 지냈다. 시간에 쫓기게 되자 울적한 기분도 잊고 나도 모르게 환자라는 사실을 자각하고 놀라기도 했다.

'내가 왜 사는지도 모르는데, 이렇게 많은 사람과 하루도 빠짐없이 대화를 나누고 일에 매달리는 것이 과연 현명한 요양 생활인가?'

날마다 바쁜 일에 정신이 팔린 나머지 내 생활을 기만하고, 밀어내는 느낌에 무척 두려웠다. 이런 일상에서 적당히 사는 게 만성이 되어버리면, 내 삶은 영영 엉망이 되고 말 것 같아 공포감에 사로잡히기도 했다.

'앞으로도 지금처럼 기분 내키는 대로 생활하는 방식을 바꾸지 않는다면, 그날그날을 살아가는 정신의 품팔이꾼으로 전락해버릴 것이다. 바쁜 일상에 빠져 나 자신을 망각하는 생활방식으로 전락해버릴 것이다.'

이런 생각에 골몰하고 있을 무렵, 내 병실에 예기치 않은 사람이 찾아왔다. 그는 결핵환자 동호회원이자 어린 시절 소꿉동무인 마에카와 타다시 前川正였다.

날마다 나를 찾아오는 남성 회원은 몇 있었지만, 가끔은 방문객이 귀찮게 여겨질 때도 있었다.

그러나, "마에카와입니다. 오랜만이에요."하며, 커다란 마스크를 벗고 환하게 웃는 그를 보면, 나는 기다렸다는 듯 기뻐했다.

그 마에카와 타다시가 우리 이웃집으로 이사를 온 것은, 내가 초등학교 2학년, 그는 4학년 때였다. 1년 뒤에는 그리 멀지 않은 옆 동네로 이사했지만, 같은 초등학교에 다녔다.

그는 우등생으로 졸업하였고 명문 중학교에 수석으로 입학하여 5년간 반장을 계속하다가 홋카이도 대학 의학부에 들어갔다는 소식을 들어 잘 알고 있었다.

어쨌든 수재인 그와의 만남은 깊이 있고 재미있는 시간이 되리라 고대하면서 기뻤다.

그리고 무엇보다도 궁금한 것이 그의 여동생 미키코美喜子의 소식이었다. 그녀는 나보다 두 살 아래였는데, 여학교에 입학한 해에 폐결핵으로 죽었다는 소식을 들은 것이다. 그녀의 죽음은 열세 살 소녀답지 않은 감동을 선사했다.

저녁노을 붉은데 갓난애를 안고서 뒤뜰로 나가
모든 아름다움을 보이고 싶어

토실토실 묵직한 갓난애를 무릎에 앉혀
조그만 손가락의 손톱을 깎았다네

열세 살 소녀의
죽음과 그림엽서

 타다시의 여동생 미키코는 우리 이웃집으로 이사 왔을 때는 아직 초등 학교에도 들어가지 않았다. 그러나 글자도 잘 익힌 아주 영리한 여자아이 였다.

 그런데 이 아이의 입에서 자주 '예수님'이라든가, '하나님'이라는 말 이 나오는 것을 듣기는 했으나, 초등학교 2학년인 나는 무슨 말인지 전혀 알아듣지 못했다.

 그 해 크리스마스에 교회에 가자는 그 아이를 따라 나는 처음으로 교회당에 들어섰다. 넓은 교회당에는 어린아이들이 빈틈없이 앉아 있었 고, 강단 오른쪽에는 크리스마스트리가 장식되어 있었다. 그곳 강단에서 초등학교 어린이들이 노래와 연극, 무용을 선보였다. 유치부의 미키코도 목자牧者로 나와서 뭔가 알 수 없는 대사를 낭독하듯 말했다.

 그날 내가 가장 놀란 것은 아직 초등학교에도 들어가지 않은 어린아이 가 긴 성경 구절을 줄줄이 암기하는 것이었다. 그리고 또 한 가지 기억에 남아있는 것은 미키코의 아버지가 교회 사람들을 대표하여 기도 올리는 모습을 보자, 나는 어린 마음에도,

'이웃집 아저씨는 참 훌륭하시구나.'
라고 느꼈다.

저렇게 많은 사람을 위해서 기도를 올리는 사람은 학교 교장 선생님만
큼 훌륭한 분임이 틀림없다고 생각했다.

이날부터 마에카와 집안에 대한 나의 인식은 새로워졌다. 그것을 어른
스러운 말로 표현하면, 마에카와 집안은,

'평범한 집안이 아니며, 예사로운 사람들이 아니다.'
라는 인식이었으리라.

어쨌거나 태어나 처음으로 나를 교회로 인도한 것이 이 작은 소녀
미키코였다는 사실은 잊을 수 없다.

마에카와 집안은 1년 뒤 걸어서 십 분쯤 거리인 쿠조오九条 17가로
이사했다. 그러나 타다시는 나와 같은 학교의 2년 위 선배였고, 미키코는
2년 아래 후배였다. 오누이가 다 성적이 좋았으므로 별로 많은 이야기는
나누지 않았지만, 내 기억에 남아있었다.

미키코가 죽었다는 소식을 들은 것은 내가 여학교 3학년 때였다. 초등
학교 담임선생 댁에 놀러 갔다가, 그 선생님께 전해 들었다.

"훗타 양, 2년 아래인 마에카와 미키코란 아이 알지요?"

"알아요. 우리 이웃집에 살았으니까요."

나는 무심코 대답했다.

"글쎄, 불쌍하게도 그 애가 얼마 전에 죽었대요."

키 크고 체격이 좋은 훌륭한 몸매에 학교에서는 반장을 도맡았던 영리

해 보이는 그 아이의 얼굴을 떠올리는 순간 나는 깜짝 놀랐다.

"모처럼 여학교에 들어가자마자 가슴 병을 앓다 죽어버렸지. 그러나 자기가 죽는다는 걸 알고서 그랬는지, 아주 침착했다는 거예요. 마침내 죽을 때가 되자 부모님과 형제, 선생님과 친구들에게 정중하게 절을 하고 나서 기도를 올리고 죽었다는군요."

이 이야기는 내 가슴을 헤집어 놓았다.

아무리 크리스천 가정에서 자라고 어릴 적부터 성경학교에 다녔다고 해도 겨우 열세 살이 될까 말까 하는 어린 소녀 아닌가! 그렇게도 침착하게 죽음을 맞이할 수 있을까 하고, 나는 깊은 충격에 빠졌다.

그러므로 타다시를 다시 만났을 때 제일 궁금했던 것이 그의 여동생 미키코의 임종이었다. 내가 그 얘기를 꺼내자 그는,

"아무래도 어린애였으니까요. 그래서 신앙심이 순수했던 거죠."

하고 조용히 미소를 지을 뿐이었다.

"그럼 어른이 되면 아무리 신앙이 있어도 미키코처럼 죽을 수 없다는 말씀인가요?"

약간 실망한 듯 물었다.

"아마, 그럴지도 모르죠."

그의 대답은 너무나도 솔직했다.

그날 우리는 파스칼의 『팡세』에 대해서 짧은 대화를 나누었다. 그러나 수재로 이름난 그의 말은 전부 너무 평범해서 난 솔직하게 말했다.

"타다시 씨는 우수한 수재이니까, 어쩌면 더 재미있으리라 생각했는데

요.”

“열 살에 신동, 열다섯 살에 재사, 스무 살이 넘으면 범인凡人이라고들 하지 않습니까? 난 그냥 평범한 사람, 범인에 지나지 않습니다.”

그는 그렇게 말하며 미소만 지을 뿐이었다.

그 무렵 요양원 안에는 재기 넘치는 학생들이 입원해 있었으므로 타다시와의 대화는 나에게 실망을 안겨주었다.

‘요양원 학생들이 훨씬 더 재미있을 거야.’

건방지게도 나는 그렇게 단정해버렸다.

그런 대화가 있은 2, 3일 뒤 예기치 않게 마에카와 타다시에게서 엽서 한 장이 날아왔다. 이것이 인연이 되어 천여 통에 이르는 서신을 교환하게 되었고, 이것이 첫 번째가 되었다.

‘와병 중에 방문하여 죄송했습니다. 원고를 쓸만한 능력은 없지만, 동생회同生會 잡무라도 돕고 싶습니다. 내내 건강하시길 빕니다. 그럼 또’

이 짧은 엽서를 읽고 그에 대한 인상을 더 따분한 사람이라고 낙인찍게 되었다. 그 뒤로 두세 번 더 엽서가 왔지만, 모두 무덤덤한 사연뿐이었다. 소꿉친구라는 그리움에 한두 번 만났고, 속마음을 툭 터놓을 수 있는 이성 친구가 되었다.

둘 다 부모 신세를 지고 있는 가난한 요양자였으므로 서신도 거의 엽서를 활용했다. 잔글씨로 앞뒤를 꽉 메워서 쓰면 엽서라도 천 이백자 정도는 쓸 수 있었다.

쇼와 24년(1949년) 2월 23일, 요양원에서 생활하는 내가 집에서 요양 중인 마에카와 타다시에게 보낸 엽서 글은 다음과 같았다. 내가 그에게 보낸 세 번째 엽서다.

'간밤에는 쉽게 잠들지 못해 침대에 앉아 잠시 생각에 잠겼습니다.

달이 기울자 서쪽 창으로 고요한 빛이 흘러들어왔습니다. 달빛에 비친 나의 가느다란 손이 너무 창백해 보여 내 손이 아닌 것 같았고, 요기妖氣가 감도는 두려움마저 느꼈습니다.

그때 나는 형용할 수 없는 찬 기운이 등골을 스치는 걸 느끼고 정신없이 손을 내저었습니다. 당황한 나머지 황급히 베갯머리의 전기스탠드를 켰습니다. 빨간 전기스탠드 갓에 닿아 반사된 불빛으로 무거운 병실 공기층에 떠 있는 듯한 착각에 빠졌습니다. 전기스탠드 가까이에 손을 가져다 대고 놀란 눈으로 바라보았습니다.

그것은 가늘고 푸른 정맥이 엷은 살갗을 통해 비치는 손이기는 했지만, 분명 내 손이었습니다. 달빛에 비칠 때 하늘하늘 타오르던 기묘한 요기는 어느새 사라지고, 20년 넘게 내 손이었던 게 틀림없는, 세월이 묻은 내 여리고 가난이 묻은 손이었습니다.

지난 26년 세월 동안 이 손으로 무엇을 붙잡고, 또 무엇을 했을까요?

선과 악이 엇갈리는 모순된 일을 숱하게 해왔을 게 틀림없는 이 손은 아직 무엇 하나 좋은 일도 나쁜 일도 한 적이 없는 듯 가냘프게, 가만히 전기스탠드 불빛에 비치고 있습니다.

지난날 많은 사람의 손과 악수할 때의 감촉도 잊어버린 듯 침묵 속에 비치고 있습니다. 어느 때는 정열적으로, 또 어느 때는 성급하게, 또 어느 때는 내키지 않는 마음으로 악수를 했을 게 틀림없는 내 손은 너무나도 많은 이들의 손을 마주 잡았기 때문에, 어떤 사람이 어떤 감촉을 주었는지 깡그리 잊어버린 듯합니다.

그러나 그러한 과거를 깨끗이 잊어버린 무정한 손을 물끄러미 보고 있자니 형용할 수 없는 슬픔이 느껴졌습니다. 그리고 '트로이메라이'를 무의식중에 연주하는 심정으로 머리맡 탁자 위로 손을 뻗을 때, 나는 또 이 손이 스스로 거두기 어려운 죄를 짓지나 않을까 불안했습니다.

이 백운장白雲莊 요양원에서 나는 앞으로도 많은 이들과 악수하면서 지낼 것입니다. 과연 어떠한 손짓으로 악수를 할지, 전기스탠드의 불을 끄고 어둠이 깔린 침대로 들어가 새 빛이 밝아오는 새벽녘까지 생각의 물결에 잠겨 있었습니다.'

이렇게 쓴 엽서를 일기에 적어두고 싶었다. 이상하게도 그에게 읽어달라고 조를 필요가 없다는 점에서 마음의 여유를 가져본다.

그것은 그가 아니라, 다른 친구에게 써 보내도 괜찮았으리라는 나름의 판단에서였다.

그런데도 이 엽서를 마에카와 타다시 앞으로 쓴 사실에 나는 그에게 어리광이라도 부리는 것 같았다.

어쩌면 타다시도 나의 어리광을 알아챘으리라. 그는 그 후부터 내 마음의 움직임에 주목하는 듯 보였다.

그는 자주 요양원으로 찾아왔다. 그가 몇 번째인가 찾아왔던 날 오후엔 흰 눈이 내리고 있었다. 노크도 하지 않고 들어온 요양원 학생이 술병을 단젠(丹前)19) 속에서 꺼냈다.

"오늘 밤 즐길 겁니다. 이것 좀 맡아주세요."

그 술병을 받아 병실 다락에 넣으면서 물어보았다.

"몇이 마실 거예요?"

학생 환자는 내 물음에 대답 없이 빙긋 웃기만 하고 병실에서 물러갔다.

"아야코 씨, 술도 마십니까?"

여느 때와는 달리 신랄한 말투였다.

"예, 가끔 마셔요."

태연스럽게 대답했다.

"술을 왜 마십니까?"

"사는 재미가 없어서죠."

"그럼, 마시면 재미가 있나요?"

"글쎄요, 마셔도 별 재미 없어요. 그런데 타다시 씨는 꽤 성가신 분이시군요. 기분 따라 술 조금 마신대도 그렇게 나쁠 건 없잖아요."

기분이 언짢았다.

"요양원에 들어와 생활하면서 술을 마시는, 그런 막무가내식의 요양

---

19) 솜을 두껍게 둔 소매가 넓은 일본 옷. 방한용 실내복이나 잠옷으로 사용함

태도는 좋지 않아요. 난 의학도로서도 절대 용서할 수 없는 일이라고
생각합니다."

평소 차분하던 그와 어울리지 않는 단호한 말투가 내 비위를 단박에
거슬렀다.

'당신은 내 애인도 무엇도 아니야. 아무 상관도 없는데 참 성가시게
구는군.'

그렇게 생각하면서 약간 냉랭하게 말했다.

"타다시 씨, 그래서 난 크리스천을 싫어해요. 뭐예요, 군자인 체하고
말이요. 타다시 씨에게 훈계들을 이유 없어요."

아무 고난 없이 크리스천 가정에서 자라며 성경을 읽고 주일마다 교회
를 다니는 도련님이 내 삶의 방식을 이해할 수 있겠느냐고, 나는 마음속에
독을 품었다.

"아야코 씨와 나는 친구 사이 아닙니까? 친구라면 충고쯤은 해도 되지
않나요?"

그는 눈이 내리는 창을 바라보며 나직이 말했다.

"난 당신을 친구라고 생각하지 않아요."

"그렇습니까? 그럼, 친구도 아닌 사람에게 그런 편지는 왜 보냈습니
까?"

"그런 편지라니요?"

"손에 관해서 쓴 엽서 말입니다. 거기에 당신의 슬픔이 묻어 있다고
나는 생각했습니다. 그 엽서를 받았을 때부터 우리는 친구가 되었다고

생각했는데…"

더 이상 대답을 못 하는 내 귀에 그의 음성이 예리하게 파고들었다.

"그럼, 아야코 씨는 아무에게나 그런 엽서를 쓰나요? 난 나라서 써 보냈다고 생각했습니다."

그는 그렇게 말하고 주저 없이 돌아갔다.

활짝 열린 창밖에 쏟아지는 눈을 보니
어두웠던 내 생각 어이해야 밝아질까

첫 약혼자
니시카와 이치로

그의 말은 나를 아프게 했다.

동생회 서기를 맡기도 해서 이성 남자 친구도 몇 있었다. 그들 중에는 나에게 사랑을 고백하는 청년도 있어 그리 외롭지는 않았다.

나는 타인의 마음을 소중히 여긴다는 것이 어떤 것인지 모르고 나이만 먹은 철부지였다. 사랑하는 남자에게는 사랑한다고 서슴없이 대답한다. 그러나 그것이 얼마나 나쁜 행동인지 생각조차 해보지 않았다.

왜냐하면 나는 삶이 무엇인지도 모르고 목적도 없이 그저 하루하루 시간만 죽일 뿐이었으므로 다른 사람들도 나처럼 맹목적으로 살겠지 생각했다.

안정을 위해 눈을 뜨고 가만히 누워있자니 투명한 햇살 속에 떠도는 먼지가 아른거렸다. 먼지는 황금빛으로 반짝이기도 하고 빨간빛으로 떠돌기도 하였다. 어떤 것은 작은 점보다 더 작고 하얀 것도 있었다. 가볍게 입김을 불면 떠돌던 미진微塵이 당황한 듯 사방으로 흩어졌다.

햇살이 없으면 볼 수 없는 떠도는 미세한 먼지를 응시하면서 이 먼지와 우리 인간은 무슨 차이가 얼마나 있을까 하는 엉뚱한 생각의 유혹에 빠진다. 남이 나를 좋아한다고 말하면 나도 그를 좋아한다고 말해 주면 된다고 생각했다.

그래도 가끔은,

"사랑한다는 건 어떤 거죠?"

그렇게 반문한 적도 있다. 그러면 어떤 사람은 나에게 비싼 액세서리를 선물하기도 하고, 또 어떤 이는 나의 육체를 은근히 탐하기도 했다. 그때마다 마음속으로 깔깔거리며 웃었다.

'남자가 여자를 사랑한다는 게 그런 걸까?'

그런 행위는 나에게 서양 영화의 한 장면을 보는 것 같은, 어딘지 다른 낯선 느낌으로 다가왔다.

나는 술을 두 잔도 못 마신다. 술을 마시면서 대화를 나누는 남자들의 모습에서 삶에 절대적으로 필요한 어떤 한마디가 튀어나오지나 않을까 하고 귀 기울였다.

그러나 막연하게나마 기대하던 그런 확고한 반향이 있는 한마디는 좀체 듣지 못했다. 대화의 빈곤은 생활의 빈곤보다 더 참혹하다는 생각이 들었다.

"모래주머니를 베고 자면 잠이 잘 와."

"왜?"

"푹 잘 수 있으니까."

고작 이런 실없는 잡담이나 이어가는 정도였다.

중학 1학년 때 니체 Friedrich Wilhelm Nietzsche[20]의 작품을 읽었다

는 조숙한 학생도, 홋카이도에서는 이름난 시인이라고 자처하는 청년과 나누는 대화도 그저 심심풀이였을 뿐이었다. 모두 누군가의 말을 앵무새처럼 흉내 내는 것에 지나지 않았다.

그 무렵 사르트르Jean Paul Sartre[21]의 소설을 읽고 있었는데, 모두 실존주의적인 내용이었다. 그리고 일찍이 내가 읽었던 소설의 내용을 자기식 표현으로 바꾸고 짜깁기하여 자랑스럽게 지껄이는 것뿐이었다.

미키 키요시三木清[22]를 읽는 자는 자신이 미키 키요시인 양 이야기하고, 톨스토이의 인생론 읽는 자는 자신이 톨스토이처럼 고뇌하는 척해 보일 뿐이었다. 그때의 나는 그렇게 보고, 그렇게 생각했다.

그래도 여자 친구들과 수다 떠는 것보다는 남자 친구들과 대화를 나누는 편이 즐거웠기 때문에 내 주위에는 늘 이성 친구 몇이 맴돌았다.

마에카와는 그러한 내 주변 인물 중 하나로 취급받기 싫다면서도 이따금 나를 찾아왔다. 나는 그를 만나자마자 이 세상의 그리스도교 신자들을 공격하는 데 열을 올렸다.

"크리스천은 위선자예요. 모두 겉으로는 점잖은 체하면서도 술집에 가고 싶어 안달하는 주제에, 다른 사람이 그런 곳에 가면 구제받을 수 없는 죄인이라도 되는 듯 멸시하지 않나요?"

"크리스천은 정신만 귀족이더군요. 우리를 아주 가련하고 불쌍한 죄인이라고 높은 데서 내려다보시는 거 아닌가요?"

---

20) 독일 실존주의 철학자
21) 프랑스 실존주의 철학자
22) 일본의 저명한 평론가이자 사상가

라는 식의 시비조로 비아냥거렸다. 이는 그에 대한 내 애정의 서툰 표현이 었다.

나에게는 이상한 버릇이 있어서 남과 좋은 관계를 갖고 싶을 때는 어린애처럼 싸움을 건다. 어린이들은 곧잘 처음 보는 아이에게,

"야, 덤벼봐!"

이런 식으로 싸움을 걸고 한바탕 싸우고 나서야 사이가 좋아진다.

마에카와 타다시는 그러한 내 마음을 아는지 모르는지, 몹시 딱하다는 표정으로 내가 퍼붓는 악담을 듣기만 할 뿐 변명 비슷한 한마디도 하지 않았다. 그만큼 치욕스러운 험담을 들었으니 앞으로는 안 오겠지 하였는데, 불현듯 카로사Carossa Hans[23)의 소설을 들고 와서는,

"이 소설 읽어봐요."

하고 빙글빙글 웃었다. 천진한 소년의 모습이다.

그는 그 나름대로 무엇을 찾아 헤매는지 모르는 불안한 나의 영혼을 발견하고 간과해 버릴 수 없었는지도 모른다. 훗날, 그 무렵의 나에 대해 그는 이렇게 말했다.

"대개는 남과 사귈 때는 되도록 자기의 좋은 면을 보이려고 하는데, 아야코 씨는 그 반대더군요. '나는 이런데, 이래도 괜찮다면 사귀어 볼래?' 하고 자신을 솔직하게 내보인단 말입니다. 그런 점은 자신이 손해 보는 짓 아닌가요?"

희한하게도 싸움으로 시작한 친구 사이는 두들겨 맞아도 잘 부서지거

---

23) 독일의 작가, 시인

나 흩어지지 않고 튼실한 두터운 우정의 나무로 자란다.

그해 4월에 나는 퇴원했다. 그러나 미열은 좀체 내리지 않았다. 여전히 세상 사는 기쁨도 발견하지 못하고 불안한 삶의 미로를 걷고 있었다. 3년 전에 약혼한 니시카와 이치로와는 아직 혼인을 약속한 상태로 사이가 좁혀지지도 벌어지지도 않는 관계를 이어갈 뿐이었다.

'결혼을 약속했던 또 한 사람 T는 폐결핵으로 죽어 이미 이 세상에 없었다.'

니시카와 이치로의 어머니는 이미 일흔 고개를 넘었고, 나는 파혼해야 한다고 굳게 마음먹었다. 그게 6월 초였다.

아사히카와 거리는 보랏빛 라일락꽃이 그윽한 향기를 내뿜고 있었다. 혼자 기차를 타고 무작정 니시카와 이치로가 사는 S마을로 향했다.

떠나기 전에 마에카와 타다시를 만났다. 그때 나는,

"자살이 죄일까요? "

하고 슬쩍 물었다.

"별 해괴한 말을 다 하는군요, 설마 아야코 씨가 죽겠다는 그런 얘기는 아니지요? "

그는 내 눈을 물끄러미 보면서 나직이 말했다.

"난 젊어요, 죽는 건 삶이 아까워서 못해요, 그저 자살은 죄가 되려나 생각했을 뿐이에요."

"그렇군요, 그럼 안심입니다. 자살은 타살보다 죄가 크다더군요."

그는 그렇게 대답했다.

S마을로 약혼자 니시카와 이치로를 만나러 간다고 말하자,

"니시카와 씨와의 약혼을 깨뜨리면 안 됩니다. 그렇게 착한 분은 세상에 없으니까요."

그는 거듭 열성을 다해 말했다.

이 무렵 그는 자신의 병상을 정확하게 알고 있는 듯했다. 자기에게 남은 생명이 당시의 의학으로 3년 더는 가지 못한다고 생각한 듯하다.

오호츠크해 연안의 S마을에 닿았을 때는 마침 점심 무렵이었다. 역전을 나서는 내 작은 그림자가 땅 위에 또렷하게 드리워졌던 걸 기억한다.

'멀지 않아 죽게 될 내 그림자가 이렇게 까맣다니.'

그런 생각을 하며 시골길을 힘겹게 걸었다.

니시카와 이치로의 집에 들어서자, 그는 깜짝 놀라면서 황급히 나를 맞았다.

"너무 오랫동안 걱정 끼쳐 죄송해요. 약혼예물로 받았던 돈 돌려드리러 왔어요."

둘이서 해변 모래 언덕에 올랐을 때 내가 먼저 말했다.

그는 굴곡이 깊은 아름다운 옆얼굴을 바닷바람에 쏘이면서 잠시 침묵을 지키다가 나직이 말했다.

"난 말입니다, 아야코 씨와 결혼할 생각으로 그 돈 10만 엔을 결혼예물로 드린 것입니다. 아야코 씨와 결혼할 수 없다면, 이젠 필요 없지요. 지금 내가 가지고 있는 예식 대금과 그 10만 엔도 아야코 씨에게 드릴 테니 가지고 돌아가세요."

그는 그렇게 말하며 물끄러미 바다 쪽에 시선을 주었다. 나는 니시카와 이치로의 진실함이 새삼 가슴에 사무쳐 훌륭한 분이라 생각하였다.

"저기 멀리 보이는 섬이 시레토코知床입니다. 갈매기가 날고 있군요."

그렇게 말할 때 내 눈에서는 한줄기 눈물이 거침없이 흘러내렸다.

키가 큰 그대에게 기대어 가는 이 몸

어깨가 닿을 때마다 왜 가슴이 설레는가?

이별보다
더 큰 슬픔

니시카와 이치로는 내가 어떤 원망이나 불평을 해도 당연하다는 듯 지켜보았다. 그만큼 자신에게 성실한 사람이다.

'난 3년이나 기다렸습니다.'

'월급을 몽땅 털어 보내준 적도 있잖아요.'

'그 먼 아사히카와까지 몇 번이나 문병 갔는지 알잖아요.'

'아야코 씨는 남자 친구가 많은 모양인데, 나는 여자 친구라고는 단 한 명도 사귀지 않았어요.'

이런 식으로 얼마든지 나를 책망할 수 있었다. 그러나 그는 이미 모든 것을 알고 있다는 듯 아무 말도 하지 않았다. 입 밖으로 꺼낸 말은 단 한마디, 결혼 자금으로 모아둔 10만 엔까지 주겠다는 것뿐이었다.

쇼와 24년 당시의 10만 엔은 상당히 큰 액수였다.

우리는 아름다운 6월의 망망한 오호츠크해를 바라보면서 각자 나름의 생각에 잠겨 있었다.

'좀 더 일찍, 처음 발병했을 때 바로 파혼하는 게 옳았다.'

그에 대한 나의 무성의가 부끄러웠다. 더 일찍 깨끗이 헤어졌다면,

지금쯤 그는 건강한 여성과 아름다운 가정을 꾸미고 있을 것이었다. 참 매정한 짓을 했구나 하고 나 자신을 책망하지 않을 수 없었다.

나로 인하여 파경에 이른 니시카와 이치로가 나를 책망하는 말 한마디도 하지 않았기에 나는 자괴감으로 더 견디기 힘들었다.

니시카와 이치로와의 약혼을 파기하지 않은 채 3년이나 끌었다. 모든 것이 너무나 절망적이고 허무하여 의욕도 없고 불신감에 빠져 허우적거릴 때 서둘러 한 약혼이었다.

이러한 파혼을 그의 어머니와 누님도 그날 알게 되었지만, 두 분 다 아무 말씀도 하시지 않았다.

"가와유川湯 온천에라도 함께 놀러 갔다 오면 좋겠구나."

일흔이 넘은 그의 어머니는 나직이 상냥하게 말씀하시면서 나와 니시카와 이치로와 그의 누님이 부담 없이 여행에 동행하도록 해주셨다.

3년이란 세월 동안 싫증 날만치 폐만 끼친 나를 굳이 온천에까지 데려갈 필요는 없었다. 그가 적은 비용이라도 돈을 쓸 이유는 없었다. 그런데도 그도 그의 누님도 나를 다정하게 감싸주면서 가와유 온천까지 동행해주었다.

지금 이 글을 쓰면서도 니시카와 이치로 모자의 고운 마음씨가 선명하게 떠올라 벅찬 감정에 눈물 흘린다.

가와유 온천에서 그의 집으로 다시 돌아온 밤에도 줄곧 한 가지 생각만 했다. 그것은 아사히카와를 나설 때부터 줄곧 생각하던 각오였다.

'내 병은 언제 나을지 알 수 없고 그것은 운명적이다. 앞으로 몇 해를 계속 요양해도 낫는다는 보장도 없다. 내가 이 세상에 환자로 살면서 남에게 폐를 끼치기보다는 차라리 죽는 편이 낫다.'

나는 집요하게 죽음에 집착하였다. 물론 그것은 내 행위를 정당화하기 위한 구실이었다. 사실 나는 삶에 너무도 지쳐있었다.

어디에 목적을 두고 사는지도 모르는 황폐한 생활에 지친 나는 차츰 무기력해지고 나태해져 만사가 괴롭기만 했다.

니시카와 이치로를 찾아가는 기차간에서도 나는 끊임없이 죽음에만 몰두하였다.

'이 기차를 탄 사람들도 50년 후면 대부분 죽는다. 지금 선반의 여행용 짐을 내리는 저 40대의 젊은 남자도 50년 더 살 수 있을까? 바로 눈앞에서 사과를 깎는 저 젊은 아가씨도 언젠가는 죽을 것이다.

이 사람들이 지금부터 죽을 때까지 인생의 의미를 얼마만큼 발견할 수 있을까? 결국 특별한 성취도 없이 그저 세월만 거듭 보내다가 죽을 것이다.'

누구보다도 내가 이 세상에서 쓸모없는 잡초처럼 살다가 죽어 없어져야 하지 않겠는가 하는 절망감에 사로잡혔다.

그날 저녁 이치로의 어머니가 정성껏 만들어 주신 초밥 맛은 일품이었다. 어쩌면 그리 맛있는지 믿기지 않을 정도였다.

'이것이 마지막 식사가 될 텐데, 왜 이리 맛이 좋지? 사람들은 살기 위해서 먹는가, 먹기 위해 사는가를 화두로 논쟁을 벌이는데, 오늘 이 저녁 식사는 이제 내 삶에 마지막 만찬이 아닌가?'

내일 나는 이 세상에 없다고 생각하자, 이상하게 냉정해지면서 왠지 여유롭고 부드러운 감정까지 생겼다.

이윽고 식구들 모두 잠자리에 들고 집안은 조용해졌다. 나는 기다렸다는 듯 마에카와 타다시가 말했던,

"자살은 타살보다 죄가 크다."

라는 말을 되뇌었다.

나 같은 인간은 가장 사치스럽게 사는 게 가장 잘 죽는 방법이라는 이율배반적인 생각도 들었다. 아버지에게 죄스러웠던 일, 어머니에 대한 연민, 형제들과 함께한 세월의 흔적도 떠올랐다. 그러나 이제 죽음을 선택한 나에게 그들은 이미 이방인과 같은 존재였다. 오히려 요양원에서 함께 생활해 온 사람들이 더 가깝게 느껴졌다.

'내가 죽으면 부러워할 사람이 요양원에는 있을지도 모르지.'

그런 생각을 해보기도 했다. 죽고 싶어도 죽지 못하는 나약한 친구도 몇은 있을 테니 말이다.

시계가 자정을 알렸다. 그 비명 같은 소리를 하나둘 세었다. 시계의 비명이 그치자, 가만히 일어나 코트를 걸쳤다. 시골이라 그런지 현관에 자물쇠는 걸려 있지 않았다. 그것이 나에게는 다행이었다.

신발을 신고 현관문을 살며시 열었다. 그 문을 다시 닫고 하늘을 쳐다보니 캄캄했다. 어둠이 묻은 거센 바람이 머리카락을 흩트리고 거친 파도 소리가 들려왔다.

집을 나와 똑바로 뻗은 언덕길을 힘겹게 한 걸음 한 걸음 옮겼다. 길가

에서 갑자기 '야옹' 하는 고양이 울음소리가 들려왔다. 앙칼지고 기분 나쁜 소리에 문득 걸음을 멈추었다. 안광을 발하는 고양이의 눈이 나를 쏘아보더니 곧장 어둠 속으로 사라졌다.

언덕길을 황새걸음으로 올라갔다가 다시 경사진 곳으로 내려가자 신발 속에 모래가 가득 담겨 걷기가 힘들었다. 걸음을 멈추고 신발 속 모래를 털었다. 한 발로 선 내 몸이 순간 옆으로 기우뚱했다.

'이제 곧 죽을 텐데 모래가 무슨 상관이람?'

순간 신발의 모래를 털어내는 내가 우스웠다. 다시 걷기 힘든 바닷가로 향했다. 온통 자갈투성이였다. 자갈에 발이 걸려 걸음을 멈추자, 어둠 속에서 물결치는 바다가 눈앞에서 소리 질렀다. 아무것도 보이지 않았다. 오직 어둠과 비릿한 바다의 내음과 파도 소리뿐이었다. 바로 앞에 있는 바다까지 더듬어가는 게 쉽지 않았고, 시간이 걸렸다. 한 걸음 걷다가 하이힐이 돌부리에 걸리고 두 걸음 걷다가는 몸이 앞으로 고꾸라지곤 했다.

파도가 내 발을 차갑게 스쳤을 때야 한 줄기의 빛이 바다를 비추었다. 하얀 물보라가 눈앞에서 춤추는가 싶더니, 돌연 억센 남자의 손이 내 어깨를 붙잡았다. 니시카와 이치로였다.

그는 말없이 등을 돌려 나를 업었다. 내 몸에서 사신死神이 순식간에 떨어져 나간 듯 순순히 그의 어깨에 손을 얹었다.

"바다가 보고 싶었어요."

그렇게 말했지만, 니시카와 이치로는 나를 업고 회중전등으로 발밑을 비추면서 모래밭을 묵묵히 걷기만 했다.

얼마 후 모래 언덕에 오르자 그는 숨을 몰아쉬며,

"여기서도 바다가 보이는군요."

라고 말하고, 나를 모래밭에 내려놓았다.

우리는 모래 언덕에 앉아 깊은 어둠에 싸여 보이지 않는 바다 쪽을 바라보았다.

"역으로 갔나 하고 먼저 역 쪽으로 뛰어갔어요."

그는 불쑥 그렇게 말했다.

아무 일도 없었던 것처럼 더 이상 아무 말도 하지 않았다. 어두운 바다가 모든 일을 삼켜버린 듯 파도와 바람 소리만 요란했다.

다음날 혼자 기차를 타고 아사히카와로 돌아왔다.

그날 아침 그는 눈물로 뺨을 적시고 있었다. 아무 말도 하지 않았다. 그러나 역까지 바래다줄 때 그의 얼굴은 밝아 보이기까지 했다. 언젠가 다시 만날 사람들처럼 우리는 손을 흔들면서 헤어졌다.

결국 다시 삶의 세계로 돌아왔다.

겨울 바다에 몸을 쥐어짜는 듯한 겨울 추위와
발밑을 흔드는 눈보라에 홀연히 맞서는 기백 따위 나에게는 없다

숨을 죽이고 큰 자의 힘이 흔들리는 순간을 기다린다
그냥 눈만은 똑바로 뜨고 끝까지 확인하려고

"도대체 당신,
살고 싶기는 한 겁니까? "

  아사히카와로 돌아오자, 마에카와 타다시가 기다리고 있었다. 약혼자 니시카와 이치로와의 관계를 청산했다는 내 말을 듣고 그는 유감스럽다는 듯 말했다.

  "그것참, 난처하게 되었군요. 그럼 아야코 씨를 소중히 여겨줄 다른 분을 서둘러 찾아야겠군요."

  그는 진지한 표정으로 나를 위해 훌륭한 남자를 물색이라도 해볼 기색이었다. 그런 그의 모습은 내가 보기에는 천진스럽기까지 했다.

  '무엇 때문에 이 사람은 나에게 관심을 보이는 걸까?'

  아직 그의 마음을 헤아리지 못했다.

  "아야코 씨, 니시카와 씨한테 갈 때, 자살이 죄가 아니냐고 물었지요? 그 말이 왠지 마음에 걸려 줄곧 기도했습니다. 물론 무사히 돌아오실 줄 믿었지만 말입니다."

  며칠인가 지나 그가 그런 말을 했을 때, 나는 그날 밤바다에서 있었던 일을 모두 털어놓았다.

  그는 한마디도 하지 않고 무서운 눈빛으로 나를 쏘아보다가 곧 씁쓸한 표정을 짓고 시선을 돌렸다.

훗날 알게 된 사실이지만, 그는 자신의 생명이 얼마 남지 않았음을 알고 있기에 남은 생명을 나에게 쏟으려고 마음먹은 것이었다.

그래서 내가 죽으려 했다는 말에 자기 자신이 뭉개어져 사라져버린 것 같은 절망감을 느꼈을지도 모른다. 그러나 나는 상대의 마음속까지 살피는 사람이 아니었다.

"야스히코安彦 씨가 나이가 좀 더 많았으면 좋을 텐데."

마에카와 타다시가 문득 그런 말을 했다.

"그 사람이라면 머리도 좋고 아야코 씨의 취향과도 잘 맞아 맡길 수 있겠는데, 나이가 너무 어려서 말이에요."

마토間藤 야스히코는 나보다 일곱 살 아래의 의학부생이다.

언젠가 「하늘의 박꽃」을 읽은 그가,

"나와 아야코 씨만큼이나 나이 차가 나던데요."

라고 말한 적이 있다.

그가 요양원에 들어왔을 때 예순이 넘은 청소부 아주머니가,

"어제 들어온 학생 참 잘생겼더군요."

라고 말할 만큼 미모의 젊은이였다.

단젠을 입고 침대에 앉아 푸르스름한 전기스탠드 불빛에 비치는 그의 옆얼굴은 히카루 겐지光源氏24)가 연상될 만큼 미남자였다.

그와 대화를 나누다 보면 풍부한 상식과 문학적 재질이 있어 말벗으로

---

24) 일본 고전소설에 등장하는 남성 주인공의 이름. 절세의 미남으로 알려짐

는 참 즐거운 상대였다.

나와 마토 야스히코는 사람들의 입소문에 오르내릴 만큼 친하기도 했으므로, 마에카와 타다시가 그 이름을 들먹인 것은 우연이 아니었다.

"아야코 씨, 열아홉이나 스무 살의 학생이라면 아무나 사랑해도 되지만 아직 이성에게 사랑받을 나이는 아닌데요."

그런 말도 했다.

"카와구치川口 선생이라면 아야코 씨를 맡기기에 가장 적당할 것 같은데요."

카와구치 츠토무勉는 내 옛 동료이다. 그와 나는 각별하게 친한 사이는 아니었다. 일 년에 한 번 연하장을 주고받는 정도였는데, 웬일인지 이 사람이 내가 발병한 후부터 한 달에 한 번은 꿈에 모습을 나타냈다. 그것이 몇 해에 걸쳐 꿈으로 이어졌다.

처음 꾼 꿈에는 카와구치 츠토무와 스쳐 지나는 길에 인사만 하는 정도였으나, 다음번 꿈에서는 어깨를 나란히 하고 산책하는 모습으로 꿈속에서 만나 차츰차츰 친밀해져 갔다.

처음엔 깨닫지 못했으나 너무 자주 그의 꿈을 꾼 데다 연속해서 꾸었으므로, 나도 이상하게 여겼다.

카와구치 츠토무는 내가 폐결핵으로 쓰러졌을 때, 누구보다도 먼저 문병하러 왔다. 그러나 그 후로는 그의 어머니만 찾아올 뿐, 그는 편지조차 보내오지 않았다.

그러니 꿈까지 꿀 만큼의 사연이 우리 사이에 있을 리 없는데도 불가사의한 꿈은 몇 해나 계속되었다. 이런 사실을 아는 마에카와 타다시가 카와구치 츠토무에 관한 이야기를 꺼낸 것이다.

"이제는 별소리 다 하시는군요. 카와구치 선생은 나를 그저 그렇게 생각하고 있어요."

"요전에 그분이 보내온 엽서에는 분명 아야코 씨를 사랑하는 사람이 아니면 쓰지 못할 글귀가 있던데요."

타다시는 그렇게 말하면서 카와구치 츠토무를 만나 얘기하고 싶다고 했다.

나는 기대도 하지 않는 쓸데없는 일이었지만, 자신의 앞날을 알고 있는 마에카와 타다시는 헛말이 아니었던 모양이다. 그는,

'진지하게 살려 하지 않는 사람을 보면 무척 안타깝습니다. 그런 사람이 설령 아야코 씨가 아니라도 내 안타까운 마음은 변함이 없을 거예요.' 라고, 엽서에 적어 보낸 적도 있다.

그러한 마에카와 타다시의 걱정도 아랑곳하지 않고, 난 여전히 나태하게 살았다. 죽으려다가 죽지도 못한 나를 스스로 비웃었는지도 모른다. 그가 찾아와도 멍청하게 마주 앉아 있을 뿐, 입 열기도 귀찮았다.

'그때 죽어버렸으면 좋았을걸.'

그런 생각을 하는 내가 마에카와 타다시의 눈에 이상하게 비치지 않을 리가 없다.

어느 날 아침, 그는 나에게 슌코다이春光台[25)의 언덕으로 산책하러

---

25) 아사히카와에 있는 공원 이름

가자고 했다. 싸리꽃이 많은 그 언덕을 싸리 동산이라고도 불렀다.

6월도 막바지이던 무렵 녹음은 눈이 부실 듯 아름답고 둘이서 걸어가는 앞에는 다람쥐가 자기 몸보다 큰 꼬리를 끌고 가고 있었다. 뻐꾸기가 멀리 가까이서 우는 언덕은 한때 군인들의 훈련장이기도 했다. 부근에 집이라고는 한 채도 없고 넓게 펼쳐진 푸른 벌판 여기저기에 졸참나무가 병정처럼 서 있었다.

이 언덕은 도쿠토미 로카德富蘆花의 소설 『기생목寄生木』의 주인공 시노하라 료헤이篠原良平가 사랑의 상처로 흐느끼면서 방황하던 곳이기도 하다.

이 언덕은 사람들이 좀체 찾지 않는 한적한 곳으로, 그날도 언덕에는 사람의 그림자라곤 보이지 않았다. 다만 아사히카와 시가지가 6월의 햇살 아래 아련히 조는 듯 한가했다.

그러한 아름다운 조망까지도 삶을 배반하고 있는 나에게는 무의미하게만 여겨졌다. 이 도시가 언제까지라도 여기에 있을 것이라고는 생각되지 않았다. 아사히카와뿐 아니라 세계의 어느 도시라도 사람이 죽어 마침내 없어지는 마지막 날이 있을 것 같았다. 그렇다. 지금의 나는 염세주의자로 전락해 버린 것이다.

어떤 소설에서 읽은 지구의 모습을 눈앞에 보는 듯 떠올렸다. 사람 하나 살지 않는 텅 빈 지구에 달빛이 교교히 비치고 시간이 소리 내면서 흘러가는 듯 황량한 그런 지구의 모습이었다.

그런 생각을 하면서 언덕에 서서 아사히카와 시가지를 내려다보고 있

을 때,

"여기 와보니 즐겁지 않아요?"

하고 마에카와 타다시가 나직이 말했다.

"어디에 있든 나는 나예요."

쌀쌀맞게 대답했다.

"아야코 씨, 도대체 당신, 살고 싶기는 한 겁니까? 살고 싶지 않은 겁니까?"

그의 목소리는 약간 떨리고 있었다.

"그런 것 아무려면 어때요."

사실대로 말하면 나의 삶은 아무래도 좋았다. 그보다는 언제 죽느냐가 더 중요하고 큰 문제였다. 초등학교 교사 시절 목숨조차 아끼지 않을 만큼 진지하던 삶의 태도와는 완전히 다른 '목숨이 조금도 아깝지 않은' 자포자기의 태도였다.

"어느 쪽이든 다 좋지 않아요. 아야코 씨, 제발 부탁이니 진지하게 살기 바랍니다."

이제 마에카와 타다시는 애원하듯 눈물까지 흘렸다. 그런 그를 곁눈으로 바라보던 나는,

"타다시 씨, 또 훈계예요? 진지하게 살라니, 도대체 어떻게 하라는 건가요? 무엇 때문에 진지하게 살아야 하죠. 전쟁 중에도 바보처럼 너무나 진지하게 살아왔어요. 그런데 진지하게 살아온 결과는 어떤가요? 만일 진지하게 살지 않았더라면, 나는 마음 편하게 패전을 맞이했을 거예

요, 학생들에게 미안하다는 생각도 하지 않았을 겁니다. 타다시 씨, 나는 진지하게 살다가 세상으로부터 상처만 입었어요."

내 거친 말에 그는 아무 대답도 하지 않았다.

뻐꾸기가 한가롭게 울고, 하늘은 맑고, 말없이 마주 보는 두 사람의 발밑을 개미가 이리저리 돌아다니고 있었다.

'이 개미들에게는 그들 나름의 살아가는 목적이 있을 거야.'

문득 나는 외로워졌다.

"아야코 씨의 말뜻 잘 알겠습니다. 그래도 지금 아야코 씨의 삶이 좋아 보이지는 않아요. 미안한 말이지만, 아야코 씨의 삶의 태도는 너무도 비참해요. 자신을 좀 더 소중히 여기고 진지하게 생활하는 태도가 우선입니다."

거기까지 말한 뒤 목소리가 끊어졌다. 그는 울고 있었다. 굵은 눈물방울이 그의 눈에서 떨어졌다.

그 모습을 얄궂은 시선으로 바라보면서 담배에 불을 댕겼다.

"아야코 씨! 안 돼, 당신 이대로 가다가는 정말 죽어!"

그는 외치듯 소리쳤다. 동시에 깊은 한숨이 그의 입에서 토해졌다. 그리고 무슨 생각을 했는지 곁에 있는 돌을 주워들어 느닷없이 자기 발등을 내리쳤다.

깜짝 놀란 내가 그걸 제지하려고 하자, 그는 나의 손을 꽉 잡고 젖은 목소리로 말했다.

"아야코 씨, 나는 지금까지 당신이 씩씩하게 살아가기를 얼마나 간절히 기도했는지 몰라요. 아야코 씨가 씩씩하게 살게 하기 위해서라면 내 목숨도 아깝지 않다는 마음을 갖고 있어요. 그러나 신앙이 약한 내게는 당신을 구제할 힘이 없다는 걸 깨달았습니다. 못난 나를 꾸짖으려고 이렇게 때리는 겁니다."

할 말을 잃고 그를 망연히 바라보았다.

어느덧 나도 울고 있었다. 정말 오랜만에 흘리는 뜨거운 눈물이었다.

'속는다 생각하고, 이 사람이 살아가라는 방향을 따라가 볼까?'

그때 불현듯, 그의 사랑이 내 온몸을 불사르는 것 같은 뜨거운 전율을 느꼈다. 동시에 그 사랑이 한 남자와 한 여자의 사랑이 아님을 깨달았다. 그가 요구하는 것은 내가 굳세게 살아가는 삶이지, 내가 그의 소유가 되거나 구속되는 것이 아니라는 사실이다.

자기의 몸을 돌로 내리치는 그의 모습에서, 나는 일찍이 보지 못했던 빛을 본 것 같은 감격에 흐느끼지 않을 수 없었다.

그의 뒤에 있는 저 불가사의한 빛은 뭘까 생각해 보았다. 어쩌면 그것은 그리스도가 아닐까 생각하면서, 순간 나를 여인으로서가 아니라 인간으로서, 인격자로서 사랑해주는 이 사람이 믿는 그리스도를 내 나름대로 추구해 보고 싶은 간절한 마음을 가져보았다.

'전쟁 중에 너는 그릇된 믿음을 갖지 않았느냐. 그런데 또 무엇을 믿으려 하느냐?'

인간은 죽어가는 허무한 존재인데, 또다시 무엇인가를 믿으려 하는 것은 어리석은 행위라고 생각했다. 그러나 지금 나는 어리석어도 괜찮다고 다짐하였다.

언덕 위에서 자신과 자기의 몸을 돌로 내리치는 마에카와 타다시를 보며, 나에 대한 사랑만큼은 믿어야겠다는 절실함이 생겼다. 만일 믿지 못한다면, 그것은 나라는 불안정한 한 여인의 끝을 보는 것이다.

그대 함께 있어도 외로움은 더하고
쓸쓸한 저녁노을 성구聖句만 떠오르네

나는
방랑자였다

마에카와 타다시의 나에 대한 진실한 마음을 본 그 언덕에서의 일 이후, 술과 담배를 끊었다. 이성 친구들과의 불필요한 교제도 그만두었다.

그러나 단 한 사람, 저 히카루 겐지처럼 아름다운 소년 마토 야스히코만은 교제를 계속하였다. 마에카와 타다시가 야스히코의 세심한 성정을 알기에 그에게 마음의 상처를 입혀서는 안 된다고 말했기 때문이다.

마에카와 타다시는 나를 어엿한 한 인간으로서 진지하게 살아가는 동료로 대해 주었다. 그와 단둘이 영화를 보거나 이시카리강石狩川 둑을 산책할 때도 달콤하고 내밀한 분위기는 없었다. 그저 두 사람의 마음은 흐르는 강물 같았다.

"요즘 무슨 책을 읽고 있어요?"

"방금 본 영화에 대한 평을 들려주시겠습니까?"

하는 식의, 말하자면 선생님이 학생에게 질문하는 것 같은 그런 분위기였다. 우리는 둘의 관계를 '선생과 학생'이라 불렀다.

그 무렵 그는 나에게 영어와 단가短歌 공부하기를 권유하고, 성경을 읽도록 독려해 주었다. 우리가 교류하는 마음의 흐름과 자세는 다음 엽서의 글로 이해해 주시리라 믿는다.

다음 주부터 화, 금요일 오전에 함께 영어 공부를 하기로 약속했습니다(주 : 선생님이 아니므로 무료봉사입니다)만, 사전에 부모님의 승낙부터 받으세요. 내가 직접 허락을 구하려고 했습니다만, 아야코 씨가 먼저 양해를 구하는 것이 더 좋겠습니다. 그 이유는 젊은 아야코 씨의 혼잣말이 거론될 때 작은 오해라도 부르지 않도록 하기 위함입니다. 만약 어떤 폐라도 끼치게 된다면, 그것은 나의 본의가 아니므로 신중하게 행동하는 의미에서 이상과 같이 부탁드리는 바입니다.

쇼와 24년(1949년) 8월 30일

이 엽서에서도 알 수 있듯이, 그는 부모님께 모든 것을 숨기고 이성을 사귀는 그런 교제 방식을 용납하지 않았다. 가까운 동성 친구처럼 영화를 보러 갈 때도 우리 집까지 데리러 왔고, 돌아올 때도 꼭 바래다주었다. 상당히 친해진 뒤에도 악수마저 주고받지 않았으며, 항상 깍듯이 고개를 숙이며, "얌전히 있어야 해요." "너무 고집부리면 안 돼요."라는 식으로 선생님과 같은 말을 남기고 헤어지는 게 예사였다.

그러나 대여섯 걸음 가서 한 손을 흔드는 경우는 더러 있었다. 우리는 그걸 '공중악수'라 불렀다. 요즘의 젊은이들이 본다면 저절로 웃음이 터져 나올 광경이었다.

나도 마에카와 타다시와 교제하면서 그에게 결코 이상한 요구를 하거나 행동을 보이지 않았다. 그러나 내 마음은 창세기 첫날의 혼돈처럼 무엇 하나 분명한 것이 없었다.

콕 집어 말할 수 있는 것이 있다면, 무언가를 추구하려는, 그러나 무엇을 추구해야 할지 모르는 불안한 영혼의 혼돈을 경험한 사실이다. 그 무렵의 내 모습은 마에카와 타다시 앞으로 보낸 다음 편지에서 엿볼 수 있다.

'이처럼 나를 우울하게 만드는 그림자 같은 존재는 무엇일까? 도대체 나란 어떤 존재일까? 무엇이 되고 싶고, 뭔가를 찾으려고 하는 게 어리석은 일일까?'

타다시 씨, 이처럼 기묘한 혼돈에 빠지면 무언가 쓰지 않고는 나를 감당할 수가 없습니다. 이것은 두통이 있을 때 펜을 드는 것과 같이 자기 성찰이 미흡한 데서 오는 현상이라고 당신은 말씀하실지도 모르겠습니다. 정신적 육체적 피로에 지쳐있을 때 소리치고 싶어지는 엉뚱한 기질을 타고났기 때문인지도 모르겠습니다. 흐르는 물결을 거스르는 위태로운 배와 같은 여자, 타다시 씨는 이러한 나를 이해하실 수 있나요?

『갱 포오엣트』는 읽다가 팽개쳐 버리고 싶은 소설입니다. 내 가슴 속에 숨어 있는 어떤 신경이 이따금 예리한 아픔을 전합니다. 읽으면서 느껴지는 그 아픔이 더 큽니다. '싫지 않은 소설'이라고 말한 것은 '좋아한다고도 말할 수 없는 소설'이기 때문이었습니다. 생각난 대로 그저 이것저것 늘어놓았습니다. '무질서', 그게 바로 나의 모습일까 여겨져 견딜 수 없습니다.

'취했다! 작가도 소설 속 등장인물도 껴안은 채 모두 취해 있다. 모두 취해 있다. 취해 있는 소설. 그럼 취하지 않은 소설도 있을까? 어쨌든 취하게 하는 것, 그게 과연 무엇일까? 산토리를 마셨는지, 메틸알코올을 마셨는지, 아니면 마시기도 전에 이미 취한 인간들.

이성에 대한 과신도 추태라며 고집을 내세우고 큰소리치는 모양도 훌륭한 주정뱅이들, 이런 부류의 목사, 강도, 학생, 암거래상, 관료에 이르기까지 뭔가에 취해 있는 이 세상. 만약 멀쩡한 정신을 가졌다면 틀림없이 부끄럽고 괴로워서 아무도 살아있을 수 없을 것이다. 그게 진실 아닐까?

이것도 주정뱅이의 헛소리에 지나지 않을지 모른다.

사실 소설보다 더 기이한 우연이 지닌 공포, 그럼 필연이란 무엇일까? 우연? 필연? 만남, 헤어짐, 살인, 살인 피해, 사랑, 사랑받음, 증오, 증오받음, 소설 속에 등장하는 인물과 비슷한 이야기. 그 속에는 인간의 손길이 가해진 비슷한 어떤 것. 현실에 얽혀 있는 인과因果는 몸서리쳐질 만큼 잔인하다. 변천, 추이, 운명을 실처럼 잡아당기는 누군가가 있는 듯 기분 나쁜 기색. 우리는 어떤 힘에 강요당하고 있을까? 또 자연의 변화란 무엇일까? 우연? 필연? 내가 홋타 아야코라는 사실, 이것이 얼마나 기분 나쁜 운명일까? 인간이 태어난 자체가 우연인지 아닌지. 어쨌든 무섭기만 하다.

공포를 가져다주는 것, 불안. 그 불안의 원인은 영원하기를 바라는 유한한 육체를 가졌기 때문일까? 시간, 때의 흐름, 그것은 우리 관념 속에만 존재할 뿐, 시간 자체는 실재하지 않는 흐름이다. 그러므로 불안은 '시간'이 가져오는 것만은 아닌 듯하다.

참된 모습을 파악할 수 없는 것. 자기 자신을 모르고, 타인도 모른다. 거꾸로 서서 돌아다니는지도 모르는 자신. 결국 아무것도 모르는 나, 그 불안. 인간의 나약하고 구차함만 여실히 느껴진다.

인간의 허약함, 그 추악함마저도 아름답고 덧없게 느껴질 만큼의 허약함. 영웅, 학자, 성자, 부자 그들마저 가엾고 우습게 여겨질 만큼 인간의 구차함.

인간 세상의 쓸쓸함이란, 이 소설에 흐르는 것과 같은 동질의 속성일까? 그러나 내가 지닌 쓸쓸함과는 다르다. 옥타브가 높건 낮건 그러한 차이는 느낀다. 그럼 쓸쓸함이란 무엇으로부터 어디에서부터 오는 것일까? 얼마나 많은 종류가 있을까? 어쨌거나 쓸쓸한 것만은 사실이다.

살아있다는 사실에서 화려함을 발견하였다면 그건 새빨간 거짓말이다. 살고 싶은 강렬한 욕망은 사람만 가질 수 있는 원초적 본능인가?

왜 그런 거짓말을 하는가? 거짓말이 아니라, 그런 자세를 수긍하고 싶단 말 아닌가? 어쨌든 나는 알 수 없는 미지의 세계이다.

센티멘털한 인물처럼 행동한다고 누가 비웃을 것인가? 사회악? 그것은 달콤한 게 아니다. 사회악 이전의 원초적인 것이 오히려 더 인간을 슬프게 한다. 극한 속에서 살다 보면 반드시 죽고 싶어지거나, 무엇을 위한 노력을 할 수도 없도록 운명지어져 있는 것이 인간의 실체이다.

사물의 고갱이를 사물의 바깥에 선 나의 작은 흐린 눈으로 어떻게 볼 수 있을까? 잠꼬대에 불과하다. 술 취한 인간의 폭언이다. 술에 취한 눈길이다. 무엇 하나 확실한 것이라고는 없다. 이것이나 저것이나 다 의문투성이다. 그러나 갈망한다, 무엇인가를. 안도할 수 있는 무엇인가를. 불꽃처럼 사그라드는 순간순간 속에서도 영원한 어떤 것을.

　사람들 대부분은 불타오르기 싫어한다. 두려워한다. 풀썩풀썩 연기만 낼 뿐이다. 그 연기가 눈에 들어오면 맵기도 하고, 코와 입으로 들어오면 기침을 하는 나약한 우리. 영원이란 완전한 연소 속에만 존재하지 않을까? 이것도 술주정뱅이의 헛소리다.'

　지금 나는 무엇을 쓰고 있나? 이 소설 속에서 가슴을 불태우는 것은 부랑아와 광녀의 불가사의할 만큼 순수함입니다.

　'이 소설에는 어떤 열쇠가 숨겨져 있다. 어둠 속에서 어렴풋이 떠오르는 부랑아와 광녀, 내가 바라는 것은 미치는 것이다.'

　나 같은 인간은 이런 해석밖에 할 수 없습니다. 진실로 예지가 있는 사람이라면 고민하지 않고 깨달을 수 있겠지만, 결국 고뇌할 거리도 안 되는 것을 고민하는 어리석음을 언제까지 되풀이하겠다는 건가요?

　타다시 씨, 나는 왜 이따위로 태어났을까요? 이런 주제에 뭔가를 추구하고 있습니다. 어딘지도 모르는 불안이 없는 세계를 동경합니다. 적당한 선에서 타협하고 싶지 않은 유치함을 한평생 데리고 다니는 느낌으로 살고 있을 뿐입니다.

　불행하게도 나는 어릴 때부터 유달리 꿈을 많이 꾸었습니다. 그리고 지금도 그 꿈속으로 도피하려는 것은 아닙니다만, 그것도 타고난 성격 탓알까요? 그런데 지금은 그 꿈에서조차도 깨고 말았습니다. 한 가지 꿈이 깨지면 또 다른 꿈을 꾸면서 말입니다.

　지금의 나는 단 하나, 영원 속에 안주하는 세계를 찾을 수밖에 없습니다. 그러나 물음표?가 참 많습니다. 항상 취해 있으라고 시인은 말했습니다. 그러나 무엇에 취하라고는 말하지 않았습니다. 그럼 나는 추구하는 데 취하고 자학自虐하는 데 취한 것일까요?

　『갱 포오엣트』는 참 좋은 소설입니다. 그래서 읽고 팽개쳐 버리고 싶었습니다. 소설 자체가 지닌 취기에 작자의 슬픔이 스며있다고 나는 생각했습니다.

　문득 온몸이 나락으로 떨어지는 듯한 허무감에 사로잡히면서 가끔은 어딘가에 던져지고, 마지막에는 어떤 갈림길에 서기도 하는 방황의 끝자락에 있었습니다.

　책을 읽을 때마다 나는 나의 어리석음을 발견하고 그로 인해 죄책감이 듭니다. 작자의 의도를 읽어내지 못하고 내면으로 침잠하듯 가라앉아 버립니다. 어리석다는 한마디가 마침표입니다. 언제나 회귀점이 여기라면, 아! 도대체 나는 뭘 하는 걸까요?

　'삶'이란 무엇일까요? 무엇을 위해 사는 걸까요? 내일은 금요일이군요. 방금 교회 초대장을 받았습니다.

　타다시 씨, 정말 인간은 외롭지 않게 살 수 있을까요? 세상에는 바람이 불고 있습니다.

　혼돈의 상태이긴 했지만, 내 마음속에서는 무엇인가를 추구하기 시작했다는 사실이 나에게는 커다란 하나의 전환점이었다.

패전 이래 세상에 대한 믿음을 잃은 내가, 그리고 모든 것에 공허함을 느끼던 내가, 이제 무엇인가를 추구하기 시작한 것이다. 그것은 저 어두운 밤 바닷가에서 스스로 목숨을 끊으려 했던 사건이 하나의 종점이자, 기점이 된 것이 틀림없다.

죽고 싶었음에도 그 죽음에조차도 진지하게 몰입하지 못하는 나약한 내 모습을 떠올려 보았다. 죽음이란 인생에서 가장 중대한 마무리가 아닌가. 그 중대한 죽음을 앞두고, 그날 저녁으로 먹은 초밥이 맛있었다고 기억하는 어리석고 한심한 사람이다.

'인간은 죽을 각오가 되면 오히려 냉정해지기 마련이다.'

그때 나는 그런 생각에 열중했다. 그러나 나중에 깨달은 것은 나의 죽음에 대해서마저 진지하지 못하고 열의가 있었던 것도 아니라는 사실이다.

'자기의 죽음에 대해서마저 진지하지 못한 자가 어떻게 하루하루의 생활을 진지하게 할 수 있겠는가!'

그날 밤까지 공허하기는 했지만, 나름대로 인생에 충실했다고 평가하였다. 또 성실했기 때문에 절망했다고 외면하였다. 그러나 그것이 잘못임을 깨달았다. 그 사실을 깨닫게 해준 것은 그 언덕 위에서 보았던 마에카와 타다시의 모습이었다.

"아야코 씨, 안 돼요! 당신 이대로 가다가는 그냥 죽어요!"
라고 절규하듯 외치며,

"아야코 씨, 지금까지 아야코 씨가 씩씩하게 살아가기를 얼마나 간절히 바랐는지 몰라요. 아야코 씨를 살게 하기 위해서라면 내 목숨도 아깝지 않다고 생각했습니다. 그러나 신앙심이 얕은 나에게는 당신을 구제할 힘이 없다는 것을 비로소 깨달았습니다."

하고, 자기의 발을 돌로 내리치던 그의 모습을 떠올리고, 진실이란 저런 모습이라고 깨달았다. 아니, 진실이란 남을 위해서 살 때만 쓰는 말이어야 한다고 생각했다.

그때 내 삶의 태도가 중심에서 벗어난 듯한 느낌이었다. 그러나 그 중심이 어디인지는 몰랐다. 그래서 그 중심이 어디인지 새롭게 추구하게 되었다.

피사의 사탑을 올려다보며 종의 기원을 믿는 나는
기적 때문에 당신을 믿지 않는다.

지구의 관을 보내는 날까지
당신은 사람들의 피의 기도에 응하지 않으리라

병실에도 햇살이
제2부

먹으라는 양보다
갑절이나 먹게 되면
죽는다는 의사의 말
되새기며 날이 저무네

밤중에 돌아와서
그대로 누워버린
날 보고 부모님은
탓하지도 않으시네

신앙의
문을 열면서

　마에카와 타다시와 내가 사귀는 데 대한 주위 사람들의 시선은 곱지만
은 않았다.

　"니시카와 이치로 씨처럼 좋은 사람이 없는데, 그런 사람과 헤어졌으니
두 번 다시 더 좋은 인연이 생기겠어요?"
하고, 주변의 지인들은 노골적으로 비난했다.

　건강하고 너그러운 니시카와 이치로에 비하면 마에카와 타다시는 요양
중인 학생에 불과했고, 경제력으로 본다면 이 두 사람은 어린아이와 어른
만큼 생활력 면에 차이가 있었다.

　내 주위보다 마에카와 타다시의 주변에 나를 돌림병 환자처럼 경계하
고 싫어하는 사람이 무엇보다 많았다. 나와 직접 대화를 해본 적도 없는
사람들까지 장난삼아 헐뜯기 좋아했다.

　그의 선배 중 하나는,

　"그 여자를 데리고 오려면 두 번 다시 우리 집에 오지 말라고, 아이들
교육에도 지장이 있으니까."
라고까지 말했다.

그 선배의 부인은 마에카와 타다시의 소년 시절부터,

"타다시 군의 배필은 내가 찾아드릴 거예요."

하고 입버릇처럼 말했다고 하니, 기분이 더 상했는지도 모른다.

그러나 나를 나쁘게 말한 사람은 그들뿐만이 아니었다. 애석하게도 그가 속한 교회의 교인들도 마찬가지였다.

그의 어머니는 교회에서 들은 이야기를 아들에게 전하고, 그도 솔직하게 그 말을 나에게 전해 주었다.

그들의 입장으로 보면 당연한 일인지도 모른다. 나에게 유독 남자 친구가 많았던 것은 사실이었으므로 꺼림칙하고 불결한 여자로 보았을지도 모른다.

"정말 난처하군요. 나는 아야코 씨를 교인들과 어울리게 하려고 했는데…"

선배는 방문을 거절하고, 교인들은 불결한 여자라고까지 말하니 그의 입장도 난처했을 것이다.

"실은 우리 둘이서만 교제하려던 게 아니었어요. 모두가 지켜보는 가운데 정정당당하게 사귀려고 했단 말입니다."

그는 자신의 의도와는 멀어졌음을 한탄한 적도 있다. 그러나 그는 변함없이 나와의 교제를 이어갔다. 나도 주변의 눈을 두려워하지 않고 건강이 허락하는 한 교회에 나가려고 노력했다.

'나는 아야코 씨 앞에 두 팔을 벌리고 서서 지키는 청년 기사와 같은 느낌이 드는군요.'

하고, 그 무렵에 쓴 그의 편지에 씌어 있다.

어쨌든 나를 향한 그런 공격적인 분위기는 나에게 이르러서는 그다지 큰 힘을 발휘하지 못했다. 나는 사람을 결코 높이 평가하지 않기 때문이었다. 하나님의 말씀에도 인격의 높이는 없다고 하지 않는가.

엄밀히 말하면 이 세상에 전적으로 신뢰할 수 있는 인간은 없다고 생각했다. 그래서 이 세상의 모든 것에 허무감을 느낀 나머지 아무런 의미도 찾지 못하고 죽으려는 결심까지 했었다.

물론 그리스도를 믿어야만 훌륭한 사람이라고 생각하지는 않았다. 불교 신자이든, 천리교 신자이든 신앙을 가졌다고 해서 그들 모두 훌륭한 사람이라고 볼 수는 없다. 단순히 훌륭하다고 일컬을 만한 사람이라면, 신자가 아니라 일반인 중에 오히려 더 많을지도 모른다.

나와 같은 학교 동료 교사였던 사토 토시아키佐藤利明 선생은 신자는 아니었지만 참 훌륭했다. 지금도 삿포로札幌 마코마나이真駒内 양호학교에 근무하고 계시는데, 당시엔 학년 주임이었다. 나와 일 년 반 동안 책상을 나란히 하고 일했는데, 한 번도 남을 헐뜯거나 감정에 치우쳐 화를 낸 적이 없었다.

늘 고개를 숙이고 친절했다. 동료 중에 심술궂은 자가 있어서 가끔 선생을 얕잡아 보았다. 정면에서 업신여기는 말을 던져도 선생은 늘 미소 지으며 조용히 듣고만 있었다.

'한 마디 따끔하게 쏘아주면 좋으련만.'

하고, 보통은 생각할 장면인데, 젊은 우리까지 그렇게 생각하지 않을 만큼 그의 태도는 훌륭했다.

약골이 상대가 천하의 호걸인 줄도 모르고 시비를 거는 느낌이라서 그 두 사람의 격차는 극명하게 드러났다. 그때 선생은 서른 안팎의 청년이었다.

그러나 이렇듯 훌륭한 선생과 함께 근무했어도 나의 근본적인 불안감을 해결하지는 못했으리라.

내가 추구하던 것은 막연하나마 신이라고 불려야 할 존재였다. 그래서 일부 교인이 나를 거역하고 나쁘게 말해도 나의 구도求道심에 별다른 지장은 받지 않았다.

도리어 나와 다를 바 없는 약하고 어리석은 사람들이 교회에 존재한다는 사실로 말미암아 남모르게 안도하였던 터이다.

'저런 사람들을 신자로 받아들이는 하나님이라면, 나도 받아들여 주시겠지.'

그런 교만한 생각을 가지고 나 나름대로 성경을 열심히 읽었다.

흔히 교회라는 데는 이 세상에서 가장 깨끗한 사람들만이 모이는 곳이라 착각하여 출근하듯 교회에 나오는 사람도 있다. 그러나 교회는 결코 아름다운 사람들만 모이는 곳은 아니다.

교회는 자신을 하나님 앞에서든 사람 앞에서든 머리를 들 수 없는 죄인이라 생각하는 사람들이 모이는 곳이라야 한다.

그러므로 사람에게서 뭔가를 구하는 게 아니라, 하나님께 구해야 한다. 그러지 않으면 인간은 절망할지도 모른다.

그 점에 관해서라면 난 누구보다 나에게 절망한 터였으므로, 그때부터 현재에 이르기까지 남들 때문에 교회를 떠나야겠다고 생각해 본 적은 없다.

이런 생각과 행동은 처음에 나를 헐뜯고 욕설을 퍼붓던 몇몇이 교회에 있었던 덕분이기도 하다.

끊임없이 두 가지 중 하나를
선택하지 않으면 안 될 선택의 기로에서
이를 염려했을 당신을 바라본다

구도求道
생활

교회에 다니기 시작하기는 했지만, 크리스천에 대해 품고 있는 다소 경멸적인 시선을 버리지 못한 것은 사실이다. 왜냐하면 믿는다는 것을 그 무렵엔 실없는 행위로 보았기 때문이다.

'지난 전쟁 중에 우리 일본인은 천황을 신이라 여기고, 신이 다스리는 이 나라는 절대 패배하지 않는다는 신념을 가지고 싸우지 않았던가. 신념에 대한 두려움이 철저하게 몸에 배어 있었을 터인데.'

전쟁 중에는 교회에 모이는 사람이 그리 많지 않았는데, 패전하자 사람으로 넘칠 만큼 모여드니, 일종의 경외감마저 느꼈다.

'전쟁 끝난 지 얼마 되지도 않았는데, 또 무엇을 믿을 수 있겠는가.'

아무리 이해하고 싶어도 지조 없는 행위라고밖에 여겨지지 않았다.

그렇게 생각하면서 교회에 가보았는데, 교인들이 올리는 기도에 의구심부터 갖게 되었다. 기도회에서 기도를 올리는 신자들은 모두 두 손을 맞잡고 경건하게 고개를 숙이고 있었다. 그런데 나는 두 눈을 똑바로 뜨고 한 사람 한 사람의 얼굴을 물끄러미 바라보았다.

"하늘에 계시는 어버이 하나님, 이 조용한 오늘 밤에 기도드릴 수 있음을 감사하옵니다. 부디 주님의 인도로 온전히 세상으로 걸어 나갈 수 있도록 간절히 비나이다."

그렇게 기도하는 얼굴을 안쓰럽게 바라보면서 생각했다.

'내가 만일 신을 믿는다면, 위대한 신 앞에서 기도 따위는 하지 않을 것 같다. 진정 신이 이 세상을 만들고 지배할 만큼 위대한 존재라면, 그 경외해야 할 신 앞에서 어찌 가볍게 입을 놀릴 수 있겠는가. 오히려 두려움에 온몸이 뻣뻣하게 굳어 사시나무 떨듯이 떨어야 옳다. 이 사람들은 신 앞에서 기도하는 게 아니라, 남들이 들으라고 기도의 형식을 빌려 말만 늘어놓는 것 아닐까?'

여전히 그런 생각이 들었다. 왠지 가증스럽게밖에 보이지 않았다. 만일 내가 신자가 된다면 진실한 기도를 올리는 참된 신자가 되어야지 하는 오만한 생각을 품고 있었다. 그런 뜻을 마에카와 타다시에게 숨기지 않고 말했다. 그러자 그는,

"아야코 씨는 자신에게 엄격하시군요."

그렇게 말할 뿐, 더는 아무 말도 하지 않았다.

"어쩜 크리스천은 모두 하나같이 그렇게 호인일까요? 믿지 않는 사람끼리 입을 모아 서로 신은 있다면서 안도하니 말입니다."

그런 말도 했다. 마에카와 타다시는 불성실한 나에게 성경을 펴 전도서를 읽어보라고 권했다.

무심코 읽기 시작한 전도서의 내용에 나는 놀랐다.

전도자 가로되 헛되고 헛되며 헛되고 헛되나니, 모든 것이 헛되도다. 사람이 해 아래에서 수고하는 모든 수고가 자기에게 무엇이 유익한고. 한 세대는 가고 한 세대는 오되 땅은 영원히 있도다.

거기까지 불과 한 줄 반만 읽고, 내 마음은 이 전도서에 금방 빨려 들어가 버렸다.

강물은 다 바다로 흐르되 바다를 채우지 못하며, 눈은 보아도 족함이 없고 귀는 들어도 차지 아니하는 도다.

이미 있던 것이 후에 다시 있겠고, 이미 한 일을 후에 다시 할지라. 해 아래에는 새것이 없나니 무엇을 가리켜 이르기를 보라, 이것이 새것이라 할 것이 있으랴. 우리 오래전의 세대에도 이미 있었느니라. 이전 세대를 기억함이 없으니 장래 세대도 그 후 세대가 기억함이 없으리라.

여기까지 읽고 나서 나도 모르게 깊은 한숨을 내쉬었다. 나는 나 자신을 상당히 허무주의적인 인간이라 알고 있었다. 무엇이건 간에 죽어버리면 그만이라고 생각하였다.

그러나 이 전도서의 구절에 '해 아래에는 새것이 없도다.'라고 하는 부분까지는 생각해 보지 못했다.

하루하루가 생활의 반복이라고 생각하면서도 이 세상에는 새로운 것이 있다고 착각하고 있었다. 이렇게까지 모든 사물을 퇴색한 것으로 보는 예리한 시선을 나는 가지고 있지 못했다.

나는 내 마음에 이르기를 내가 시험적으로 너를 즐겁게 하리니, 너는 낙을 누리라 하였으나, 이것도 헛되도다.

나의 사업을 크게 하였노라. 내가 나를 위하여 집들을 지으며, 포도를 가꾸며, 여러 동산과 과수원을 만들고 그 가운데 각종 과목을 심었으며 수목을 기르는 삼림에 물 주기 위하여 못을 팠으며, 노비는 사기도 하고 집에서 나게도 하였으며, 금은과 왕들의 보배와 여러 가지 보배를 쌓고 또 노래하는 남녀와 인생들의 기뻐하는 처와 첩들을 많이 두었노라.

내가 이같이 창성하여 그 후에 본즉, 내 손으로 한 모든 일과 수고한 모든 수고가 다 헛되어 바람을 잡으려는 것이며, 해 아래에서 무익한 것이로다.

나 스스로는 지혜롭다고 믿었지만, 우둔한 사람을 만나는데 자신도 똑같이 만난다면 지혜롭다고는 할 수 없다.

현명한 사람이나 바보 같은 사람이나 영원토록 세상에서 기억되지는 않는다. 다음 세대에는 모두 잊혀질 존재이다. 죽음과 함께 명성과 부귀는 사라지더라도 결국은 허무하고 허무한 것 아니냐고 씌어 있다.

12장에 이르는 이 전도서는 이런 내용으로 인간의 삶과 생명은 허무하고 허무하다고 기록하고 있다. 나는 적지 않게 놀라며 그리스도를 다시 생각하게 되었다. 한편 밤낮으로 교회에만 매달려 있는 신자들의 모습에서 새로운 면모를 보았다.

한편 이 지상에 있는 일체가 허무하다고 초지일관 기록되어 있는 것은 그리스도교답지 않은 일이라 여겼다.

도대체 무엇 때문에 이런 말을 성경에 썼을까? 내게는 불가사의였다. 그때까지 두서너 달에 걸쳐서 읽은 성경 내용은,

'서로 사랑하라.'

'누가 네 오른쪽 뺨을 때리면 왼쪽도 내밀어라.'

라는 식의 교훈 일변도로 되어 있는 것이 그리스도의 본질이라고 믿고 있었다. 그런데 전도서의 이 허무주의적인 견해는 나에게 그리스도교 전체를 다시 생각하게 하는 계기가 되었다.

이 대목을 읽고 잠깐 석가모니의 이야기를 떠올렸다.

석가모니釋迦牟尼는 2천 5백 년 전 인도의 왕세자로 태어났다. 건강하고 높은 지위와 부귀를 누리며 아름다운 아슈다라 비와 귀여운 왕자까지 얻었다. 한마디로 이 세상에서 더 바랄 것 없는 영화와 행복을 한 몸에 지닌 능력자였다.

그러나 그는 거리의 노인을 보고 인간이 늙음을 생각하고, 장례식을 보고 인간의 목숨에는 한계가 있음을 깨달았다. 그리고 어느 날 밤 왕궁도, 왕자의 지위도, 아름다운 아내도, 자식도 다 버리고 홀로 산속으로 들어가 고행을 통하여 자신을 수양하며 일생을 보냈다.

석가는 지금까지 자기의 삶이 행복하다고 여겼으나 인생은 한순간의 꿈과 같이 허무하다는 것을 깨달은 것이다.

전도서가 전하는 내용과 석가모니의 경우가 그렇듯, 본래 사물의 시초

에는 허무가 내재한다는 사실을 알게 되었고, 두 종교의 공통된 모습을 발견하였다.

나도 패전 이후 온통 허무주의적인 생활에 머물러 있었기 때문에 이와 같은 발견은 내 삶이 새롭게 변하는 전기를 마련해주었다.

허무란 이 세상의 모든 것을 부정하는 사고방식이며, 끝내는 자기 자신마저 부정하여 막다른 한계까지 이르렀을 때, 뭔가 새로운 삶의 문이 열리는 것을 전도서에서 발견하였다. 그것은 허무를 몰아내는 빛이었다.

이 전도서 끝부분에 나와 있는,

'너의 청년의 때 곧 곤고한 날이 이르기 전, 나는 아무 낙이 없다고 할 때가 가깝기 전에 너의 창조자를 기억하라.'

라는 한 마디에는 그런 까닭에 감동하였다. 그 후부터 나의 구도求道 생활은 차츰 진지하게 모습을 바꾸어갔다.

그렇다. 이제 어제의 나는 죽고 그리스도와 함께 살아가는 새로운 자로 다시 태어난 것임을 깨닫게 해주었다.

나를 맡아 길러준 가난한 농가에는
성서도 있었고 성가도 있었네

한 장의 엽서에
이별의 사연을

표면상으로 보아 달라진 것은 아무것도 없었다.

한밤에 돌아와 그대로 쓰러져 자는 나를
지금의 부모님은 나무라지 않게 되시고

이것은 『아라라기』지에 처음으로 투고한 단가短歌로, 츠치야 분메이土
屋文明26)의 선選으로 처음 입선한 노래였다.

미지근한 유단포를 껴안고 잠이 깨어있는
이런 때도 살아있다고 말할 수 있는가

뱀프vamp27)라는 나의 부질없는 소문을
빙그레 웃으며 듣고 있었으나 긍정조차 하지 않는다

---

26) 일본의 저명한 시인
27) 요부

이어서 이런 노래 몇 수를 더 지었다.

어쨌든 허무주의적인 인간이 노래를 지은 사실만도 커다란 변화가 아닐 수 없다. 왜냐하면 그것은 무無에서 유有를 만들어 내는 삶의 작업이기 때문이다.

얼핏 보기에 기쁨이 없는 노래인 듯하면서 내 마음의 밑바닥에는 희망을 생산하려는 힘이 솟고 있다는 증거였다. 그것은 성경을 읽기 시작한 것과 관련이 없지 않았다.

한편 마에카와 타다시와는 여전히 만나서 책이나 영화 이야기를 나누곤 했다. 교회에도 동행했다. 앞에서도 말한 바 있지만, 그는 교인들이 쑥덕이는 나에 대한 험담을 숨기지 않고 들려주었다.

교인들 대부분은 자기 자신을 선한 사람인 양 말하고, 교회를 믿음의 성소로 즐거운 곳인 양 말하기 마련이다. 그들 중 내 험담을 하는 사람이 있어도 그 사실을 전하지 않는 것이 구도자에 대한 사랑일 것이다.

그러나 그는 교인들의 모습을 있는 그대로 나에게 숨김없이 전해 주었다. 그것은 나라는 인간의 기질을 속속들이 이해하고 나서야 가능한 일이었으리라. 아니, 그것을 넘어서 처음부터 나를 엄하게 단련하려고 그리한 것이 틀림없다.

그것은 마치 어미 사자가 새끼를 천 길이나 되는 낭떠러지에서 떨어뜨려 훈련하듯 연약한 나를 스스로 살아남게 했다.

그러나 그의 마음 밑바닥에 있는 진실한 사랑의 의미를 나는 미처 깨닫지 못했다. 그는 한결같이 자신에게 주어진 짧은 생명을 염두에 두고 행동한 것이다.

언제인가 둘이서 밤길을 걸으면서 이런 얘기를 주고받았다. 가을이 깊어가는 9월 말경이었던가 싶다.

"앞으로 5년 후에 우리는 무엇을 할까요? 나는 병세가 더 나빠져 죽고 없겠지요."

"이봐요, 아야코 씨. 아야코 씨는 아직 젊잖아요. 죽음이란 말을 그렇게 쉽게 입 밖에 꺼내면 안 됩니다."

"그럼 5년 후에도 지금처럼 타다시 씨와 둘이 이 길을 걸으며 각자 무엇을 하는지 이야기할지도 모르겠군요."

그렇게 말하면서 웃었다. 그러자 그는 아무 말 없이 내 얼굴을 보다가,

"아야코 씨, 언제까지나 나만 의지하려고 하면 안 돼요. 내 소망은 아야코 씨가 누구에게도 의지하지 않고 혼자 살아나가는 거예요."

그는 한 마디 한 마디에 깊은 뜻을 담아 힘주어 말했다.

"어머, 언제든 내 말벗이 되어 주는 게 싫다는 말씀인가요?"

그가 하는 말의 진의를 알지 못해 물었다.

그 무렵 그에게는 여자 친구가 있었다. 그녀가 꼭 그의 연인이라고는 할 수 없었지만, 적어도 나와 친해지기 전까지는 함께 단가를 지으며 신앙생활도 같이 했던 여성이다.

그 여성은 지성적이며 미인이기도 하여 그의 결혼 상대로는 잘 어울리는 사람이었다.

"내가 너무 고집쟁이라 이젠 귀찮아졌나요?"

그렇다면 그리해도 좋다고 생각하였다.

그는 그만의 세계로 되돌아가면 된다. 나와 사귀는 탓에 그가 몸을 담고 있는 교인들로부터 이런저런 거북한 말을 듣고 있다는 죄책감이 들었다. 그러자 그는 씁쓸한 미소를 지었다.

"아야코 씨, 어쨌든 말입니다, 아야코 씨는 자립해서 사는 법을 착실히 배워두어야 해요. 지금 나는 아야코 씨가 자립할 때까지 작은 디딤돌이 되고 싶습니다. 아시겠어요? "

그는 열의를 갖고 말했다. 그러나 나는 그가 하는 말의 의미는 알았지만, 그의 깊은 마음을 헤아리지는 못했다.

그다음 날 그에게서 편지가 왔다.

'슬플 때나 괴로울 때는, 한 가지 일에 몰두하여 정신을 집중한다.' 이게 내 생활방식입니다. 『말테의 수기』의 주인공 말테는 쓸쓸해서 고독하고, 슬퍼서 견딜 수 없을 때는 박물관에 가서 휴식을 취한답니다. 아사히카와에는 박물관이 없어 나는 도서관에 가기로 했습니다. 그리고 이번 달엔 되도록 도서관에 자주 가기로 마음먹었습니다.

이 편지에서도 나는 그의 마음이 왜 쓸쓸한지, 왜 슬픈지 전혀 알지 못했다.

지금은 그때 그의 마음을 이해할 수 없었던 내가 얼마나 매정하였던가 후회가 될 뿐이다.

그의 폐를 좀먹고 있는 결핵균이 그를 하루하루 죽음으로 몰아넣고 있다는 것을 나는 몰랐다. 얼핏 보기에 그는 건강한 사람처럼 보였다. 폐결핵이란 병은 환자 하나에 의사 열 명이 필요하다고 할 만큼 병증을 각양각색으로 나타내는 치명적인 병이다.

나는 미열과 식은땀이 나고 몸도 여위고 늘 어깨가 뻐근하고 피로감에 젖어있었다.

"세상에 저토록 마른 사람도 있구나 하고 가까이 다가가 보면 아야코 씨였어요. 그때마다 실망하고 말았다고요."

그를 실망하게 할 만큼 나는 바짝 말랐었다. 그러나 그는 미열도 없고 체중도 60킬로 안팎으로 피로감도 심하지 않았다. 10리나 20리 길을 걸어도 피로를 거의 느끼지 않을 정도의 체력을 가졌으며 어깨도 뻐근하다고 하지 않았다.

나는 기침은 하지 않았지만, 그는 길을 걷다가도 걸음을 멈추고 몸을 구부려야 할 정도로 심하게 기침을 하는 것이 나와는 달랐다.

어쨌든 얼핏 보기에 건강해 보였기 때문에 그의 병은 나보다 훨씬 가벼우리라고 생각했다. 그래서 그의 슬픔이 나에게는 감상주의로 느껴진 것이다.

그는 자주 편지를 보내왔다. 나는 아사히카와 9조 12가에 살았고, 그는 5백 미터 떨어진 곳에 살고 있었다. 나와 날마다 만나면서도 매일 편지를 보내온 것이다.

둘이 우리 집에서 이야기를 나누고 있을 때, 그의 편지가 배달되었던 적이 몇 번인가 있다.

"편지 광이에요."

그는 그때마다 얼굴을 붉히면서 웃었지만, 거기에는 이미 이별의 사연
을 적었던 게 아닐까?

　너와 나, 누가 먼저 죽을 건가 물으면
　내가 먼저 죽는다고 입씨름만 하였네

꽃의 요정,
물의 요정 같은 사람

　현재는 많은 남자 친구들과의 교제를 끊었지만, 작가 히카루 겐지를 닮은 마토 야스히코와는 변함없이 관계를 맺고 있었다.

　그는 가끔 우리 집을 찾아왔다. 그도 허무주의적인 면에서는 나에 못지 않았다.

　마토 야스히코는 수재라기보다는 어딘지 천재적인 예지가 번뜩이는 차분한 의과대학생이다. 그와 동시에 독특한 분위기를 연출하는 젊은이로 늘 푸르스름한 공기가 떠도는 느낌이 들었다.

　어느 때는 꽃의 요정妖精으로, 어느 때는 물의 요정으로 보이는 젊은이였다.

　그가 차를 마실 때 두 손으로 찻잔을 감싸는 동작, 긴 속눈썹을 내리깔며 차의 내음을 맡는 모습은 히카루 겐지를 떠올리게 하는 멋스러움이 있었다.

　그와 같이 약간 여성적이고 섬세한 분위기는 여자 친구들에게도 찾아볼 수 없었기 때문에 그와 함께 있노라면 마음이 편안해지곤 했다.

　그도 허무주의자이었던 만큼,

"나란 놈은 평생 연애 한 번도 못 하겠지요."
라고 곧잘 말했다.

어쩌면 과거 누군가를 열렬하게 사랑했던 상처가 아직 아물지 않은 게 아닌가 하고 나는 생각했다. 그러나 마에카와 타다시처럼 상대방을 위로하려고 하는 배려심이 그에게는 없었다.

어느 날 야스히코와 함께 산책을 나섰다. 산과 들에는 들국화가 피어 있고, 하늘은 맑게 갠 상쾌한 날이었다. 그는 왠지 쓸쓸해 못 견디겠다는 표정으로 여느 때보다 수다스러울 정도로 말이 많았는데, 1킬로도 안 가서 말을 한마디도 하지 않았다.

그의 용모는 남의 눈에 잘 띄었으므로 전선 공사를 하던 인부들이 우리를 보고 놀려대기까지 했다. 그런 일이 그의 입을 더 꽉 다물게 했으리라고 생각되지는 않지만, 그는 갑자기 걸음을 멈추며,

"아야코 씨! 미안하지만, 그만 돌아가셨으면 좋겠어요…."

그런 말을 했다.

마에카와 타다시가 산책 후 반드시 우리 집까지 바래다주는 것과는 전혀 다른 행동이었다.

그러나 마토 야스히코가 쓸쓸하니까 함께 산책까지 나왔다가 도중에 형용할 수 없는 자기혐오에 빠져 혼자 돌아가라고 서슴없이 말하는 그의 변덕이 흥미로웠다. 그에 대한 묘한 호기심이 나를 사로잡았다.

혹 마에카와 타다시는 두 살 위고, 마토 야스히코는 일곱 살 아래인 점이 이들 두 사람의 차이점을 만들었을까?

마에카와 타다시와 단둘이 사귀었다면 이처럼 모성적인 감정을 가질
수는 없지 않았을까 싶기도 했다.

　　그는 어느 날 여느 때와 같이 부드럽게 말했다.

　　"난 말이에요, 대학 졸업하면 조그마한 마을의 고등학교 교사나 되어
볼까 해요. 어디가 좋을까요?"

　　"글쎄, 바다가 보이는 해변 마을이 좋지 않을까요? 아부타虻田 부근이
기후가 좋다던데."

　　"그래요? 그럼 난 아부타에서 살겠어요. 아야코 씨도 함께 갈래요?"

　　야스히코의 돌연한 말에 깜짝 놀랐다.

　　"나도 가야 해?"

　　"응, 그래서 아야코 씨가 좋다는 마을로 가겠다고 말했죠."

　　"하지만…."

　　이 변덕쟁이 야스히코의 말에 수긍할 수 없었다.

　　"나는 평생 결혼 따위 하고 싶지 않아요. 아야코 씨도 몸이 불편하니
결혼은 안 하겠지요? 부부도 아니고 연인도 아닌 사람끼리 한 지붕 밑에
서 일생을 보내는 게 어쩌면 재미있을지도 모르죠."

　　"글쎄, 그것도 좋겠군요. 하지만 나는 밥도 제대로 지을 자신이 없어요.
요즘엔 미열까지 가시지 않아서…."

　　"상관없어요. 함께 한 지붕 아래서 살기만 하면 돼요."

　　그는 그러한 생활을 공상만 해도 즐거운 모양이었다. 어머니에게 그
얘기를 드렸더니,

"그건 절대 안 돼! 아무리 둘의 생각이 그렇더라도 세상 사람들은 부부로 볼 테니까."

하는 꾸중을 내렸다.

마에카와 타다시에게 말하자,

"그 사람만은 절대 안 돼요. 야스히코 군과 아야코 씨는 본성이 같으니까, 둘이 함께 살게 되면 두 사람 다 인생을 망치고 말아요."

그는 무슨 이유인지 강경하게 반대했다. 전에는 연하만 아니라면 좋겠다고 말하더니, 야스히코가 나와 함께 살고 싶어 한다는 말을 듣자, 완강히 반대했다.

"아야코 씨와 야스히코 군은 굳이 세상을 살고 싶은 생각이 없는 부류이거든요. 둘이 자살 얘기라도 하다가 서로 뜻이 맞아 정말 죽기라도 하면 큰일이니까요."

마에카와 타다시는 그렇게 말하면서 되도록 마토 야스히코한테서 떨어지는 편이 오히려 더 낫겠다고까지 말하였다. 나는 질투라고 생각했다.

그런 일이 있고 난 며칠 뒤의 어느 날, 그는 나를 만나자마자 말했다.

"아야코 씨는 참 굉장하더군요. 어제 교회에서 한 여자분한테서 아야코 씨에 관한 얘기를 들었지요."

"그야 내가 뱀프란 얘기겠죠. 그런 얘기라면 이미 타다시 씨도 잘 알잖아요. 이제 와 새삼스럽게 굉장하니 뭐니, 놀랍지도 않아요."

그러나 그가 받은 충격이 컸던 이유가, 그 말을 전한 사람이 그와 가장 가까운 여자 친구라는 사실이었고, 나는 그걸 알고 입을 다물었다.

그리고 마음속으로 마토 야스히코와 아무도 모르는 곳으로 가서 조용히 살고 싶은 생각이 더 간절해졌다.

누나처럼 사귀어 온 너였건만
극장에선 자리 하나 띄워놓고 따로따로 앉았네

나는
타고난 창부娼婦

어느새 눈이 온 세상을 뒤덮는 하얀 겨울이 찾아와 내 곁에 머물기 시작하자, 마음도 겨울 들판처럼 황량해져 갔다. 과연 나는 이 겨울을 잘 견디어 낼 수 있을까?

마에카와 타다시가 교회의 여자 친구로부터 나에 관한 소문을 듣고 왔다는 것을 알고, 왠지 씁쓸해졌다. 아무도 나를 모르는 낯선 고장으로 가서 살고 싶고, 이곳을 탈출하고 싶은 생각에 사로잡히기도 했다.

그런데 어느 날 밤, 이불 속에 누워 멍하니 천정을 올려다보고 있는데, 거미줄 한 가닥이 한들한들 율동하며 흔들리는 광경을 보았다. 병실 안에 난로가 지펴져 있으므로 공기의 순환이 이런 현상을 빚어낸 것이리라.

그 거미줄은 미미하게 좌우로 흔들리고 있었다. 그러나 거미줄 한쪽 끝은 천장에 붙어 있었으므로, 결국은 제자리로 돌아와 늘어졌다.

그 거미줄을 물끄러미 보고 있다가 문득,

'아무리 이곳이 싫어 세상 끝까지 도망쳐도 결국은 이 지구 위에서 1센티도 벗어날 수 없는 무기력한 존재 아닌가.'

그렇게 생각하자, 어디론가 도망치는 일이 어쩐지 우습게 여겨졌다.

세상이 싫어서 작은 몸을 숨기려는 이 패배감, 이것은 죽음보다 더 비겁한 추악한 모습이었다. 이 열등감에서 도저히 벗어날 수 없다고 생각하니, 아무도 모르는 곳으로 가는 게 무의미하다는 생각이 들어, 결국은 나 자신을 책망하기에 이르렀다.

여기서 한마디 해두겠는데, 나는 남자 친구가 몇 있었지만 상대에게 빠져 나의 모든 것을 내던져버리는 패륜 행위 따위는 하지 않았다. 내가 이성 친구들에게서 찾던 것은 육체가 아니라, 말하자면 인생에 관한 진지한 대화를 함께 나누는 상대였다.

그 무렵의 내 편지를 보면 나를 이해할 수 있을 것 같아 소개해 본다.

쇼와 24년(1949년) 12월 27일

아야코가 마에카와 타다시에게.

타다시 씨, 오늘 이렇게 펜을 든 것은 한가로운 추억담을 쓰기 위해서가 아닙니다. 며칠 전 타다시 씨가 교회의 여자 친구로부터 '아야코 씨는 보통내기가 아니라니까.'라는 말을 들었다고 하시면서, '아야코 씨는 굉장한 분이더군요.'라고 말씀하신 데 대한 변명을 하고자 합니다.

'뱀프라는 나의 부질없는 소문을
빙그레 웃으며 듣고 있다가 긍정도 하지 않고서'
라는 시가를 보여드렸지요.

그 시가는 '긍정도 하지 않는다'입니다만, 내게 창부 기질이 있다는 것은 인정합니다. 타고난 창부라고 자인합니다.

하지만 말입니다, 의식적으로 남성을 유혹하거나 속여서 돈을 뜯거나 금품을 갈취하지는 않았습니다. 왜 그랬을까요? 내가 바라는 것은 그런 게 아니었으니까요.

남성들이 나에게 사랑의 고백을 하면 어린이가 옛날이야기를 듣는 것과 같은 집중과 열성, 흥미와 동경하는 마음으로 들었습니다. 왜냐하면 남자가 여자를 사랑한다는 것, 여자가 남자를 사랑한다는 것은 나에게는 매우 중요한 문제였으니까요.

나의 동경과 열중이 무엇을 지향하는지 아십니까? 그것은 삶에 가장 중요한 '어떤 것'을 제안받을지 모른다는 기대감입니다. 내가 기대하는 '어떤 것'과 사랑은 서로 통해야 한다고 생각했습니다.

'난 당신을 사랑해, 이 목숨을 걸고'

이 말은 어떤 여자에게는 맞고, 또 어떤 여자에게는 맞지 않는 신가루와 같습니다.

'사랑이란 어떻게 하는 거예요?'

하고 묻는다면, 이에 대한 해답은 없습니다. 왜냐고요? 사랑한다는 것은 어떤 사람에게는 '좋아한다'라는 것이고, 어떤 사람에게는 '육체를 요구하는 일'이며, 어떤 사람에게는 '결혼하는 일'이기 때문입니다.

더구나 결혼의 내용은 복잡하고 모호합니다. 서양화의 화폭 같은 빛깔입니다. 사랑한다는 게 무엇인지도 모르면서, 어떻게 사랑한다고 말할 수 있겠습니까?

삶에 대한 불안이 결혼을 선택하여 남자 품에 안김으로써 해결된다고 생각하는 사람은 한 사람을 사랑한다고는 볼 수 없습니다.

여자를 사랑하는 것과 나 아야코를 사랑하는 것, 또는 ○○코를 사랑하는 것과는 다릅니다. 나의 삶에 대한 불안, 무엇을 동경하는지도 모르는 나를 조금이라도 알아준다면, 그는 나를 응시하고 나를 사랑했다고 말할 수 있을지도 모르지요.

그러나 그런 사람은 아직 나타나지 않았습니다. 늘 사랑의 동산을 꿈꾸는데도 말입니다.

여자에게도 혼魂 : 정신의 생활이 있음을 모르는 남성이 너무나 많다는 사실을 아시나요? 예쁜 브로치를 사랑의 징표로 선물하고, 영화관이나 찻집을 함께 드나들며 이어가는 따분한 대화, 나는 한 사람 한 사람의 가슴속을 들여다보고 그들의 정신이 황폐함에 놀라 도망치는 여자입니다.

이미 뱀프요부라고 낙인찍힌 나를 굳이 부정하고 싶지는 않습니다. 특별히 아름답지도 않고 영리하지도 않으며, 이렇다 할 장점도 없는 여자가 여러 남성과 교제하노라면, 그런 말을 듣는 것도 당연하겠지요. 그것은 숙명적으로 가시를 달고 태어난 장미와 같은 아픔입니다.

그러나 나의 핏속에 남성의 피가 단 한 방울도 흐르지 않는 것이 불가사의한 슬픈 여자라고 생각합니다. 누군가에게 육신 전부를 바쳤더라면,

"나는 성녀聖女이지만, 뱀프는 아니에요"

라고 말했을지도 모릅니다.

이런 모습의 창부를 아시나요, 타다시 씨?

다시 읽어보니 왠지 싫어지네요. 나는 창부 기질이 남성의 하찮음에

기인한다고 자기변명을 하고 있어요. 아니, 분명 나는 나쁘고 또 나쁜 여자입니다.

소문이란 악의와 흥미 본위로 전해지는 연기와 같으므로 나에 관한 소문도 굉장했을 테지요. 그러나 내가 본질적으로 지닌 추악함은 소문보다도 훨씬 더하다는 사실입니다. 그것을 아무도 모르는 것이 더 놀라울 뿐입니다. 조심하세요, 타다시 씨.

'군자는 위험한 곳을 가까이하지 않는다.'

말 그대로 이제는 뒤도 돌아보지 말고 곧장 나에게서 달아나세요. 그것이 타다시 씨에게 충고해 주신 여자분의 호의에 답하는 길입니다.

이쯤에서 나는 눈물을 조금 흘렸어요. 그러나 아주 조금이었어요. 뱀프 따위의 눈물이 얼마나 가치 있겠어요.

안녕히 계세요. 즐거운 새해 맞이하세요. 이제 이 편지를 부치러 우체국으로 갑니다.

그리고 우시슈베츠강牛朱別川 주변 쓰레기장에 까마귀가 떼지어 있는 모습을 구경하러 갑니다. 설경이 펼쳐진 쓰레기장에서 먹이를 찾아 뛰어다니는 까마귀 떼를 좋아한답니다. 까마귀들의 까만 사랑을.

무서운 뱀프 아야코가

선량한 크리스천 도련님께

강물 위에 내린 눈 내렸다가 녹는 것이
인생도 이같이 왔다가 가는 것을

예고 없이 찾아오는
죽음의 아침과 저녁

해가 바뀌었다.

마에카와 타다시와 나는 이전보다 더 가까워졌다. 그의 여자 친구가 들려준 소문은 우리 두 사람 사이를 오히려 더 친밀하게 해주었다.

그 무렵 난 아사히카와 보건소에 다니면서 주 1회 기흉氣胸 요법 치료를 계속하고 있었다. 스트렙토마이신이 생산되고 성형수술이 발달한 오늘날에는 이 기흉요법은 없어졌을 것이다.

그러나 그 무렵의 결핵환자는 늑막이 유착해 있지 않은 한 누구든 이 요법으로 치료를 받았는데, 굵은 바늘을 가슴에 푹 꽂는다. 이 바늘에 달린 고무관이 기흉기에서 공기를 보낸다. 공기가 늑막강肋膜腔에 들어가면 폐를 압박하면서 공기에 눌려 폐의 병소病巢[28]가 찌부러진다.

처음 이 굵은 바늘이 마취도 없이 가슴에 꽂혔을 때는 누구든 등골이 저릿해진다. 이 바늘은 굵기는 하지만 그리 아프지는 않다. 오히려 아픈 데는 처음 공기가 주입된 가슴 속이다. 조금만 숨을 쉬어도 말을 못 할 만큼 아프고 강렬한 통증이 전해져 온다.

---

28) 병원균이 모여 있는 부위

그다음부터는 공기가 들어올 때의 괴로움이 차츰 줄어든다. 나중에는 공기가 들어오기를 기다릴 정도로 몸이 가벼워진다.

그러나 이 기흉요법도 안전하다고 확신할 수는 없다. 요양원의 한 환자는 퇴원할 날이 가까워지고 있었는데, 마지막으로 기흉요법을 받던 날 간호사가 부르자 콧노래를 부르면서 가벼운 발걸음으로 치료실에 갔으나 영영 돌아오지 못하고 말았다.

그것은 의사의 부주의로 주삿바늘이 혈관을 찌른 것이었다. 기흉기에는 압력을 재는 기계가 달려있는데, 그때 의사가 방심하였는지 공기가 혈관으로 들어가 공기전색栓塞29)을 일으켜 죽은 것이다. 이렇듯 혈관 속에 공기를 투입하는 것은 실로 무서운 일이다.

또 늑막강 내에 찔러야 할 바늘을 폐에 잘못 꽂는 경우가 있다. 그렇게 되면 호흡할 때마다 공기가 그 늑막강 내로 새 나가 갑자기 폐를 위축시키게 된다. 이것이 인사불성으로 이어져 마침내 죽음에 이르는 사고도 몇 번인가 있었다.

자연기흉自然氣胸이라 부르는 이 사고 역시 공기전색과 마찬가지로 기흉요법을 받는 환자라면 누구나 두려워한다. 치료에 능숙한 의사일수록 환자나 간호사와 농담하다가 이런 사고를 자주 일으킨다고 들었다.

아무리 드문 사고일지라도 전혀 있을 수 없는 일은 아니므로 기흉요법을 받을 때마다 순간이나마 불안을 느끼는 것은 당연하다.

눈이 내리던 어느 날, 나는 여느 때와 마찬가지로 기흉요법을 받으러

---

29) 혈관이 막힘

보건소로 갔다. 치료를 끝내고 진찰실을 나서려고 하자, 별안간 눈앞이 캄캄해졌다. 그러자 간호사가 놀라며,

"어머나, 얼굴이 창백해요."

하고 나를 부축하여 곁에 있는 나무 벤치에 뉘어 주었다. 의사가 당황하며 맥을 짚었다. 그러는 동안 30초가 지났을까?

'아아, 변고가 틀림없다.'

순간 나는 운 나쁜 사고가 덮쳤음을 직감했다.

'이제 죽는구나. 모든 걸 운명에 맡기자.'

절망과 체념 속에 불현듯 뇌를 스친 것은 아버지나 어머니가 아니라, '동생회의 사무를 인계해야 하는데…' 였다.

두세 시간이 지나자, 다행히 몸은 전과 같이 회복했다. 내 몸에 돌발적으로 일어난 증세는 자연기흉도 공기전색도 아닌 '쇼크'였다. 이 사건은 나에게 환자로서 좋은 경험이 되었다.

그것은 나에게 죽음에 앞서 잠깐 기다려 달라고 말할 새도 없이 느닷없이 덮친 임종의 경험이었다. 순간 눈앞이 캄캄해졌을 때, 무서운 사고가 내 몸을 덮쳤다는 생각에 죽음을 떠올렸다. 죽음의 그림자를 느낀 것이다.

그때까지 자살하려고 생각한 적은 헤아릴 수 없이 많았다. 그러나 내 의사와는 상관없이 갑자기 죽음이 덮친 경험은 없었다.

적극적으로 살지는 않았지만, 죽음을 아주 두려워하였다. 아홉 살 때 죽음에 관한 생각을 하며 하룻밤을 꼬박 지새운 적도 있었다. 왜 사람은 죽어야만 하는가 생각하니 잠을 이룰 수 없던 것이었다. 그리하여 아홉

살 나이에 죽음에 대해 내린 결론은,

'다른 사람은 죽어도 나 아야코만은 죽지 않는다.'

이었다.

어렸을 때부터 죽음에 대해서 골똘하게 생각했을 만큼, 나의 생명에 대한 집착은 대단히 강했다고 생각한다.

예고 없이 죽음이 덮치기라도 하면, 틀림없이 보기 흉하게 죽은 꼴을 보이게 되리라고 생각해 왔다. 그런데 그때의 나는 뜻밖에도 체념하고 죽음을 오히려 반겼다는 사실이 충격으로 다가왔다.

'할 수 없지. 지금 죽어도 어떤 미련도 없다.'

라는 평온하고 냉정함이 죽음보다 앞서 있었다.

가장 불가사의하게 생각되는 것은 부모 형제나 친구들의 일을 생각하기보다 매월 천 엔이란 보수를 받고 일하는 결핵환자 모임인 동생회의 서기 업무 인계를 가장 먼저 걱정했다는 사실이다.

말하자면 이 일은 요양을 겸한 아르바이트이지 직업은 아니었다. 평소 그다지 중요하게 생각하지도 않던 일이 왜 죽음 앞에서 가장 먼저 떠올랐을까?

평소 친분이 깊은 마에카와 타다시를 먼저 만나고 싶은 절박한 마음도 없었다. 그럼 그와 함께 보낸 시간은 어떤 의미일까?

이 경험으로 내가 얻은 것은 인간은 죽음을 두려워하지만, 막상 죽음에 직면하면 오히려 죽음을 받아들인다는 사실이다. 그리고 인간은 자기가 누구인지 모르고 방황하는 사람이 의외로 많다는 점이다.

자기가 죽음을 맞이할 때는 이러이러할 것이라고 미리 상상해 보지만, 뜻밖의 일면이 있음을 절실하게 느꼈다. 그것은 나 자신을 조금도 알지 못한다는 증거이기도 하였다.

물론 앞으로 죽음에 직면할 때의 나는, 지금의 나와는 전혀 다른 모습을 보일 것이다. 흔히 사람들은 임종 때의 모습을 보고 그 사람을 평가하려 한다. 오래 병석에 있던 병자라면 모르지만, 갑자기 덮친 죽음에 임한 당사자의 모습을 그토록 중요하게 생각하는 것이 옳은지 평가하기란 어렵다.

그때 내가 진찰실에서 죽었다면, 사람들은 내가 깨끗하게 죽음을 맞이했다고 평가했으리라. 그러나 죽을 때는 몸부림치며 바둥거리는 것이 인간의 마지막 참모습이라고 나는 생각한다.

그 후 이 사건이 내 생활 전반에 걸쳐 다방면으로 영향을 미친 것은 틀림없다. 죽음은 예고도 없이 갑자기 덮친다는 것을 절실하게 느꼈다. 내가 죽고 싶다고 소원했던 그 밤의 바닷가에서 나는 죽지 못했다. 그러나 다시 살려고 마음먹은 지금, 죽음은 언제 찾아올지 모르는 그림자로 항상 곁에 머물고 있다.

죽고 싶은 것이 나의 강렬한 소원이자 의지였지만 끝내 죽지 못했다. 지금 살고 싶어 하는 것도 분명 우리 인간의 소원이자 의지일 텐데, 의외의 죽음에는 이리 간단히 짓밟히지 않는가.

그렇게 생각하자, 이 세상에는 자신의 의지보다도 더 강력한 어떤 의지가 있음을 느끼지 않을 수 없었다. 그 다른 의지를 깨닫고 보니 평범한 일상에도 분명 자신의 의지와는 다른 무엇인가가 작용하고 있음을 인정하지 않을 수 없었다.

이를테면 오늘은 빨래하고, 책 읽고, 시장에 가겠다는 계획을 세운다. 그런데 빨래하는 도중에 비가 오고 책 읽는 도중에 복통을 일으키고 시장 가려고 막 나서려 할 때 손님이 찾아온다. 이처럼 일은 결코 자신의 의지대로 진행되지 않는다.

스물여덟이 된 지금도 그와 비슷한 일을 경험했다. 가장 두드러진 예는 니시카와 이치로의 함이 도착한 날이었는데, 예고 없이 병으로 쓰러지는 바람에 결혼 일정이 어긋나버린 것이다.

이처럼 인간의 생활이란 한 치 앞도 보지 못하니 미지의 누군가가 우리 인간이 세운 계획을 수정해 주는 게 아닐까, 그런 생각을 하기에 이르렀다. 물론 이 누군가란 절대자 하나님이다.

몸마저 부었나? 덮어버린 눈두덩
열리지 않는 것이 이제는 죽음인가!

병실에도
햇살이

눈이 녹아 물방울이 되어 처마에서 끊임없이 떨어지는 3월 어느 날이었다. 아직 봄은 어디에도 보이지 않았다.

마토 야스히코에게서 엽서가 왔다. 그리 잘 쓰지 못한 작은 글씨가 삐뚤빼뚤 늘어서 있다. 마른 개울의 디딤돌 같다.

'아야코 씨, 건강하세요? 지금 내 수중에는 엽서가 단 한 장뿐입니다. 나는 내일 흉곽 성형수술을 받기로 예정되어 있습니다. 아무에게도 알리지 않고 수술받으려고 했습니다만, 이 한 장 남은 엽서를 보고 당신에게만은 꼭 알려드리고 싶어 펜을 들었습니다.'

간단한 사연이었지만, 그 내용은 중대했다. 흉곽 성형은 가슴을 절개하여 늑골을 잘라내는 수술이다. 그리 위험하지는 않지만, 분명 큰 수술이다. 마침 나를 찾아와 있던 마에카와 타다시에게 그 엽서를 보였다.

읽고 나서 그는,

"지금 당장 가 봅시다. 여러모로 사람 손도 필요할 것이고, 곁에 있기만 해도 큰 위로가 될 겁니다."

하며, 자리에서 일어나려 했다.

"난 미열이 좀 있어요."

그렇게 말하자, 그는 기가 막힌다는 듯한 표정을 지으며,

"마토 씨가 죽느냐 사느냐 하는 대수술을 받는 거잖아요!"

하고, 나를 꾸짖듯 말했다.

마토 야스히코에게는 어머니가 안 계신다. 수술받을 때 가장 가까이 있어 주기를 바라는 사람이 없는 것은 분명 슬픈 일이다. 그러나 나는 단 한 장 남은 엽서를 나에게 보냈다는 데 집착하는 매정한 여자였다.

그에게는 친구가 여럿 있었고, 여자 친구도 있었다. 그중에서 나한테만 엽서를 써 보냈다는 것이 솔직히 말해 기뻤다.

마에카와 타다시는 예전에 나에게 마토 야스히코와의 교제를 끊어야 한다고 말했지만, 정작 그 자신은 단가 잡지나 엽서 따위를 마토에게 종종 보냈다.

그러나 마토는 무슨 생각에서인지 마에카와 타다시의 그러한 호의에 한 번도 보답하려고 하지 않았다. 남이 보기에는 자기가 받을 것은 다 받고 보답은 잊어버리는 인색한 사람이라는 인상을 주었다.

그러한 마토 야스히코의 수술에 굳이 그가 쫓아가서 보살펴 줄 필요는 없지 않나 하는 생각이 들어서 함께 가기가 망설여졌다.

막상 병원에 가 보니 필요한 것은 아직 갖추어 놓지 않은 채로 수술을 기다리고 있었다. 예를 들면 누워서 먹을 수 있는 식기나 바닥에 깔 기름

종이 등 수술환자의 필수품조차 마련되어 있지 않았다.

마에카와 타다시는 의학도다운 세심함으로 필요한 물건들을 메모하여 그의 누님에게 건네주었다. 그리고 여덟 명이 공동으로 쓰는 병실은 불편할 것이라며 담당의와 상의하여 2인용 병실로 옮기게 했다.

다음날은 마토 야스히코가 수술을 받는 날이었다. 나는 마에카와 타다시와 함께 병원으로 다시 갔다. 마토는 이미 전신마취가 되어 수술환자용 침상에 실려 수술실에 들어가 있었다. 수술이 끝나기를 기다리는 동안 매점에서 캐러멜을 사 와서 피곤해 보이는 마에카와 타다시에게 권했다.

"하나 드세요."

그러자 그는 정색하며,

"지금 마토 군이 큰 수술을 받는 중입니다. 이런 상황에 캐러멜이 목구멍에 넘어가겠어요?"

하고 고개를 흔들었다.

그 말에 감동했다. 그러나 마토는 수술이 끝나고 퇴원해도 그에게 친절하지 않을 것이라는 생각이 들었다.

그러한 마토의 수술에 왜 이렇게 진심으로 걱정하는가 하는 데 생각에 미치자, 마에카와 타다시라는 사람이 참 훌륭해 보였다. 혼자 캐러멜 한 갑을 다 먹어 치웠다.

땅에 깔린 회양목 움츠린 아침이면
하얀 겨울날 햇빛이 스며드네

다시 찾아온
청춘의 나날들

마토 야스히코의 수술은 성공하여 서서히 체력을 회복해 가고 있었다. 그러한 마토를 나보다 마에카와 타다시가 더 자주 문병했던 것 같다. 가끔 우리 둘이 함께 문병하기도 했지만.

그러자 마토는,

"두 분이 오누이냐고 병실 사람과 간호사들이 말하더군요."

라고 말했다.

나와 마에카와 타다시가 자아내는 분위기가 남들 눈에도 연인처럼 보이지는 않았던 모양이다.

내 눈은 쌍꺼풀지고 큼직한데, 마에카와 타다시의 눈은 가느다랗고 작다. 모습이 닮지도 않았는데, 어딘지 닮게 보였다는 것이 나는 기뻤다.

허무주의적이었던 내가 조금씩이라도 그를 닮아가는 것이, 나 자신이 새로워지는 것처럼 기뻤다.

어느 날 마에카와는 나에게 대학노트 한 권을 사 주면서 말했다.

"이 노트에 우리의 독서 감상을 쓰기로 합시다."

그는 나를 조금이라도 성장시키는 일에서 기쁨을 찾는 듯했다.

게오르규의 『25시』, 릴케의 『말테의 수기』, 미야모토 유리코宮本百合子[30]의 『켄지顯治의 12년의 편지』와 같은 책을 연이어 사 와서는 나에게 감상문을 쓰게 했다.

세상의 남녀교제는 이런 과제를 안기는 일이 아니라고 생각하면서도 나는 즐거웠다.

라이너 마리아 릴케의 말에,

'배우고 싶어 하는 소녀와 가르치고 싶어 하는 청년 한 쌍만큼 아름다운 짝은 없다.'

라는 구절이 있었던 것 같다.

우리는 정말 그런 한 쌍이 되려고 했다. 그렇기에 더욱 열심히 성경을 읽고 영어를 배우고 단가를 지었다.

그는 쇼와 20년(1945년) 무렵부터 단가를 짓기 시작했는데, 지금은 『아라라기』 회원이 되었다. 노래를 시작한 지 얼마 되지 않은 내가 그의 노래가 얼마나 좋은 것인지는 그때까지는 몰랐지만, 다음과 같은 인간미가 넘치는 노래에 마음이 끌렸다.

공원의 숲속을 나란히 걸어가면
어쩐지 연인과 같은 착각이

이대로 포옹하면 어떨까 생각하면서

---

30) 일본의 소설가

어두운 곳을 여자와 나란히 걷는다.

그가 읊은 작품 속의 여성은 내가 아니다. 이전에 나를 굉장한 여자라고 그에게 고해바쳤던 여성이다.

이 노래를 교회 수양회 때 카구라오카神樂岡 공원으로 가는 길에 지은 것이라면서 나에게 보여주었다.

"어머, 타다시 씨 같이 그렇게 근엄한 표정을 지어도 속으로는 무엇을 생각하는지 모르겠군요."

어이없다는 듯 말했다.

"아야코 씨는 소설을 읽으면서도 여태껏 남자의 심리를 전혀 모르는 것 같군요. 내가 가잔다고 사람도 없는 슌코다이春光台 공원까지 아무렇지도 않게 졸졸 따라오니 말이에요. 나도 남자인데, 솔직히 경계 대상이라고 생각해야 옳습니다."

"그런가요? 하지만 난 남자를 조금도 무서워하거나 두려워하지 않아요. 남자도 수치란 것을 알 테니까요. 그렇게 무턱대고 이상한 짓은 하지 않으리라고 봐요."

"그러면 안 돼요, 안 돼. 그래서 탈이야. 아야코 씨는 정말 어린 아이와 똑같이 위태로워서 보고 있을 수가 없군. 키쿠치 칸菊池寬[31]은 남자의 본심을 제대로 아는 부류는 기생들뿐이라고 쓴 적이 있는데, 남자의 야성을 좀 더 알아둘 필요가 있겠네요."

---

31) 일본의 저명한 소설가

그는 정색하며 절대로 남자를 믿어서는 안 된다고 거듭거듭 나에게 충고했다.

그것은 처음 듣는 말이었다. 남자들은 전부 자신만은 신사인 척 행동한다. 그동안 사내란 마음을 터놓을 수 없는 존재라고 말해 준 남자는 단 한 사람도 없었다.

마에카와 타다시는,

"나는 말이에요, 겉보기엔 품행이 방정하지요. 하지만 마음속엔 그에 맞먹는 헛된 망상이 소용돌이치고 있답니다."

라고도 말했다.

속으로 이렇게 말하는 사람이야말로 전폭적으로 신뢰해도 되는 사람이라고 생각했다.

입맞춤한 꿈의 환희 속에서 몸을 떠는데,
벌써 잠에서 깨었구나 숨결도 거칠게

그는 이런 노래도 지었다. 그리고 그를 믿는 내가 어떻게든 자기를 믿지 말도록 거듭 당부의 말을 했다.

"난 말입니다. 남에게 말도 못 할 꿈을 꾼답니다. 이 노래는 그래도 좀 점잖은 편이죠."

그리고 또,

"아야코 씨는 분명 여자입니다. 여자인 이상 상대 남성의 실체를 알아야 합니다. 남성을 고결한 존재로 마음속에 그리다가 그 환상과 같은 상대와 결혼하기 때문에 세상에는 불행한 결혼도 많은 거죠."
하고 타이르듯이 들려주었다.

지금 생각하면, 그는 자신이 미화되는 것이 싫었는지도 모른다. 아니, 그 이상으로 나의 장래를 걱정했던 게 아닐까? 자신의 짧은 생명을 이미 예측했기에 세상 물정 아무것도 모르는 내가 불행한 결혼을 하지 않도록 신경을 썼던 게 아닐까?

그는 다음과 같은 노래도 지었다.

패기 없이 거리감을 두고 교제를 하면
아가씨들은 잇달아 나를 떠나버리고

또 그는 인류평화 문제에도 많은 관심을 보여주었다. 인류의 평화만은 반드시 지켜져야 한다며 평화주의를 부르짖는 그는 나에게 자주 그 문제를 이야기했다.

어느 날 두 사람이 강둑에 앉아 평화 문제를 이야기하는데, 남자들 두서너 명이 놀리며 지나갔다.

"남들이 보기엔 달콤한 밀어라도 주고받는 연인인 줄 알겠군요. 젊은 남녀가 이렇게 아름다운 둑에 앉아 평화니, 뭐니 떠드는 건 격에 맞지 않는단 말이에요."

그는 그렇게 말하면서 웃었다.

그때 처음 인류평화 문제를 깊이 생각했다. 정말로 온 세계에는 수천만 쌍의 젊은 연인들이 있을 것이다. 그들은 자기들만의 사랑 이야기를 나누면 그것만으로도 족할 것이다. 그런데,

"언제 또 전쟁이 일어날는지 모르잖아요. 만일 전쟁이 나면 당신은 싸움터로 가겠지요?"

그런 대화를 나누어야 한다면 참 슬픈 일 아니냐고 말했다.

"정말 그래요, 우리가 원하는 것은 자가용도 큰 저택도 아닙니다. 단칸방에서라도 전쟁 걱정하지 않고 온 가족이 살아가는 거예요."

그에게 그렇게 말했다. 평화를 바라는 그는, 다음과 같은 노래 몇 수를 지었다.

평화를 위해 기도밖에 할 수 없는가
조직도 없고 기력도 없는 크리스천인 우리

이번만은 영합迎合하는 크리스천이 되고 싶지 않구나
외신은 원폭 전쟁의 비참함을 전한다

평화란 영원한 희망이라고 생각할 때
바람이 바람개비의 화살 방향을 바꾸도다

전쟁을 고취하지 않던 소극消極을

이제는 고고자孤高子였노라고 뽐내는 무리

어떤 때는 나에게 신문 읽는 법을 가르쳐 주기도 했다.

"아야코 씨, 제목이 큰 기사가 중요한 기사라고만 볼 수는 없어요. 신문 한구석에 조그맣게 실린 두서너 줄이 훨씬 중요할 때도 있으니까요. 눈을 크게 뜨고 이 적은 글이 지금 세상에서 어떤 뜻을 가지는지 정확히 판단하며 읽어야 해요."

그 후로 그것을 뒷받침해 줄 만한 기사를 몇 번인가 보았다. 그 사실을 증명하는 노래로 이런 게 있다.

외신의 짧은 기사를 두려워하면서
어떤 결론을 끌어내려고 안달한다

그는 그때 서른한 살이었는데, 홋카이도 대학 의학부에 적을 둔 요양 중인 학생이었다. 그렇기에 다음과 같은 노래를 읊은 것도 당연하다.

징병 반대의 게시판을 둘러싼 학생들 가운데
샤프란 화분을 감싸 안은 한 사람

나는 이 노래가 좋았다. 프랑스 영화의 한 장면과 같은 노래가 아닌가 싶었다.

징병을 반대하는 젊은 학생들의 풋풋하고 진지한 모습, 샤프란 꽃송이를 다치지 않도록 감싸 안고 있는 학생의 모습이 세계평화를 상징하는 느낌이 든다.

  지금도 나는 이 노래를 청춘 시절을 읊은 뛰어난 노래로 평가하는 데 주저하지 않는다.

  내가 보낸 편지들을 바닷가 모래밭에 묻었다는 사연이

  전선前線 편지에 있었네

사랑이
가기 전에

내 노래가 서투르기는 하지만 많이 달라졌다. 처음 노래를 시작했을
때는 허무주의적인 노래가 많았다.

치사량의 두 배 마시면 죽는다는 말을
몇 번이고 생각하다 오늘도 저물어간다

자기혐오가 격심해질 때
시커멓게 탁한 뭉게구름 갈라졌네

타성으로 살아있는 나라고 자각했다
체온계를 몸에서 내릴 때

거지들이 부러운 오늘 밤이여
우체국 벤치에 엎드려 누웠으니

이러한 노래가 어느덧 다음과 같은 노래로 바뀌어 갔다.

『주부의 벗』의 구직난을 읽고 있지만
가슴 병을 앓는 나에게 살아갈 길이 있을까?

포르말린 냄새나는 잠옷을 갈아입으면서
마음이 평화로워지고 있네

그러는 동안 마에카와 타다시가 홋카이도 대학병원으로 진찰받으러 가게 되었다. 그 소식에 왠지 불안해졌다. 그 까닭은 그의 건강 때문만이 아니었다. 삿포로에는 그의 첫사랑 여인이 있었기 때문이다.

상대는 하숙집 딸로 그보다 네 살 연상이었다. 첫사랑이라 해도 그가 혼자만 좋아했을 뿐, 상대는 아무것도 모르고 다른 사람과 결혼하였다.

그는 「봄과 가을」이라는 단편소설을 홋카이도 대학 교우회지에 발표했는데, 소설 속에 그녀에 대해 쓴 글이 들어 있다. 소설 속의 그녀는 기다란 속눈썹을 가졌고, 기타를 잘 치는 여인으로 묘사되어 있었다. 그게 사실이었던 모양이다. 결말은 그녀가 자살하는 것으로 끝맺고 있다.

그의 말에 의하면,

"다른 사람과 결혼해버렸기에 화가 나 자살로 끝냈어요."
라고 했다.

그 여성은 매우 총명했으므로 그의 마음을 알았지만, 시치미를 떼고 적당히 그를 따돌렸다고 한다.

그는 그런 사실을 내게 들려주면서,

"그건 오히려 고마운 일이었어요. 젊을 때는 사랑해도 무방하지만, 사랑받아서는 안 될 일도 있습니다."

하고, 고마움을 표했다.

이 말을 나에게 들려준 까닭은 일곱 살 아래인 마토 야스히코와 나 사이의 위험을 감지했기 때문인 듯하다.

어쨌든 그가 오랜만에 삿포로로 간다는 말을 듣고 나는 직감적으로 그와 첫사랑 여인이 어딘가에서 우연히 만나지나 않을까 질투심이 일었다. 왜냐하면 나는 가끔 예언자처럼 주변에 일어날 일을 예견하였기 때문이다.

특히 입원 중에는 신경이 날카로운 탓인지 누워있으면서도 백 미터나 떨어진 취사장에서 지금 만드는 음식이 무엇인지 알아맞히는 일이 종종 있었다.

삿포로로 간 그는 일주일 사이에 엽서를 28통이나 보내왔다.

"지금 삿포로역에 내렸습니다. 아사히카와보다 훨씬 따뜻하군요. 지금 홋카이도 병원으로 가는 길입니다만, 우선 한 마디 적어 보냅니다. 감기 걸리지 말고 건강하게 기다려주세요."

그런 간단한 내용이었는데, 어떤 때는 병원 대기실, 어떤 때는 식당, 또 어느 때는 책방에서라는 식으로 부지런히 써서 보내왔다.

그리고 무엇을 먹었는지, 누굴 만났는지, 삿포로의 거리 모습은 어떠한

지, 마치 내가 동행이라도 하는 듯 착각을 일으키게 할 만큼 하나부터 열까지 일일이 보고했다.

마침내 내 직감이 들어맞았음을 그의 엽서를 통해 알았다.

'오늘 삿포로는 따뜻하고 싸락눈이 발바닥에 느껴집니다. 오늘 뜻밖의 사람을 만났지요. '가을32)' 이었습니다. 연보라 베레모, 입술에 바른 립스틱의 빛깔도 7년 전과 같았어요. 다섯 살쯤으로 보이는 사내아이와 고개를 약간 비스듬히 하고 걷는 모습도 옛날 그대로였습니다. 그쪽은 나를 알아보지 못하는 것 같아 말도 걸지 않고 지나쳤습니다.'

내 직감이 들어맞았다고 생각하면서 그 엽서를 몇 번이고 읽었다. 그 글귀 가운데 '가을'에 대한 그의 마음이 숨어 있지 않나 찾았다. 그리고,

'역시 그는 아직도 그녀를 사랑하고 있다.'

라고 단정 지었다.

만일 사랑하지 않는다면 한 지붕 밑에서 몇 해나 살았던 가을에게 말 걸기를 주저할 까닭이 없다. 자기도 모르게 입에서 그 사람 이름이 튀어나오는 게 자연스럽다고 생각했다.

베레모를 쓴 모습이나 입술의 립스틱 빛깔마저도 7년 전과 똑같았다고 기억하는 것은 특별한 감정이다.

더구나 그 여인을 유심히 바라보면서 그대로 지나쳐 버렸다는 것은 여전히 그녀를 사랑하기 때문이라고 나는 믿었다.

이윽고 그는 일주일간의 병원 일정을 끝내고 아사히카와로 돌아왔다.

---

32) 「봄과 가을」은 여동생을 봄으로, 언니를 가을로 지칭하여 쓴 그의 글

만나자마자 나는 말했다.

"그 가을을 만났군요."

편지를 28통이나 받은 것보다 그것을 먼저 말했다. 그때 내가 마에카와 타다시를 사랑하고 있음을 명확하게 깨달았다. 지금까지 스승이자 친구로 사귀었을 텐데도 내 마음은 돌연 그에게로 기울어졌다.

"만났지요."

그는 그렇게 말하면서 웃었다. 그러고 나서,

"어떻게 되었을 것 같아요?"

하고 되물었다.

아무 말도 하지 않았다. 7년 만에 가을을 만난 그는, 그 가을에게 그의 마음을, 지난날의 사랑을 다 맡겨놓고 잊어버리고 왔으리라 생각했기 때문이다.

"아야코 씨!"

나직이 부르기에 고개를 들자, 그의 격렬한 눈빛이 내 눈앞에 있었다. 그 눈빛은 웅변을 아주 잘하는 사람 못지않게 그의 마음을 잘 대변해 주었다.

"왜 가을에게 말하지 않았어요?"

그의 눈빛에 세찬 감정이 일렁이는 것을 보면서 말했다.

"난 말이요, 가을뿐만 아니라, 어떤 여성에게도 말을 걸지 않습니다."

그는 그렇게 말하면서 처음으로 내 손을 잡았다. 그날부터 우리는 친구 사이이기를 그만두었다.

이끌리며 야단맞으며 사귀어 온 두 해
어느덧 깊이 사랑하고 있나니

내 머리빗은 내음이 가득 차 있는 방에서
아, 못 견디게 그대를 생각하며

태어나서 처음으로 연가를 지었다.

이윽고 눈이 녹고 홋카이도에도 봄이 왔다. 이어 벚꽃, 백목련이 한꺼번에 피어나는 5월이 펼쳐졌다. 아사히카와의 5월은 아름답다. 왜냐하면 다시 찾아온 사랑의 빛깔이었기 때문이다.

우리는 함께 걸으면서 슌코다이 언덕에 올랐다. 이 언덕은 그가 나를 위해 자기 발에 돌로 상처를 입혔던 곳이다.

그날 그는,

"아야코 씨, 오늘은 생일 축하해 드리려고요."

라고 말했다.

내 생일은 4월 25일이다.

그때 나는 축하 선물로 책 한 권을 받았다. 한편 그는 과자점에서 규히求肥33) 두 개와 모모야마桃山34) 두 개를 샀다. 단것을 좋아하는 나를 위해 축하 선물로 사 주었구나 짐작하며 언덕에 올랐다.

---

33) 과자 이름. 전분에 설탕을 가하여 끓여 굳힌 것
34) 과자 이름. 황색을 띤 엿을 구운 과자

우리 둘은 각자 사는 거리가 보랏빛 연기로 아름답게 물드는 것을 바라보며, 여느 때처럼 단가나 소설과 관련된 이야기를 나누었다.

가까이에 목장이 있었는데, 소들은 어린 목동이 지켜보는 가운데 여러 마리가 한가롭게 풀을 뜯으며 뒤를 따랐다. 초등학교 5학년쯤으로 보이는 목동은 풀피리를 불면서 우리는 쳐다보지도 않고 무심하게 지나갔다.

그 뒤에 둘만 남은 언덕은 정신이 아득해질 것처럼 조용하여 마음을 사로잡았다.

그날 우리는 처음으로 입을 맞추었다.

"생일 축하합니다."

그의 말을 듣고 나는 깜짝 놀랐다.

"아! 이것이 축하 선물이군요. 참 멋진 선물이네요."

그는 새로 돋은 풀 위에 가만히 무릎을 꿇고 나를 위해 기도해 주었다.

"어버이 되시는 하나님, 우리 두 사람은 아시는 바와 같이 모두 병든 몸입니다. 그러나 이 짧은 생애를 성실하게, 진지하게 살아갈 수 있도록 지켜주십시오. 부디 마지막 날에 이르기까지 하나님과 서로에게 진실하도록 이끌어주십시오."

우리는 어느덧 눈물을 머금고 있었다. 나는 그의 진실한 사랑에 감동하여 눈물을 흘렸지만, 그는 자신의 생명이 짧음을 한탄하고 언젠가는 홀로 남게 될 나를 생각하며 눈물 흘렸으리라.

"열심히 삽시다."

그의 한 마디가 지금도 들리는 것만 같다.

서로 앓으니 언제까지 이어질 행복이려나
입술을 마주 대면서 눈물을 흘리고
　—아야코

피리처럼 울고 있는 가슴에 그대를 안으면
나의 쓸쓸함은 더할 수 없네
　—타다시

『들어라, 바다의 소리』

마에카와 타다시와의 즐거운 날이 계속되자, 또 형용할 수 없는 불안의 늪에 빠졌다. 지금의 평온함은 타다시가 존재함으로써 가능하다는 데 대한 불안감이었다.

분명 그는 친절하고 화제가 풍부하여 연인으로서 즐거움을 주는 존재이기는 했다. 만날 때마다 입을 맞추지도 않는 금욕적인 태도도 좋았다. 우리 두 사람 사이에는 늘 시원한 바람이 부는 듯 상쾌하였다.

그러한 그의 태도에 신뢰가 느껴질수록 지금의 터전이 진정 내가 안주할 수 있는 세계일까 하는 막연한 불안을 느낀 것이다.

나의 행복은 마에카와 타다시라는 인간이 존재함에 있었다. 그럼 언젠가 그가 내 곁을 떠나거나 사별할 때가 왔을 때, 지금 누리는 이 행복의 기반이 어이없이 사라지지나 않을까 하는 불안에 슬펐다.

내 인생에서 진정으로 바라던 행복을 그처럼 쉽게 잃어버리면 안 된다. 그 점에서만은 무서운 이기주의자egoist였다. 순간의 행복이라면 더 불안하다. 나는 영원으로 이어지는 행복을 갈망한다.

그런데도 그와 함께하는 나날의 즐거움에 나는 불안을 느낀 것이다.

이 같은 막연한 불안감은 그 뒤에도 자주 엄습했다.

그의 영향도 있고 해서 되도록 책을 많이 읽으려고 노력했다. 『들어라, 바다의 소리』도 그중 하나였다.

이 책은 베스트셀러로 지금도 많은 학생이 읽고 있다. 학도병으로 전선에서 전사자들의 수기 모음집이다.

이 책을 읽고, 이 세상에는 끝까지 다 읽었다고 말할 수 없는 또 다른 부류의 책이 있음을 깨달았다. 아무리 감동하며 읽었더라도 그것만으로 책을 독파讀破했다고 할 수는 없었다. 읽은 사람의 의무는 그 후의 삶의 태도로 이 책에 보답하는 일이다. 그러지 않으면 독자의 자격이 없다.

이 『들어라, 바다의 소리』에는 낡은 노트에 쓴 젊은 학도들의 유서와 일기가 실려 있다. 그 당시 젊은이들 대부분은 전쟁을 비판하고 완강히 부정하였다. 그러나 학생들은 자신들이 거부하는 전쟁터를 향해 떠났다.

이들의 글에는 철저한 전쟁 비판과 전쟁을 부정하는 강력한 항변이 없었다. 몸을 희생해서라도 전쟁을 거부하려는 줄기찬 힘이 없었다.

그때 나는 학문마저도 궁극적으로는 심히 무력함을 깨달았고, 그 학문의 한계가 가진 허탈함과 쓸쓸함을 절실히 느꼈다.

그렇기에 이 책 『들어라, 바다의 소리』는 더욱 비통하게 느껴져 읽는 사람을 감동케 했다. 본인의 의사와 상관없이 억지로 끌려가 전쟁터에서 이슬처럼 사라져간 젊은 영혼들의 억울함이 고스란히 느껴지게 했다.

이 책을 읽고 항쟁이 없는 평화로는 진정한 평화가 오지 않는다는 것을 절실히 깨달았다. 인간 생명의 존귀함을 진정으로 안다면 한 사람

한 사람 가슴 속의 잔학성을 부정하는 결정적인 무엇인가가 필요하다는 생각이 들었다. 그 역할을 감당할 이는 역시 신밖에 없다.

그러나 그때의 나는 맹목적으로 그리스도교를 믿고 따를 수가 없었다. 미국이나 영국, 프랑스와 독일에도 그리스도교가 있지 않은가. 그러나 전지전능한 그리스도조차도 전쟁을 억제하지 못하는 이유는 무엇 때문일까?

그렇다면 종교도 학문과 마찬가지로 아무런 힘이 없지 않은가? 나는 절망했다.

일본에만 신이 없는 건 아니다. 전 세계가 신을 잃었다고 나는 격분했고, 그런 것조차 깨닫지 못하는 교회에 불만을 느끼지 않을 수 없었다.

아무리 감격의 눈물을 흘리면서 이 『들어라, 바다의 소리』를 읽었어도 전쟁은 끊임없이 되풀이될 것이다. 인류의 역사는 전쟁의 역사이기에.

이 책을 읽을 필요도 없이 일본인 대부분은 전쟁 때문에 부모와 가족, 친구를 잃고 집도 폐허가 되고 자신의 운명도 바뀌었음을 잘 알고 있다. 우리 국민 모두 전쟁의 희생자다.

우리 결핵환자도 전쟁 중 식량 부족으로 발병하지 않아도 될 사람까지 병을 얻어 오랫동안 누워서 연명해온 것이 현실이다.

그러나 우리는 궁극적으로 전쟁을 일으킨 자는 누구냐고 추궁하지 않고, 다시는 전쟁을 일으키지 말자고 다짐하지도 않는다. 어쩌면 인간이 이처럼 무책임하고 둔감한가?

개인이 다른 누군가를 살해하거나 집을 불태웠다면, 결코 상대방을

용서하지 않을 것이다. 그러나 우리는 입으로는,

"전쟁은 질색이다. 당해도 너무 크게 당했다."

따위의 말을 하면서도 마음속에는 격렬한 분노를 갖지 않는다.

나는 인간의 내면에 도사린 둔감함과 비겁함을 깨닫고 세상이 두려워졌다.

평화 문제는 한 사람 한 사람의 가슴 속에 평화에 대한 절박한 소원이 불타오르지 않으면 결코 해결할 수 없는 난제임을 알았다.

『들어라, 바다의 소리』에 등장하는 학생들이 젊고 순수할수록, 나는 전쟁을 부정하는 데 절대적으로 필요한 신에 관해서 생각하였다.

어쨌든 이 책이 내가 신앙생활로 들어가는 데 커다란 자극제가 된 것은 틀림없다.

강물 위에 내린 눈 내렸다 녹듯이
인생도 이같이 왔다가 가는 것을

안개빛 같은
남자의 마음

구도求道 생활이 진지해짐에 따라 내 몸을 소중히 보살피는 데도 열성을 갖게 되었다. 건강한 육체에 건강한 정신이 깃든다는 교과서의 구절에 밑줄을 그었다.

마에카와 타다시가 어느 날,

"아야코 씨, 우리 서로를 위해 홋카이도 대학병원에 가서 종합진단을 한번 받아 보는 건 어때요."

라고 권했다.

그의 집안은 대학병원에 진찰받으러 가는 것쯤이야 경제적으로 큰 부담이 없었지만, 나는 아직 중학생, 고등학생인 동생들이 있는 우리 집 형편에 진찰비는 적은 돈이 아니었다.

이 비용을 마련하기 위해 의류 도매상에 가서 남성용 양말과 여성용 속옷을 사 요양원과 거리로, 집마다 다니며 행상을 시작하였다.

6월 중순쯤 라일락이 꽃향기를 내뿜는 아름다운 계절이었는데, 열 집 들러 한 집 팔면 성과가 좋은 편이었다. 그러나 몸이 견뎌낼 수 없는 중노동이었다.

그래서 생각하지도 않고 친구가 근무하는 홋카이도 척식은행으로 달려갔다. 사사이 이쿠笹井郁는 아주 시원스럽게,

"홋타 씨, 잠깐 기다려요, 내가 몽땅 팔아 가지고 올 테니, 여기서 잠깐 쉬고 있으면 돼요."

라고 말하고는 동료들 사이를 돌아다니면서 순식간에 다 팔아주었다.

그때의 고마움을 지금도 잊지 않고 있다. 훗날 주거래 은행이 바로 이곳이 된 까닭이기도 하다.

마침내 여비가 마련되자, 둘이 삿포로로 떠나기로 한 날 아침이 왔다. 역에 가 보니 그는 이미 등산용 배낭을 짊어지고 기다리고 있었다. 그 무렵엔 신사복을 입고 배낭을 짊어지는 사람은 없었기 때문에 나는 적잖이 놀랐다.

"어머, 왜 슈트케이스를 가지고 오지 않았어요?"

이렇게 묻는 나에게 그는 웃으며 대답했다.

"아야코 씨의 짐을 들려면 두 손이 비어 있어야 하니까요."

그는 빙그레 웃으면서 내 짐에 손을 얹었다. 한 대 세게 얻어맞은 듯 크게 감동했다.

그도 한창인 젊은이다. 신사복 차림으로 배낭을 짊어지기란, 그리 기쁘지는 않았으리라. 그러나 그는 자신보다도 나를 먼저 배려한 것이다.

'함께 여행하면 이런 보살핌을 받는구나. 만약 나와 결혼한다면 그는 긴 인생 여행을 나와 함께하기 위해 평생 이런 배낭 차림을 하겠구나. 그와 반대로 나는 그의 무거운 짐이 되겠구나.'

그렇게 절절하게 느꼈다.

그의 숙소는 친지의 집이었고, 내 거처는 어머니의 숙모님 댁이었다. 짐을 내가 묵을 집 앞까지 들어다 주고 그는 돌아갔다.

살펴보니 내 손에 그의 초록빛 보자기가 그대로 들려있었다. 그것은 그의 일기장을 보자기로 싼 가벼운 것이었다. 가벼워서 내가 들고 온 것이다. 되돌려주고 싶어도 그의 숙소를 몰랐다.

내일 아침 홋카이도 대학병원에서 만나 돌려주면 되겠지만, 부지런한 그는 오늘 밤에도 틀림없이 일기를 쓸 것이다. 그런 생각을 하자 몹시 걱정되었다. 할 수 없이 그 보자기를 머리맡에 놓아두고 잤다.

그때 문득,

'타다시 씨의 일기를 보고 싶다.'

라는 호기심이 발동했다.

남의 노트를 훔쳐보거나 편지를 읽어보거나 하고 싶지는 않았다. 물론 훔쳐보는 재미가 쏠쏠하다는 것은 안다. 하물며 일기장이 연인의 것인데야, 더 보고 싶은 호기심이 이는 것이 인지상정 아닌가.

그러나 나는 요양원에 있을 때 산책길에 엽서를 부쳐 달라는 환우들의 부탁을 받고 우체통까지 가면서도 한 번도 읽어본 적은 없다. 그런 짓은 야비하다고 생각하는 편이었으므로 아무리 그의 일기지만 보기가 망설여졌다.

'타다시 씨는 이 일기를 읽어보라고 나에게 맡기지는 않았다. 누구나 일기에는 남에게 알리고 싶지 않은 내용을 기록할 것이다. 허락도 받지

않고 읽는다면, 그를 배신하는 행위다.'

남의 일기장을 봐서 야비해지고 싶지는 않았다. 그래서 머리맡의 보자기에는 손도 대지 않고 잤다.

이튿날 아침 병원에서 만났을 때,

"보고 싶었지만, 안 봤어요."

하고 초록빛 보자기를 건네자, 그는,

"봐도 괜찮은데요."

하면서, 부드러운 미소를 던졌다.

그 무렵 홋카이도 대학병원은 콘크리트 2층 건물이었던 것으로 기억한다. 한 과에서 진료를 끝내고 다른 과로 가려면 3백 미터나 되는 긴 복도를 지나야 했다. 창밖으로 내다보이는 병동의 벽은 그림책 속 풍경처럼 무성한 담쟁이덩굴로 덮여 있었다.

병원의 복도를 그와 함께 걸으면서 나는 눈물이 쏟아질 것 같은 아픔을 참아야 했다. 그 까닭은 내과에 가도, 외과에 가도 그의 동기생들이 흰 가운을 걸치고 환자들을 진찰하고 있었기 때문이다. 거의 모두가 젊은 의사들이었다.

"오, 오랜만이군. 그래 좀 나아졌나?"

하는 투로 친절히 대하기는 했다.

그러나 나이 서른이 넘은 그는 아직 대학에 적을 두고 있지만, 언제 복학할지 모른다. 그런 그의 심정이 어떨지 생각하니, 나도 모르게 눈물이 쏟아졌다.

더욱 괴로웠던 것은 흉부 단층촬영을 위해 뢴트겐 실로 들어갔을 때였다. 교수인지 레지던트인지는 몰라도 학생들에게 뭔가를 설명하고 있었는데, 마에카와 타다시를 보자 좋은 연구 대상이라도 나타났다는 듯 학생들 앞에서 그의 옷을 벗기고 강의를 계속했다.

유순한 그는 빙긋빙긋 웃으면서 학생들 앞에서 상반신을 드러낸 채 교재 역할을 하였다. 물론 학생들은 그가 그들의 선배임을 알 턱이 없다.

"타다시 씨 대신 내가 거기 섰으면 좋았을 걸 그랬어요."

노기를 띤 듯 신랄하게 말하니, 그는 여느 때처럼 침착하게 말했다.

"아야코 씨, 우리 사람은 말이에요, 한 사람 한 사람에게 주어진 길이 따로따로 있어요. 아야코 씨는 내 친구들 모두 의사가 된 걸 보고 약간 기분이 우울했던 거 아닌가요? "

그는 정곡을 찔렀다.

"나도 말이요, 홋카이도 대학에 입학했을 무렵에는 앞으로 몇 해 지나면 의사가 될 것이다. 그리고 '이만한 수입이면 죽을 때까지 굶지는 않겠지.'라는 생각을 하며 의사란 직업에 긍지도 가졌답니다. 그러나 마음 한편으로는 나는 하나님을 믿는 신자이니 나에게 주어진 임무가 최선의 길이라 생각하고 감사했지요. 그렇게 씁쓸해하지 말아요, 아야코 씨."

그렇게 그는 나를 가만가만 위로해 주었다. 그의 말속에서 순교자와 같은 강인함과 한 인간의 매력을 느끼며 말없이 고개만 끄덕였다.

첫날의 진찰 일정을 다 끝내고 우리는 의학부 안을 두루 돌아다녔다. 해부용 시체 안치실, 해부실까지 그는 안내해 주었다.

이 낡은 의학부 건물 곳곳에 그의 추억이 서려 있을 게 틀림없다고 생각하니, 지금은 요양자인 그가 가여워 견딜 수 없었다.

교정으로 나오니 잔디의 푸른 빛이 그림처럼 보였다. 수령 수백 년이나 되는 커다란 느릅나무들이 공원 가로수처럼 아름다웠다. 그 아래를 흰 가운을 입은 간호사와 의사, 학생들이 뭔가 얘기를 나누면서 즐거운 듯 걷고 있었다.

"저 사람들은 행복해 보이는군요."

무심코 말했다. 그러자 그는 정색하며 대답했다.

"그 말은 정정할 필요가 있어요."

"왜요?"

"우리 인간은 겉으로는 행복한 것처럼 보여도 꼭 행복하다고 단정할 수는 없으니까요. 저기 보세요, 라일락 나무 옆을 걸어가는 저 간호사는 어제 혼담이 깨졌을지도 모르지요. 또 그 뒤를 따라 걷는 학생은 고향에 와병 중인 아버지가 계셔서 휴학을 고민하고 있을지도 모르잖아요."

"과연, 그럴 수도 있겠네요. 타다시 씨는 상상력이 풍부한 것 같아요."

"그러니 저 사람들은 다 행복하구나, 단정 짓고 부러워해서는 안 돼요. 분명한 것은 지금, 아야코 씨와 둘이 이 잔디밭을 걷고 있는 것만으로 행복한 이유가 충분합니다."

그의 얼굴에는 어떤 그늘도 보이지 않았다.

이튿날에도 병원에 갔다. 이틀째 진찰이 끝나고 식당에서 식사를 마친 우리는 삿포로 신사 전야제가 벌어지는 거리를 산책하듯 걸었다.

이날 저녁 타다시는 헌책방에서 호리 타츠오堀辰雄[35])가 쓴 『나오코菜穗子』를 사 주었다.

이 책의 첫 장에는 그가 쓴 글씨가 아직도 남아있다.

나의 아야코 씨에게

삿포로 신사 전야제가 벌어지던 날 미나미로쿠죠南六条 2가에 있는 아야코 씨의 숙소까지, 그리고 다시 삿포로의 야경을 보려고 나란히 걷다가 헌책방에 들렀고, 방문객과 잡담하다 담배 연기를 내뿜던 기모노著物[36]) 차림의 주인에게 묻자 찾아준 한 권의 책. 저자도 주인공 나오코도 결핵환자, 그리고 아야코 씨도 나도 대학병원에 진찰받으러 온 당당한 결핵환자.

모카커피를 마시며, 삿포로 자연장에서 타다시 씀.

이튿날 삿포로는 신사축제로 온통 들떠있었다. 그 거리에서 우리는 도망이라도 치듯 아사히카와행 기차를 탔다. 귀로에 그는 내 곁에서 엽서 몇 장인가를 썼다.

삿포로에서 신세 진 집안사람들, 친구들에게까지 감사 인사장을 쓴 것이다. 그는 여행할 때마다 기차에서 즐겨 인사장을 쓰는 지독한 편지광이다.

"꼼꼼하시군요."

---

35) 일본의 저명한 소설가
36) 일본 옷

감탄하는 나에게,

"사실 집에 돌아가서 쓰는 게 맞는지도 모르죠. 찻간에서 '덕분에 무사히 도착했습니다.' 하고 쓰면 거짓말이니까요."

홋카이도 대학병원의 진찰 결과 둘 다 특별히 달라진 것은 없었다. 이는 그가 기뻐할 진단이 아니었다는 사실이다. 수술도 할 수 없고, 마이신도 별 효과가 없다는 것은 때가 되면 죽는다는 말이나 다름없다.

나는 기흉 치료를 하면 치유될 가망이 있다. 다만 뢴트겐 사진은 양호한데 미열이 너무 오래 계속 나고, 바짝 여윈 것이 두드러진 좋지 않은 증상이었다.

귀가한 이튿날 그에게서 엽서가 왔다. 그걸 보고 나는 웃음을 터뜨렸다. 그는 찻간의 내 옆에 앉아 내게 엽서를 쓴 것이다. 이 같은 유머러스한 면도 그에게는 있었다. 그것은 사흘 동안 여행을 함께 한 사람에 대한 심심한 위로를 담은 유머이기도 했으리라.

이 엽서에는 즉흥시로, '덜컹덜컹' 하고 기차가 달리는 의성어가 여러 군데 씌어 있었던 것으로 기억한다.

아무튼 그의 편지는 날마다라고 해도 좋을 만큼 연달아 보내왔기에 이 엽서 한 장을 찾는 데 상당한 시간이 걸렸다. 유감스럽게도 지금 여기에 인용할 수 없어 안타깝다.

그때의 여행을 떠올리면 은근히 자랑스러운 일이 하나 있다. 그것은 요즈음 유행하는 밀월여행 같은 게 아니라는 점이다.

어디 그뿐인가. 우리는 입맞춤 한 번 하지 않았다. 어쩌면 이것은 그가 여행 중이기 때문에 더욱더 자기의 감정을 절제한 까닭이리라. 그의 강인한 의지, 남성으로서의 정확한 판단력이 돋보이는 추억이다.

이와 같은 그의 심정은 다음의 편지에도 잘 드러나 있다.

'아야코 씨, 오후에 엽서 한 장, 아마 간밤에 쓰신 모양이다군요. 거기에서 내가 요전에 보낸 엽서에 대해 많은 점을 지적해 두었더군요. '타다시 씨는 생각하는 바를 왜 모두 털어놓지 않아요?'라고 씌어 있기는 했습니다만, 사실은 달콤한 밀어를 썼다가 지우고 다시 고쳐 쓴 자국이었습니다. 지금 아야코 씨에게는 헛소리로밖에 들리지 않을 것이고, 또 그게 필요한 상대도 아니니까요. (후략)'

그는 달콤한 말은 되도록 쓰지 않았고, 끈적한 분위기도 좋아하지 않았다. 분명 우리는 서로 달콤한 말을 요구하기보다는 서로 존중하는 것을 더 중요하게 생각했던 것으로 보인다.

남녀의 교제란 정도에서 벗어나면 서로의 생활을 망치게 하여 불성실해진다. 그 무렵 그의 편지에는 버릇처럼 '성실, 성실'이라고 씌어 있었다. 우리는 서로를 좋은 방면으로 자극하기를 바랐던 것 같다.

9월로 접어들자 마토 야스히코는 삿포로로 가게 되었다. 그는 대학으로 돌아갈 수 있을 만큼 건강이 회복되었고, 그의 수술은 대성공이었다.

이윽고 떠나기 전날, 그는 우리 집으로 인사차 찾아왔다. 여느 때처럼 차분히 오랫동안 이야기를 나누다 갈 줄 알았는데, 마토 야스히코는 현관에서 그만 실례하겠다고 말했다.

내일이면 떠나야 하므로 분주해서 그러리라고 이해는 하면서도 속으로는 서운했다. 몇 해 동안 사귀던 친구가 헤어지는 인사치고는 너무 냉담하지 않은가 싶었다.

백 미터쯤 바래다주었을까, 그는 거듭,

"괜찮아요, 그만 돌아가세요."

하고 말했다.

그가 서둘러 떠나는 이유는 곧 알 수 있었다. 거기서 얼마 안 되는 길모퉁이에 몸을 감추듯 오오사토大里 부인이 서 있었다.

오오사토 부인은 갓 쉰을 넘긴 약간 뚱뚱한 여인으로, 남편은 무역회사의 사장이라고 들었다.

오오사토 부인의 아들이 마토 야스히코와 같은 병실에 있었는데, 이 부인이 금세 마토 야스히코에게 열을 올리게 되었고, 이 소문은 삽시간에 퍼져나갔다.

그가 산책을 나서기라도 하면 부인이 반드시 동행하였다. 그리고 돌아오는 길에 마토는 커피까지 대접받고 왔다.

쉰 살의 사장 부인에게서 늘
커피를 대접받는 그대가 싫어

남자의 마음 165

내 마음이 담긴 이 노래처럼 마토의 그러한 행동이 왠지 싫었다. 그 부인은 내가 그를 문병하러 가면 아주 이상한 태도를 보였다. 마토는 문병을 마친 나를 으레 현관까지 바래다주었다. 현관에서 우리가 얘기를 나누고 있으면, 그 부인은 그를 데리러 왔다.

우리 둘의 얘기가 계속 이어질 때는 거침없이 그의 손을 잡고 병실로 끌고 갔다. 얘기를 나누는 나를 아랑곳하지 않고 느닷없이 그의 손을 잡고 끌고 가는 모습도 가련하고, 끌려가는 마토도 우습기 짝이 없었다.

그런 일이 있었던 탓에, 오오사토 부인이 숨듯이 길모퉁이에 서 있는 꼴을 보았을 때, 나는 마토에게 심한 모멸감을 느꼈다.

그날 마에카와 타다시가 내일 떠나는 마토를 전송하러 가자고 말하러 왔을 때, 단호히 거절했다. 그는 방 앞뜰에 핀 하얀 달리아를 보면서,

"전송해야 합니다."

하고 같은 말을 두 번이나 했다.

이튿날 아침은 안개가 짙었는데, 마에카와 타다시는 마토를 역까지 전송하러 갔다. 아침 안개는 그의 집에 한 번도 인사 가지 않았던 마토를 전송하는 마에카와 타다시의 마음의 빛깔이었을까?

불구의 내 일생을 가둬 놓은 그 사람
세월이 흘렀어도 용서할 길 없어라.

죽음을
초월한 것들

삿포로로 떠난 마토 야스히코로부터 편지가 왔다. 나는 답장도 하지 않았다. 그러나 지금 생각해 보면 그를 책망할 자격은 나에게 없었다.

한편 마에카와 타다시는 나와의 사랑을 존중하여 가장 친하게 지내던 사촌누이와 교환하던 편지마저 삼갔고, 첫사랑 여인과 길에서 우연히 만나도 말을 걸지 않을 만큼 자신을 절제했다.

그러나 나는 마토와 아주 친밀하게 사귀었다. 마토에 대한 감정을 엄중히 추궁하면 대답하기 곤란한 점도 가지고 있었을 게 틀림없다. 그 점에서는 결코 순수하다고는 할 수 없었다. 물론 불륜은 아니었다.

양친이 없는 젊은 마토가 모성애를 구애하려고 오오사토 부인과 친밀히 지냈다고 해서 내가 화낼 이유는 없다. 그것을 불순하게 본 것은 내 마음의 문제였는지도 모른다.

어쨌든 나는 얼마간 그에게 편지를 보내지 않았다. 꽃이 피지 않는 연정에 대한 질투라면 적당한 표현일까?

그해 가을로 접어들자, 내 몸은 더 야위고 눈은 항상 열에 들떠 있고, 볼은 붉게 익은 사과 빛이었다. 의사는 흉부 뢴트겐 사진을 보고 열이 오르는 원인을 모르겠다면서, 어쩌면 신경증 같다고 했다.

그 무렵부터 차츰 의사를 불신하게 되었다. 인체의 구조는 복잡하고도 미묘하다. 37도 4부나 되는 열이 계속되고 몸은 점점 야위어가는데, 의사는 단지 흉부 뢴트겐 사진만 보고 신경증이라고 단정하는 태도가 이해되지 않았다.

'의사는 과학자가 아닌가! 과학자란 '물음표?'를 추구하는 자이어야 한다.'

그러나 의사는 다른 방향에서 진단해보려 하지 않고 단순히 운동 부족이라는 둥, 가벼운 일을 해보면 어떠냐는 둥 확신 없는 말만 하였다. 흉부 뢴트겐 사진에 대한 소견이 그만큼 정확하다는 얘기였는지는 모르지만, 가끔 객혈이라도 하면,

"이건 코피 아닙니까? 정상인도 좀 심하게 기침하면 목에서 피가 나오지요."

라는 투로 처음부터 상대도 해주지 않는다.

이럴 때 환자는 비참한 기분에 젖는다. 열이 오르는 원인을 규명하고, 몸이 야위어가는 원인도 밝혀진 후 요양한다면, 웬만큼의 고통은 견딜 수 있다. 그러나 의사가 아무 탈도 없다고 공언하는데도 몸은 쇠약해져 간다면 환자는 불안하기 짝이 없다.

건강을 되찾기 위해 성실하게 살려고 애쓰는 환자를 비웃기라도 하듯, 몸 깊숙한 어딘가에서 목숨이 갉아 먹히는 불안감이 병보다 오히려 더 무섭다.

'과학이 아무리 진보했다고 해도, 불과 5척의 인체 속이 어떻게 되어 있는지 모른다는 사실, 이게 과학의 현주소인가?'

내가 비문명 시대에 살고 있음을 통절하게 느끼지 않을 수 없었다.

'인간은 아무것도 모르는 미지의 존재이다.'

이런 생각에 젖으며 허탈감을 달래고 있을 수만은 없었다. 우리가 살아가고 있는 현재가 아득히 오랜 역사 속의 한 시대에 속하는 느낌이었다. 온 세상이 첨단과학을 구가하는 인상이 오히려 더 우스웠다.

이런 경우 성경에서,

'만일 사람이 자기가 무엇을 알고 있다고 생각한다면, 그 사람은 꼭 알아야 할 정도의 일마저 아직 모르고 있다.'

라는 말씀을 발견하고, 깊이 공감했다. 그리고 꼭 알아야 할 일이란, 결국 하나님을 가리키는 것 아닌가 생각했다.

그 무렵 열심히 성경을 읽었지만, 아직 믿는 단계에까지 이르지는 못했다. 하나님에 관해서 친구들과 대화를 나누다 보면,

"하나님이라니? 그런 게 존재할 리가 없어요. 과학이 이렇게 발달한 세상에 증명할 수 없는 것은 곧 존재하지 않는다는 뜻 아닌가요?"

그런 말을 듣곤 했다. 그럴 때마다 갑자기 웃음이 났다. 그렇게까지 과학이 발달했나? 과연 인간이 그토록 현명한 존재인가?

인간이란 자기 자신조차도 모르는 주제에 모든 것을 다 아는 체한다. 과학이란 인간이 만들어 낸 형이하학形而下學에 불과하지 않은가 반문하고 싶다.

무릇 비행기를 날리고, 원자폭탄을 발명하고, 달까지 인공위성을 날려 보낸들 이 무한한 우주를 얼마나 안단 말인가?

"그럼, 하나님이 있다고 증명을 할 수 없으니, 하나님이 없다면 없다는 증명도 해주었으면 좋겠네요."

그렇게 반론한다. 그러면 친구들 대부분은,

"아, 그건 또 그렇군."

하고 머리를 긁적였다. 과학적으로 하나님이 존재하지 않는다고 증명할 수 없는 한, 하나님이 없다는 것 또한 비과학적이란 말이다.

"하나님이 있다니, 그건 비과학적이라고요. 하나님 따위는 존재하지 않아요."

하면서 하나님을 부정하는 것은 하나님을 긍정하는 것과 마찬가지로 비과학적임을 깨닫지 못하는 것이나 다를 바 없다.

그 무렵 이런 대화도 친구들과 나누었다.

"인간이란 큰 것일까, 작은 것일까?"

어떨 때는 사람이 터무니없이 작은 존재로 여겨졌다. 우리 인간은 어떤 엄청나게 큰 거인의 한 개의 세포 속에 사는 미세한 바이러스virus와 같은 존재라 상상해 본다. 또 세포와 세포 사이는 별과 별의 거리만큼 떨어져 있다.

이 지구가 거인의 한 개의 세포이고, 그 지구 위에 빌딩을 세우고 기차를 달리게 한다고 생각하니 유쾌했다. 이렇게 거대한 거인이라면 수십억이나 되는 인간의 존재쯤은 아프지도 간지럽지도 않을지 모른다.

이런 공상이 상상의 세계라면 즐겁지만, 무엇보다 현실 세계에서 고뇌하면서 사는 나에게는 아무런 보탬도 되지 않는 그저 환상일 뿐이었다. 문제는 역시 마음속에 있다.

파스칼의 『팡세』를 읽고, 그가 말하는,

'맞아! 내기에서 하나님이 존재하는 쪽에 건다면, 나는 하나님을 따르며 희망이 가득 찬 삶을 살 수 있을 것이다. 어쨌든 하나님이 있다는 쪽에 걸었다가 하나님이 없어도 나는 잃을 게 아무것도 없지 않은가. 오히려 충만한 일생을 보낼 수 있을 터이다.

만일 하나님이 없는 세계에서 살아간다면, 나처럼 믿음이 없는 사람은 스스로 타락해 무책임하게 살면서 일생을 헛되이 낭비할 뿐이리라. 그러다가 인생의 끝자락에서 하나님이 계신다는 사실을 알게 된다면, 하나님의 존재를 부정하고 믿지 않던 나는 어떻게 하나님 영전에 나아갈 수 있겠는가? '

그런 생각을 끊임없이 하며 선택의 길을 모색하였다. 하나님이 있느냐 없느냐는 개개인의 믿음과 관련한 문제로 어느 한쪽일 것이다. 무책임하게 하나님이 존재한다고 말해도 거짓말이 된다. 또 없다고 말해도 거짓말이 된다. 그럼 있는지 없는지 모른다고 말하는 게 정답인가?

만일 있는지 없는지도 모르는 하나님은 생각하지 말고 세상을 충실하게 사는 게 좋지 않겠냐고 누군가 말할지도 모른다.

그러나 그것 역시 목적 없는 삶이 될 것이다. 왜냐하면 우리는 하나님이 존재하는지 안 하는지는 모를망정, 실제로는 둘 중 어느 한쪽일 것이다.

일단 하나님의 실존 여부에 관심을 둔 이상 어떠한 답도 얻지 못하고 물러나는 것은 나 스스로 용납할 수 없었다.

그러나 나는 하나님이 존재한다는 쪽으로 생각은 하면서도 과감하게 신앙에까지 이르지는 못했다. 그런 혼돈에서 방황할 때 몸은 더 병약해졌고, 마침내 마에카와 타다시의 권고에 따라 아사히카와의 N병원에 입원했다.

쇼와 26년(1951년) 첫눈이 내리던 10월 20일경이었다.

마에카와 타다시는 매일 문병하러 왔다. 그의 집에서 병원까지는 약 2.5킬로쯤으로, 요양 중인 그가 자전거로 달려도 결코 가까운 거리는 아니었다.

11월 2일 밤이었다. 그는 나를 문병하고 돌아가면서 이렇게 말했다.

"저, 내일 저녁 팥밥을 가지고 또 올지도 모르겠습니다. 그러나 약속하지는 못합니다. 기대는 하지 마세요."

이튿날 밤 그는 비에 젖은 모습으로 찬합을 들고 병실로 들어왔다. 팥밥을 내려놓고는 아직 저녁을 먹지 않았다면서, 이내 돌아가 버렸다.

나중에 그와 가까운 친구 K가 말했다.

"타다시 씨는 말입니다, 전번에 내가 그의 집에 놀러 갔더니 초조한 표정으로 안절부절못했어요. 어머니께 '저것 좀 주세요.' 하더니 찬합을 들고 나가면서 잠깐 요 앞에 다녀온다고 했어요. 뭔가 이상한 기분이 들어 어머니께 여쭤보니, 아야코 씨한테 팥밥을 가지고 갔다고 하지 뭡니까? 친구인 나를 팽개쳐 두고 말입니다. 그는 정말 훌륭한 친구입니다."

K는 마에카와 타다시에게 늘 심복하는 친구였다. 그 말을 듣고 나는 약속을 지키려는 그의 의지를 새삼 생각하게 되었다. 마에카와 타다시는 약속을 쉽게 하지 않는다고 해도 좋을 만큼 미리 약속하지 않는 사람이다.

성경에도, 절대 맹세하지 말라고 씌어 있다.

그는 인간의 마음이 수시로 변하기 쉬움을 알고 있었으며, 인간이란 내일을 모르는 존재임도 알고 있어 항상 몸가짐을 바르게 했다. 보통 사람이라면, "내일 팥밥을 갖다 드릴게요."라고 말할 텐데, 그는, "약속하지는 못합니다."라고 말하고 돌아갔었다. 그래도 그는 비에 젖으면서도 약속을 지켰다.

그는 언젠가 친구를 기다리게 해놓고 왕복 5킬로나 되는 눈보라 휘몰아치는 눈길을 달려와 주었다. 얼마나 깊고 진실한 사랑인가. 이런 그를 보며 참으로 진실한 사람은 경솔하게 약속하지 않는다는 것을 뼈저리게 느꼈다.

이제 타다시는 무엇과도 바꿀 수 없는 존재가 되었다. 그리고 나 아야코의 삶에 비난의 눈길을 보내는 사람들로부터 지켜주는 방패막이가 되어 주었다.

두 가지 중에서 하나를 선택하지 않으면 안 될 선택의 순간
끊임없이 이를 부정했을 당신을 바라본다

'두 번 죽게 해서는
안 된다'

입원한 병실은 여덟 명이 공동으로 사용하는 비교적 큰 방이었다. 원기를 다소 회복한 사람, 줄곧 누워있는 중증 환자, 폐결핵과 당뇨병, 복막염, 카리에스 등, 온갖 환자가 함께 기거하고 있었다.

그중 여고생이 하나 있었는데, 단발머리의 우울한 표정의 소녀였다.

어느 날 소녀의 학교 담임선생이 문병하러 왔다. 선생도 수다스러운 사람은 아니었지만, 소녀는 말수가 더 적었다. 물론 묻는 말에 '예, 아니요,' 대답은 하지만, 일체 아무것도 묻지 않았다. 바로 옆 침대에 있던 나는 그 선생이 딱하게 여겨질 정도였다.

그로부터 며칠인가 지나 뭔가 이야기 끝에 나는 병실 사람들에게 요양원 동료의 비참한 자살 소식을 전했다. 순간 모두 숨을 죽이고 뭔가 난처한 표정으로 서로의 얼굴을 바라보는 것이었다.

나는 그 이유를 전혀 몰랐는데, 바로 옆자리의 여고생이 자살미수로 입원한 것 때문이었다.

수면제를 과다복용한 그녀는 사흘 낮과 밤을 혼수상태에 빠져 있었는데, 다행히 심장이 튼튼해 살아나기는 했지만, 다량의 수면제를 흡입한

탓에 위가 나빠져 입원해 있는 것이었다.

단순한 위장병 환자라고 생각했던 나는 같은 병실 사람에게서 그 이야기를 전해 듣고 소녀에게 동질감을 느끼게 되었다.

왜냐하면 나도 죽기를 결심하고도 죽지 못했던 아픈 과거를 가지고 있기 때문이었다.

여담이지만, 이 소녀가 혼수상태에 빠져 있던 사흘 낮과 밤 동안의 이야기를 같은 병실 사람으로부터 전해 듣고, 훗날 소설 『빙점』에서 요오코가 사흘 동안 잠들게 하는 내용이 있는데, 그게 바로 이 소녀의 이야기를 채용한 것이다.

이 소녀와 정을 나누게 된 이유는 무엇일까? 도대체 어떠한 동기로 동정하게 되었을까? 어쩌면 이 소녀도 나를 만나 어떤 동질감을 느꼈을지도 모른다. 그러나 나는 그녀의 자살미수에 관해서 아무것도 묻지 않았다. 그녀의 상처에 매료되었기 때문이다. 동병상련이었을까?

한 병실에서 생활하며 주의를 기울여보니 소녀의 거동은 몹시 불안정했다. 하루에도 몇 번이나 옷을 갈아입고, 어떤 때는 세수도 안 하고 머리도 빗지 않은 채 반나절이 지나도록 침대에 무표정하게 앉아 몽롱한 시선으로 허공만 응시하고 있었다. 이대로 내버려 두면 그녀는 또 죽음을 택하리라 직감했다.

'두 번 다시 자살하게 해서는 안 된다.'

몇 번이고 그런 다짐을 하는 나 자신에게 놀랐다. 지난날의 나였다면, 만일 죽고 싶어 하는 사람이 있다면, 그냥 죽도록 놔두어야 한다고 생각했을 것이다.

당시의 나에게는 아무런 삶의 목적이 없었기에 죽고 싶어 하는 사람은 죽게 놔두는 편이 낫다고 생각한 것이다. 그런데 지금은 바로 옆 침대의 소녀가 살아가는 삶의 태도에 불안을 느끼고 마음 아파하는 사람으로 바뀌었다.

어느 날 나는 결심이라도 한 듯 그녀에게 대놓고 말했다. 소녀가 내 침대 곁의 의자에 정신 나간 사람처럼 앉아 있을 때였다.

을씨년스러운 추위가 이어지고 눈이 내렸다가는 녹고 하는 11월 끝자락의 어느 날이었다.

"리에理惠, 학생은 왜 죽고 싶었어요?"

순간 그녀의 눈이 반짝 빛나는가 싶더니 금세 멍한 표정의 얼굴로 되돌아갔다.

"훗타 언니, 알고 계셨군요?"

"알고 있었지요. 리에 학생을 가만히 보면, 또 약을 먹을 것 같아서 왠지 불안해요."

소녀는 말없이 고개를 숙였다.

"리에 학생은 참 건방져요. 열예닐곱 나이에 이 세상에서 살 가치가 있는지 없는지 알 턱이 없잖아요? 왜 죽겠다고 생각했나요?"

사정을 두지 않고 무지막지하게 말했다. 그것은 나 자신에게 하는 말이기도 했다.

건방지다는 말을 듣고, 그녀는 앳된 웃음을 지었다. 무서우리만치 허무한 표정을 지은 적도 있지만, 가끔은 눈이 반짝 빛나면서 이상하게도 동물적인 느낌이 들게 하기도 했다.

날씬한 몸매에 아무에게나 몸을 비비대는 듯 걷는 걸음걸이가 암고양이처럼 귀엽기도 했다. 나를 향한 이 소녀의 마음은 차츰 열려갔다.

어느 날 그녀는 자살을 결심한 이유를 나에게 말했다.

"제가 시골 중학교에 다닐 때 국어 선생님이 한 분 계셨어요. 학생들을 잘 이해해 주셔서 무엇이든 상의하면 해결해 주실 것 같았어요."

그녀의 집은 도시에서 도매상을 운영하여 꽤 부유한 편이었다.

"그 선생님은 제 고민을 들어주실 줄 알았어요."

"아가씨의 고민이 뭐였는데요?"

이럴 때면 쌀쌀맞게 묻는 버릇이 내게 있다. 지금도 변함이 없다. 상대방이 심각한 고민을 털어놓을 때 다정한 친구처럼 받아안고 수긍하기보다는, 무심한 듯 냉정하게 상대하는 것이 나의 결점이다.

그러나 나를 아는 사람은, 그런 경우 내가 깊이 공감하고 있음을 상대는 안다는 사실을 나는 감지하고 있었다. 상대에게 너무 깊이 공감하므로 감정에 휩쓸리지 않으려고 냉담하게 대꾸하게 되는 것은 어쩔 수 없는 성격 탓이다.

이 소녀는 나이가 아직 어린 데도 그러한 내 마음의 동요를 재빨리 알아채는 뛰어난 감수성을 가지고 있었다.

"제 고민은 말입니다, 훗타 언니, 사람이란 망망한 바다에 떠도는 티끌처럼 보잘것없는 존재 아닌가 하는 것이었어요. 저는 그것을 편지로 써서 국어 선생님께 보냈어요. 그랬더니 말이에요, 그 선생님은 제 편지를 러브 레터라 생각하셨던 모양이에요. 그리고는 아무 회답도 주지 않았을 뿐 아니라, 그 일을 다른 선생님들에게까지 퍼뜨린 거예요."

나도 일찍이 교단에 섰던 사람이다. 그러니 이 소녀가 받은 상처가 얼마나 깊은지, 얘기만 들어도 충분히 짐작할 수 있었다.

그 교사는 교단에서는 자기가 진정으로 학생들을 잘 이해하는 것처럼 말할 수는 있었을 것이다. 그러나 이 조숙한 소녀의 고민이 어떠한 것인지 이해할 만한 위인은 못되었다. 인생에 대해 처음으로 의문을 가지게 된 자의 순수한 고민을 그 선생은 이해하지 못한 것이다.

더구나 교사로서 이 소녀의 신뢰를 너무나도 가볍게 치부한 것이다. 신뢰받는다는 것이 얼마나 크고 무거운 책임을 동반하는지 이 교사는 미처 깨닫지 못한 것이다.

격렬한 분노를 느끼면서 소녀의 얘기를 끝까지 들었다. 그 후 그녀가 아사히카와의 고등학교에 진학해서도 한 번 각인된 교사에 대한 불신은 해소할 수 없었다. 어디 그뿐인가. 기성세대인 어른에게까지 뿌리 깊은 불신감을 가지게 되었고, 차츰 염세주의 경향으로 빠져들었다.

"훗타 언니, 저는 말이에요, 제 생일인 8월 20일에 약을 먹었어요. 그때까지의 제가 가지고 있던 소지품을 몽땅 태워버렸어요. 제가 이 세상 에서 살아있었다는 증거는 아무것도 남기고 싶지 않았어요."

"유언은? "

"아무것도 쓰지 않았어요."

그녀는 누구에게도 얘기하지 않았던 자살의 원인을 이렇게 털어놓았다. 말하자면 그녀는 염세하여 자살을 꾀했던 셈이고, 그 시초는 중학교 국어 선생이었다. 어른들이 듣기에는 어처구니없는 이야기일지도 모른다. 그러나 한 인간이 자신의 생일날을 택해 그날에 꼭 죽으려고 결심했다는 것은 예삿일이 아니다.

소녀의 깊은 슬픔을 동정하지 않을 수 없었다. 무엇보다도 지난날 교단에 선 경험자인 나도 이 소녀에 대해 책임감을 느껴야만 한다는, 그러한 연대 의식을 갖게 되었다.

마에카와 타다시는 눈이 내리는 계절이 시작되고도 여전히 나를 문병하기 위해 정말 열심히 찾아와 주었다. 그는 흰색 스키 모자에 커다란 마스크를 하고 늘 빙글빙글 웃으면서 병실로 들어왔다.

내가 입원해 있을 무렵 병실 분위기는 부드럽지 않았다. 자포자기한 듯 혼돈을 연출하는 여성 환자들이 있었다. 태어나서 처음 듣는 야비한 노래를 합창하며 불러댔다. 연인이 문병이라도 오면 대낮인데도 침대 이불속에 함께 들어가 있는 것을 본 간호사는 그에 대해서 아무런 주의도 주지 못하는 방임 상태였다.

그런데 차츰 병실 분위기가 바뀌었다. 크리스마스가 가까워지자, 저마다 병실을 장식하기에 분주했다. 어디서인지 소나무까지 베어 와서 열심히들 꾸몄는데, 우리 병실엔 무덤 속 같은 적막감만 감돌았다. 모두,

"홋타 언니, 우리도 방을 꾸며야 하지 않겠어요? "

하고 말을 꺼냈을 때, 나는 평소 생각하던 말을 했다.

"다른 방에선 크리스마스트리를 장식하지만, 그것만이 크리스마스는 아니라고 생각해요. 우리는 다른 방법으로 크리스마스를 맞는 게 좋지 않겠어요? 목사님을 모셔다 하나님의 말씀을 듣는 건 어떨까요?"

그리스도나 성경 따위는 딱딱해서 모두 싫다고 할 것 같아서였다. 나도 아직 신자가 아닌데, 목사를 초빙한다는 건 난센스인지도 몰랐다.

그러나 리에라는 소녀에게 삶의 희망을 주어 진지하게 살아가게 하려면 목사를 초빙하는 방법밖에 없다고 생각했다. 또 병실의 누구를 보아도 이렇다 할 희망을 품고 있는 사람은 전혀 없는 것 같았다. 물론 나도 예외는 아니었다.

그런데 내가 제안하자 뜻밖에도 병실 사람들의 얼굴이 밝게 빛났다. 그리고 즉시 그 제안을 실행에 옮기기로 하였다. 그뿐만 아니라 병동의 다른 병실에도 안내장을 보내자고 제안하는 사람마저 나왔다.

깜짝 놀랐다. 그러나 그 이유를 곧 알게 되었다. 원인은 마에카와 타다시에게 있었다. 그가 병실의 빛이 된 것이다.

밀린 짐 정리하고 개운한 마음으로
우리는 맞이하리, 희망에 찬 새해를

병실 안의
작은 교회

    지금까지 신앙에 관한 대화를 나눈 적도 없는 같은 병실의 환자들이 크리스마스에 목사를 초빙하자는 내 제안을 너무도 기꺼이 받아들였기에 나는 오히려 어리둥절했다.

    딱딱한 성경 이야기는 아무도 듣기 싫어할 것이라고 덮어놓고 단정한 나 자신이 부끄러웠다.

    이렇듯 병실 환자들은 내가 입원한 지 불과 두 달 만에, 막연하기는 하지만 그리스도교에 호의를 갖게 된 것이다. 거기에는 분명한 이유가 있었다.

    그것은 다름 아닌 마에카와 타다시였다. 그는 매일 문병하러 와 주었다. 문병을 오지 못할 때는 편지를 보내왔다. 그것만으로도 병실의 환자들은 그의 성심에 감동하였다.

    가정주부가 병을 앓은 지 1년쯤 지나면 대개 이혼 이야기가 나온다. 그런 일 때문에 여성 환자는 얼마나 울어야 하는지 모른다. 설령 이혼까지는 아니라도 남편이 아내를 문병하는 일 따위는 거의 없다.

    연인도 마찬가지이다. 우리 병실에는 병을 앓는다는 이유로 연인에게 버림받은 여성이 둘이나 있다. 그러니 마에카와 타다시의 성실한 모습은 그녀들에게 희망을 안겨주었다.

'세상에는 불성실한 남자들만 있는 것은 아니다. 내게도 언젠가는 저런 사람이 나타날지도 모른다.'

마에카와는 그녀들에게 그런 희망을 은연중에 안겨주었으리라.

무엇보다도 마에카와 타다시를 경애하는 마음으로 우러러보게 된 또 다른 이유가 있었다.

그것은 한 여자 환자한테 찾아오는 연인이 여러 차례 병실에 들러도 다른 환자에게 인사하는 법이 없고, 둘이서만 이야기하고, 앞서도 말한 것처럼 대낮부터 잠자리를 함께한다.

그런데 마에카와 타다시는 찾아오면,

"여러분, 오늘 기분은 어떻습니까?　날이 춥습니다."

하고 인사부터 한다. 돌아갈 때는,

"여러분, 몸조심하세요. 시장에서 사 올 심부름 거리라도 있으면 서슴지 말고 말씀하세요."

하고 심부름해 줄 용의를 전한다.

그러면 환자들은 소금에 절인 청어를 사다 달라거나 연어알을 사다 달라거나 한다. 그러면 그는 그것을 수첩에 메모하고 부탁받은 일은 절대 잊지 않았다.

어느 날 그에게서 전화가 있었다. 간호사 대기실로 가서 수화기를 들자,

"지금 시내에 나와 있는데, 뭐 사야 할 것이 있으면 사 갈 테니 여러분께

물어봐 주십시오."

하는 전화였다.

그날은 눈이 내렸으므로 병실 사람들은 더욱 감동했을 것이다.

"어쩌면 이렇게 친절한 사람이 있을까? 우리도 본받아야지."

그런 말까지 자주 주고받았을 정도다.

조용한 병원에는 어두운 복도가 있었는데, 연인들은 그 어두컴컴한 곳에서 만나기를 즐겼다. 그러나 마에카와 타다시는 내 침대 옆에서 문학이나 성경 얘기를 하는 정도로 조용히 병문안하고 돌아간다. 그런 모습에서 순수함을 느끼는 것 같았다.

이러한 마에카와 타다시의 문병 태도에 어느덧 병실 사람들이 감동한 것이다.

그러므로 마에카와 타다시가 소속한 교회의 타케우치 아츠시竹內厚 목사님을 초빙하는 데 주저하거나 반대하는 사람이 있을 까닭이 없었다.

마침내 목사님을 초빙하는 날이 되었다. 열이 있는 나에게 한 병실 사람들은 부담 주지 않으려고 열심히 도와주었다. 간호사 대기실에서 탁자를 가져와 레이스를 덮는 사람, 다른 병실로 찾아가 목사님이 오신다고 알려주는 사람, 꽃을 사 와서 장식하는 사람 등 모두 열심이었다.

우리 병동에는 비교적 넓은 병실 여섯 개가 있는데, 60명 가까이 입원해 있었다. 그중 남자 병실은 전원 참석하겠다고 했다. 우린 기뻤다.

소아병동 어린아이들까지 나를 찾아왔다. 소아병동의 큰 병실에는 취학 전 유아부터 중학생까지 입원해 있었다.

"목사님이 오시면 우리 방에도 전해 주셨으면 좋겠어요."

어린이들은 진지하게 나에게 부탁했다. 이에 나의 가슴이 뜨거워졌다. 소아병동 어린이들은 늘 병실 복도를 뛰어다니면서 소란을 피워 꾸지람을 듣는 아이들이다. 그런데 그런 아이들이 목사님의 이야기를 듣고자 하는 것이다.

그런 사실에 더욱 감동한 나는 아무쪼록 한 사람이라도 더 그리스도의 말씀을 듣고 신자가 되면 좋겠다고, 신자도 아닌 내가 하나님께 청탁했다.

같은 병실에 있는 쉰 살에 가까운 환자는,

"목사님을 뵐 수 있게 되다니, 얼마나 고마운 일입니까? 제발 앞을 못 보게 되지 않도록…"

그렇게 말하며 그녀는 시트를 새로 깔고, 환자복을 나들이옷으로 갈아입고 침대 위에 한 시간 전부터 정좌하여 긴장된 표정으로 목사님을 기다렸다.

또 그리스도교 신앙에 대해서 잘 모르는 다른 동료 환자들도 모두 정결하게 주변을 정돈한 다음, 그녀와 마찬가지로 침대 위에 정좌하고 목사님 맞을 채비를 했다.

목사는 신이 아니다. 우리와 똑같은 보통 사람이다. 그러한 목사를 마치 신이라도 맞이하듯 높이 받들며 남다른 태도를 보이는 병실 동료들을 보고 형용할 수 없으리만치 깊이 감동했다.

목사님을 맞이하는 방식이 약간 우습기는 했다. 그러나 그들 마음속에도 하나님에 대한 경외심이 들어 있다고 생각하니, 종교의 힘은 쉽게 웃어넘길 수 없는 것이라 느껴졌다.

잠시 후 목사님이 오시자, 다른 병실에서도 서른 명 남짓한 환자들이 몰려왔다. 분명 12월 28일의 밤이라고 기억한다. 유감스럽게도 목사님의 말씀은 처음 듣는 이들에게는 성경 말씀이 어려워 별 흥미를 느끼게 하지 못하는 분위기였다.

목사님이 돌아간 뒤 병실 환자들은 입을 모아 말했다.

"그리스도교란 굉장히 어려운 종교군요."

"그거야 뭐든 처음엔 어려운 것 아니겠어요."

"아니에요, 여간한 학문이 있는 사람이 아니면 알아들을 수 없는 종교예요."

그런 이야기를 들으면서,

"제발 앞을 못 보게 되지 않도록…."

이라고 말했던 쉰 살 가까운 환자가,

"어쨌든 타케우치 목사님의 성스러운 얼굴을 뵈었으니 가슴이 후련하고 기분이 한결 맑아졌어요."

하고 경건한 표정을 지었다.

결론적으로 내용이 어렵기는 하나 일주일에 한 번쯤 매주 성경 말씀을 들려주십사고 요청하기로 의견을 모았다. 그러나 성경책을 가진 사람은 하나도 없었다.

그 후 교회를 통해 성경을 사기로 의견을 모았고, 대부분이 다투어 구했다. 남자 병실에서는 열 명 모두 성경을 사는 열성을 보여주었다.

이렇게 하여 새해부터 목사님을 초빙하여 정기적으로 말씀을 듣기로 하였다. 그러자 기타를 잘 치는 청년 환자는 열심히 찬송가를 연습하기 시작했다. 그리고 다음 집회까지는 모두 부를 수 있도록 하자고 저녁 식사를 마치고 나서 우리 병실에서 찬송가 연습을 했다.

이렇듯 무료하게 시간을 보내던 환자들에게 이 정기집회는 좋은 자극이 되었다. 남자 환자들이 병실로 놀러 오면 인생에 관한 대화를 주고받는 수준에까지 이르렀다.

어느 날 밤, 목사님의 형편이 여의치 못해 못 오시자, 모였던 환자들은 흩어지지 않고 성경을 읽고 찬송가를 불렀다. 그 뒤에 내가 사회를 보면서 '왜 이 집회에 참석하게 되었나'라는 주제로 좌담회를 열었다.

모두 진지한 태도로 여러 가지 의견을 내놓았다. 그중에,

"심심풀이로 나오고 있어요."

라고 쉰을 넘은 남자 환자가 대답했다. 그 말이 너무 정직했기 때문에 나는 마음에 새겨두었다.

그 사람과 나란히 앉아 있는 청년이 있었는데, 그는 복도를 걸을 때 잠옷 위에 늘 오버를 걸치고 있었다. 어딘지 마에카와 타다시의 외양과 흡사하여 고상한 느낌을 주는 젊은이였다. 하이쿠俳句를 지었는데, 가끔 하이쿠에 관한 일로 우리 병실에도 들르곤 했다.

어느 날 그 청년은 이름이 쿠로에 츠토무黑江勉라고 했다.

"나는 수양을 위해 나옵니다."

그는 이 모임에 나오게 된 이유를 말했다.

'신앙과 수양은 다를 텐데….'

그때 난 그런 생각을 했다. 처음에는 누구나 신앙과 수양, 신앙과 도덕을 같다고 정의한다. 이 병동에 있는 한 환자는 성경을 고쳐 써야 한다고까지 주장했다.

"성경에서 기적을 보인 내용을 모두 빼버리는 겁니다. 그리고 너의 적을 사랑하라든가 색정을 가진 여인을 보지 말라든가 하는 요절들만 모아 놓으면 현대인들도 성경을 읽게 되리라는 것이 제 의견입니다."

이런 말을 듣고 있었으니, 쿠로에 츠토무라는 젊은이가,

"수양을 위해 참석하고 있습니다."

라고 한 말이 유독 내 마음에 남았는지도 모른다.

이날 밤 좌담회는 모두 즐거웠다고 예찬하였다. 그리고 이 집회는 내가 병원을 옮긴 뒤에도 계속 이어졌다고 한다.

모임이 시작되고 나서, 두 달쯤 후에 몹시 놀랄 일이 생겼다. 그것은,

"심심풀이로 출석하고 있다."

라고 말했던 환자가 불과 두 달 만에 신약성서를 두 번이나 통독하고 세례를 받겠다고 자청한 것이다.

그와 쿠로에 츠토무는 도경道警에서 함께 근무하였는데, 그의 근무지는 루모이留萌란 곳이었다. 그는 퇴원하기 전에 꼭 세례를 받고 싶다고 목사님께 간절히 부탁했다. 그리고는 자진해서 교회 예배까지 참석하였다.

그가 두 달 동안 신약성경을 두 번이나 통독한 것만도 깜짝 놀랄 일이었는데, 성경에 나오는 수많은 인물의 이름을 너무 잘 기억하여, 모두 감탄

했다.

"복음서보다 사도행전에 전 감동했습니다. 스테판이 죽임을 당하는 대목이나 사도들이 전도하는 데 고심하는 대목을 보면, 역시 그리스도는 대단하다고 생각되었습니다."

그는 그렇게 말하며 성경 내용에 몹시 감탄하였다. 나는 그의 독서력에 놀랐고, 성경책의 불가사의한 힘에 또 놀랐다.

그는 좌담회 때 많은 환자 중에 단 한 사람,

"심심풀이로 집회에 참석했다."

라고 말했던 사람이다.

시작이야 어찌 되었든, 성경을 읽고 나약한 사람이 하나님의 말씀에 감동하는지도 모른다고 통감하였다.

그리고 성경을 읽고 이해할 수 없는 사람이 있어도, 또 반발을 느끼더라도 성경을 남에게 권하는 일이 중요하다고 확신하게 되었다.

결과부터 말하자면, 이 작은 병실 집회에서 그리스도교에 입교하여 몇 해 후에 세례받은 사람은 쿠로에 츠토무 씨와 리에였다. 세례를 받고 싶다고 신청한 사람은 아직 이르다는 이유로 아사히카와에서는 세례를 받지 못했는데, 그 후에 어떻게 되었는지 궁금하였다.

같은 병동에 아마노 씨가 있었는데, 우리는 그를 문부대신[37]이라는 별명으로 불렀다. 당시의 문부대신이 아마노 테이유天野貞祐이었기 때문이다.

---

37) 일본의 문화와 교육행정을 담당하는 행정기관인 문부성의 장長

여고생이었던 리에는 그 후 5, 6년이 지나 세례를 받았고, 쿠로에 츠토무는 교회 집사를 맡을 만큼 열렬한 신자가 되었다. 지금도 전도 사업을 계속하고 있다. 그들 모두 하나님의 부름을 받은 사람들이었다.

난 지금 살고 있다, 살려고 하기에
이齒 아리고 기침 나고 손발이 가려운 것
창밖의 나무 잎새 흔들리는 날이면
나의 기도 하나는 이루어지고
나머지는 이루어지지 않았네

이별 아닌
이별

    N병원에 입원한 지 어느덧 4개월이 지났다. 여전히 열은 계속 나고 몸은 더 여위었다. 계속해서 오르는 열의 원인을 알지 못했다.

    무엇보다 배뇨 횟수가 많아져 밤중에 7, 8번이나 일어날 때도 있었다. 의사에게 증상을 말하니, 놀랍게도 소변이 나오지 않게 하는 약을 주겠다는 것이었다.

    나는 의학에는 문외한이다. 그러나 환자가 소변 횟수가 많다고 말하면 적어도 소변 검사쯤은 해줄 것으로 알았다. 진찰도 없이 소변이 나오지 않도록 하는 약을 주겠다고 하니, 이 병원에 더 있어 봐야 소용없겠다 싶었다.

    열이 나면 해열제, 설사하면 지사제, 기침 나면 진해거담제 식의 처방은 가장 신뢰받지 못할 의사가 도식적으로 하는 행위 아닌가? 무엇보다도 먼저 그 원인을 조사한 다음에 적절한 처치를 해야 할 것이었다. 내가 퇴원을 마음먹게 된 것은 이런 이유뿐만이 아니었다.

    그 무렵의 내 등은 조금만 움직이면 이상하게 통증이 왔다. 원내의 외과의에게 진찰을 의뢰했더니,

"신경증 때문입니다. 처녀 때는 등이 아픈 증상이 흔히 나타나기도 합니다. 그런 일에 너무 과민할 필요는 없습니다."

라고 말했다. 그러나 움직이면 아프므로 혹시 카리에스가 아닌가 하고 물어보았다. 그러자 의사는 화를 냈다.

"뢴트겐 사진에도 변화가 없어요. 신경증 때문입니다."

거듭되는 질타를 듣고 어쩔 수 없이 병실로 돌아왔다.

이미 요양 생활 7년째로 접어들었기에, 내 병상을 객관적으로 살필 정도는 되었다. 누구나 처음에는 자기 병에 대해서 잘 모르므로 쓸데없는 데까지 신경 쓰지만, 나는 이미 6년이란 병력을 가졌기 때문에 웬만해서는 신경을 쓰지 않았다.

의사가 뭐라 말해도 나는 증상으로 미루어 카리에스가 아닌가 의심했다. 카리에스 환자들의 경험담을 들어보면 대부분 오진을 몇 번씩 겪었다고 한다. 그리고 카리에스라고 진단이 확정되면 대개,

"왜 일찍 병원에 오지 않았어요?"

라는 말을 듣는 모양이었다.

이 경험들로 판단해보건대, 뢴트겐 사진에 음영이 나타났을 때는 이미 병이 상당히 진행되어 자각증상이 나타난 것이다. 그런데도 뢴트겐 사진에 음영이 나타나지 않는 한은 카리에스라고 진단하지 않는 것이 의사들의 일률적인 판독법이다.

어쨌든 병원 측은 환자가 말하는 병상은 전적으로 무시하고 한낱 뢴트겐 사진만 결정적 열쇠라는 기준을 가지고 있는 것이 이해하기 어려웠다.

마침내 나는 N병원에서 삿포로 제일병원으로 옮기기로 하였다. 그곳에는 마에카와 타다시와 가까운 친구가 근무하고 있었기 때문이다. 한편 삿포로로 옮기는 데는 나름의 용기가 필요했다.

그것은 우리 집이 그다지 부유하지 않다는 게 이유였다. 아직 고등학생인 남동생이 있어 부담이 컸기 때문이다. 그러나 아버지가 근무하는 은행의 건강보험제도가 바뀌어 가족까지 병원비 수급이 가능하게 된 점은 무엇보다도 다행이었다.

이처럼 기회가 좋아 나는 웬만큼 안심할 수 있었다. 그러나 '웬만큼'이란 말은 전적으로 안심할 수는 없었다는 의미를 내포한다. 입원하면 입원비만 내면 되는 것이 아니다. 눈에 보이지 않게 소소하게 들어가는 잡비도 만만치 않았다.

'이렇게까지 부모님께 폐를 끼치며 살아도 되나?'

심약한 나는 그런 걱정까지 하지 않을 수 없었다. 그러나 그런 나를 야단이라도 치듯 격려해준 것은 마에카와 타다시였다.

"아야코 씨, 산다는 것은 우리 인간의 권리가 아니라 의무입니다. 의무란 문자 그대로 올바른 삶을 말하는 것입니다."

이 말은 나를 해방해 주었다.

'그렇다. 산다는 것은 사람의 의무다. 의무라면 어떤 괴로움이 있더라도 살아야 한다.'

이렇게 경제적 부담까지 끼치면서 산다는 게 왠지 너무 뻔뻔스럽다고 생각했는데, 그것이 인간의 의무임을 깨달으니, 뭔가 엄숙하고 경건한 마음도 들었다.

병원 옮기기를 망설였던 또 다른 이유는 마에카와 타다시가 있는 아사히카와를 떠나야 하는 것이었다. 입원 생활을 할 때 날마다 문병해 주는 그가 있다는 것은 실로 큰 위안이었다.

그런데 아는 사람이라곤 하나도 없는 삿포로로 가야만 한다는 것은 아무래도 씁쓸하지 않을 수 없었다. 증상이 호전된다면 또 모르지만, 언제 돌아올지도 모르니 불안하기도 했다.

마에카와 타다시는 그러한 나를 보고 웃었다.

"아야코 씨, 이제 나한테 기대면 안 될 때가 온 거예요. 사람이 남에게 의지만 하며 사는 한 자기만의 올바른 삶을 누릴 수 없어요. 이제부터라도 하나님께 의지하도록 마음을 다잡으세요."

그는 그렇게 말하면서 주위에 아는 이가 하나도 없어 외로울 거라면서 삿포로 키타北 교회 원로 장로인 니시무라 히사조오西村久藏 선생 앞으로 엽서를 써주었다. 이 니시무라 선생이 어떠한 인물인지는 전혀 몰랐다.

'이번에 아사히카와 교회의 구도자 홋타 아야코 씨가 그곳 제일병원에 입원하게 되었으니 많이 도와주세요.'

그렇게 쓴 엽서를 보면서 이 작은 엽서 한 장으로 알지도 못하는 환자를 위해 과연 문병을 와 줄까 하고, 별 기대도 하지 않았다.

병원을 옮기기 전날 밤 동생 아키오昭夫가 달려와 짐을 꾸려주었다. 아키오는 그 후로도 내 병상을 가장 많이 문병해 준 다정한 동생이다. 언니 유리코와 마에카와 타다시가 작별을 위해 와 주었고, 같은 병실 친구들은 복도에서 풍로에 불을 피워 내가 좋아하는 닭고기 수프를 열심히 만들었다.

고교생 리에는 이별의 아쉬움에 아침부터 밥도 먹지 않고 슬픈 눈길로 나를 바라보았다. 또 다른 병실 친구는 한 장뿐인 내 모포가 해진 데에 새 수건을 대 기워주기도 했다.

불과 4개월을 함께 지냈을 뿐인데도 이렇게 모두 작별을 아쉬워하니, 내 가슴은 먹먹하도록 뜨거워졌다.

남자 환자들도 짐 꾸리는 데 필요할 것이라면서 헌 신문지를 가져다주기도 하고, 매점까지 다녀오는 이런저런 잔심부름하는 수고를 아끼지 않았다.

내가 떠난 뒤에도 그리스도교 집회가 계속 이어지기를 진심으로 바랐다. 집회 책임자로서 후임을 누구에게 넘겨줄까 생각한 끝에 쿠로에 츠토무에게 그 역할을 맡겼다. 그는 기꺼이 수락하면서,

"어떻게든 하는 데까지 열심히 해보겠습니다."

라고 흔쾌히 대답했다.

퇴원하기 전날 같은 병실의 카리에스 환자 S씨는 그저 울기만 했다. S씨는 의료보호와 생활 보조를 받으며 두 아이를 양육하고 있는 미망인이었다. 그런데 갑자기 관계기관으로부터 생활 보조를 끊겠다는 통보를 받았다는 것이다.

위로하려야 할 방법이 없었다. 제일 큰 문제는 생활 보조가 끊기지 않도록 하는 일이었다.

교원 시절 여자청년단의 수양회 강사였던 타카이 히데키筒井英樹 씨를 떠올렸다. 딱 한 번 만났지만, 의협심이 강한 분이라 생각해왔다. 어쨌든 나는 다음날 병원을 옮기지 않으면 안 되었다.

별다른 생각 없이 곧장 타카이 히데키 씨 댁으로 전화를 걸었다. 타카이 씨가 나를 기억할 까닭이 없다. 나는 다만 그의 강연을 들었던 한 사람에 지나지 않았으니까.

다행히 타카이 씨는 집에 있었다. S씨의 사정을 얘기하자, "알겠습니다. 해당 관청에 들러 사정을 알아보고 병원으로 방문하겠습니다."라고, 흔쾌히 답변해 주셨다.

그분은 청과시장의 가게 주인이지 시의원도 도의원도 아니다. 그분이 나서 주는 것은 타고난 의협심 때문이었다.

곧바로 병원을 찾은 그는 지팡이를 짚고 한쪽 다리를 심하게 절고 있었다. 다리를 저는 원인은 귀환자를 전송하기 위해 역까지 배웅 갔다가 사고를 당했기 때문이었다.

한 어린아이가 선로에 떨어졌는데, 기차는 이미 가까이 달려오고 있었고, 이를 목격한 그는 어린아이를 구출하기 위해 선로로 뛰어들었고, 아이는 구했으나 다리를 다쳤다고 전해 들었다. 그 후유증으로 오랫동안 다리를 절었던 모양이다. 그래도 그분은 지체하지 않고 달려와 주셨다.

마침내 그분의 도움으로 미망인 S씨는 구제받았다. 그 후에도 타카이 씨로부터 크게 도움받은 적이 있다. 이 이야기는 다른 기회에 하고자 한다.

어쨌든 내 일만 생각하던 내가, 어느덧 남의 일까지 진지하게 걱정할 수 있게 된 것은 큰 변화였다.

다음 날 이른 아침, 마에카와 타다시는 역까지 나와 배웅해 주었다. 그는 나에게 노트 한 권을 건네면서 말했다.

"쓸쓸하면 여기에다 무엇이든 모두 적어 놓으세요. 우리는 떨어져 있어도 결코 떨어져 있는 게 아니니까요."

아사히카와의 겨울 2월의 아침이었다. 매섭게 추웠다. 그날 아침 기온은 영하 20도로 추위에 모든 것이 얼어붙었다.

이윽고 마에카와 타다시와 헤어져 다른 도시로 옮겨 가 살게 되었다. 어쩌면 낯선 삿포로의 한 병실에서 앓다가 연기처럼 사라져 갈지도 모르는 나의 앞날을 생각하면서, 성에 낀 기차의 창유리를 입김을 불어 녹였다.

작은 낙엽만큼 녹은 창 저쪽에 마에카와 타다시가 허리를 약간 굽히며 막 움직이기 시작한 열차를 배웅하자, 열차는 점점 멀어져갔고, 그는 그곳에 머물러 있었다.

겨울 몸을 짜는 듯한 1월의 추위와 발밑을 흔드는 눈보라에
　홀연히 맞서는 기백 같은 것이 나에게는 없다

숨을 죽이고 큰 자의 힘이 흔들리는 일순을 기다린다
　그냥 눈만은 똑바로 뜨고 끝까지 확인하려고

길은 멀어도
제3부

피사의 사탑을 올려다보며
종의 기원을 믿는 나는
기적 때문에 당신을 믿지 않는다

지구의 관을 보내는 날까지
당신은 사람들의 피의 기도에
응하지 않으리라

삿포로의 겨울
병실

삿포로 제일병원에는 마에카와 타다시의 동기인 쿠로다黑田 조교수가 근무하고 있었다. 그는 얼굴이 창백하고 차가운 느낌의 젊은 의사였다.

그의 청결하고 차가운 느낌이 싫지 않았다. 그게 하나의 매력이라고 해도 좋을 정도였다.

병원에 도착하자마자, 쿠로다 교수는 혈액검사, 소변검사, 뢴트겐 촬영 등을 하느라 나에게 쉴 틈도 주지 않았다. 게다가 이튿날은 연이어 물 검사가 있으니 간호사의 안내를 받으라고 했다.

물 검사란 아침 일찍 1.8리터가량의 물을 환자에게 마시게 하여 소변의 양이 어느 정도의 간격으로 얼마나 배출되는지 검사하는 일이다. 첫날부터 이처럼 연달아 검사하는 것은 퍽 다행한 일이었다.

왜냐하면 아사히카와를 떠나 마에카와 타다시가 곁에 없는 외로움을 느낄 틈도 없었기 때문이다. 그래도 입원한 날 밤 창에 기대어 삿포로의 하늘을 바라보았다. 삿포로의 겨울밤은 아사히카와보다 포근했다.

스팀이 나오기는 해도 겨울에 창문을 열고 바깥을 내다본다는 것은 아사히카와에서는 생각도 못 할 일이다.

시가지의 먼 하늘은 밝았다. 이 넓은 삿포로에 아는 사람이 아무도 없다고 생각하니 왠지 마음이 가볍기도 했다.

확실히 가까이에 마에카와 타다시가 없어서 쓸쓸했다. 그러나 아는 사람이 없다는 것만으로도 마음은 아주 홀가분해졌다. 앞으로 이 삿포로에서 또 누구와 사귀게 될지, 삿포로의 야경을 바라보면서 생각했다.

20여 년 전부터 지금까지 아사히카와에서 살며 사귄 사람 누구에게도 성실치 못하였음을 고백한다. 그러나 이 삿포로에서는 진심을 한껏 담아 사귀고 싶다고 새벽이 밝아오는 하늘을 올려다보며 소망했다.

그때 문득 마토 야스히코가 떠올랐다. 아는 사람 하나 없다고 생각했는데, 마토는 분명 삿포로에서 살고 있을 것이라 믿고 싶었다. 편지 왕래는 없었지만, 그와의 교제를 완전히 끊은 것은 아니다. 인간이란 그리 간단히 과거의 자신과 인연을 끊을 수 없다는 생각이 들었다.

설령 자신은 모든 과거를 끊었다고 생각할지 모르나 그동안 살아오면서 남긴 흔적은 결코 지을 수 없는 삶의 그림자임을 새삼 깨달았다.

아사히카와를 떠났다는 한 가지 사실만으로 홀가분해진 듯 착각한 나 자신이 우스웠다. 과거 여러 사람과의 불성실했던 행동에 단단히 얽매여 있음을 깨닫고 창가를 떠났다.

병실로 돌아온 나는 침대에 앉아 성경을 펼쳤다. 병실은 3인용이었는데, 내 침대는 가장 안쪽에 있었다. 이미 두 사람은 잠들어 있었다. 성경을 읽다 보니, 다음 말이 눈에 들어왔다.

'천지는 없어질 것이다. 그러나 내 말은 없어지지 않을 것이다.'

우연의 일치일까? 내가 생각하던 것과 일치하는 성경 말씀에 놀랐다. 이 세상의 모든 것이 시간이 지나 멸망하여 없어져도 예수 그리스도의 말씀은 영원히 사라지지 않는다고 성경은 가르치고 있었다.

'예수의 말씀이 없어지지 않는다는 게 도대체 무슨 뜻일까?'

나의 가는 손가락은 그 구절에 멈춘 채 움직일 줄 몰랐다. 나는 생각했다. 예수의 말씀이 없어지지 않는다는 것은 그 말씀이 세상에 존재하는 한 나의 추한 모습 역시 머물러 있다는 뜻이라 확신하게 되었다.

예수님이 용서한다고 하면 내 죄는 용서를 받을 것이다. 그러나 만일 용서하지 않는다고 말씀하신다면 내 죄는 영원히 사라지지 않으리라.

'천지는 없어질 것이다. 그러나 내 말은 없어지지 않을 것이다.'

거듭 되뇌었다. 그리고 그날 밤 입원한 것과 이 성경 구절을 함께 써 붙여놓았다.

마에카와 타다시로부터는 변함없이 편지가 왔다. 아사히카와에 있을 때보다 더 자세하고 긴 내용이었다.

예를 들면 아침 몇 시에 일어나 어떤 책을 읽고, 누구를 만나 무슨 이야기를 나누었다는 아주 자세한 그의 근황 보고였다. 그의 편지를 읽노라면 그가 친구와 평화 문제에 관해 얘기할 때도, 서점을 돌아다니며 신간 서적을 손에 들고 있을 때도, 내가 아사히카와에 없다는 데 대한 쓸쓸함을 뼈저리게 느끼는 모습이 눈에 선하게 떠올랐다.

그도 3월에 진찰받으러 삿포로에 오겠다고 씌어 있었다. 그가 3월에 올 것이라는 소식만으로도 나의 하루하루는 즐거웠다. 즐겁다는 말이 얼마나 기대에 부풀고 희망을 담은 말인지, 이제 제대로 깨달았다.

그런데 예기치 않은 사소한 사건이 발생했다. 아사히카와에서 전화가 왔다고 해서 간호사 대기실로 갔다. 가족들에게 나쁜 일이나 일어나지 않았는지, 마에카와 타다시가 잘못되지는 않았는지 불안한 마음으로 수화기를 들었다.

그러나 그것은 아사히카와의 N병원에 있을 때, 매일 밤 우리 병실로 놀러 오던 남자 환자의 전화였다.

"여보세요, 리에가 거기 가지 않았습니까? "

그의 목소리는 몹시 초조했다.

"리에가? 왜요? "

"예, 리에가 말입니다, 집에 다니러 가겠다면서 외박 허락을 받고 병원을 나갔는데, 집에서 전화로 알려 온 바로는, 집에 오지 않았다는 겁니다. 혹시 아야코 씨가 있는 그곳에 가지 않았는가 싶어 전화를 드린 것입니다. 그녀의 어머니와 언니가 삿포로로 떠났으니, 리에가 오면 꼭 붙잡아 두세요."

라는 전화였다.

그로부터 몇 분도 채 지나지 않아 리에는 눈을 반짝이며 깊은 생각에 잠긴 듯한 표정으로 병실로 들어섰다.

"왜 왔어요? "

무뚝뚝하게 말했다. 리에는 내가 병원을 옮기기로 한 뒤부터 밥도 먹지 않고 멍하니 앉아 있었다. 그렇게 나를 따르는 게 귀엽기도 했지만, 결코 기쁜 내색은 하지 않았다.

그녀는 일찍이 자살을 기도했던 전과가 있고, 그 상처가 아직 충분히 아물지 않은 때였다. 두 번 다시 죽지 않겠다는 약속은 했지만, 한편으로 생각해 보면 겨우 말이 통하게 된 나와 떨어지게 된 리에가 가엾기도 했다.

그러나 그녀는 삿포로까지 달려와 나를 보자 안심이 되었는지 그녀의 어머니가 오시기도 전에 혼자 다시 돌아가 버렸다. 아사히카와 N병원 측에는 거짓말을 하고 삿포로까지 왔으니 혹 강제 퇴원이나 당하지 않을까 걱정되었다.

아사히카와 N병원에 전화를 걸어 그녀의 마음속 상처가 완전히 아물 때까지 이번 일에 대해서는 함구해 달라고 애써 부탁했다. 병원 측에서도 그 점은 충분히 양해했던 모양인지, 그녀는 아무런 제재도 받지 않고 입원 생활을 계속하였다.

이 사건으로 새삼 사람과 사귀는 데 대한 무게감을 통감하였다. 진실로 사람을 사랑한다는 것은 그 사람이 혼자서도 살아갈 수 있도록 해주는 일이라고 생각되었다. 그리고 그것은 마에카와 타다시가 나에게 한 말이기도 했다. 그는 아사히카와를 떠나기 전에 말했다.

"아야코 씨는 이제 내게 기대지 말고 살아야 할 때가 왔습니다. 사람은 남을 의지하여 사는 한 진정한 삶을 누릴 수 없으니까요. 이제부터는 하나님께 의지하도록 하세요."

그는 그렇게 말했었다.

부모가 자식을 사랑하는 것도, 한 남자가 한 여자를 사랑하는 것도 상대방을 정신적으로 자립시키는 것, 그것이 진정한 사랑이리라.

　　"그대 없이는 살 수 없어요."

따위로 말한다면, 아직 참사랑의 의미를 모르는 것이 아닐까?

　　어쨌든 리에의 일로 사랑하는 사람 사이의 존중과 사람을 사귀면서 다해야 할 책임을 절실히 깨달았다.

　　함께 걷는 거리에 빙상氷像이 나란히 줄 서 있고

　　오후 햇살의 밝고 추움이여

재회

입원하자마자 이런저런 일로 일주일가량은 정신없이 지나갔다.

어느 날 내 병실로 순수하고 총명해 보이는 간호사가 들어왔다. 그녀는 그 해 간호대학을 수석으로 졸업한 오치 카즈에越智一江였다.

"저는 이비인후과에 근무하는 오치 카즈에입니다. 니시무라 히사조오 선생님께서 전화하셨는데, 아사히카와의 마에카와 타다시 씨에게 문병 부탁 엽서를 받고, 다음 금요일에 와서 뵙겠으니 몸조심하고 계시라는 전언이십니다."

또랑또랑한 말씨였다. 솔직히 놀랐다. 마에카와 타다시는 아사히카와 니조오二条 교회에 다니므로 삿포로의 니시무라 히사조오 선생과 결코 가까운 사이는 아니었다.

니시무라 선생이 다니는 삿포로 키타이치조오北一条 교회는 4, 5백 명 가량의 신도가 있어서 그 한 사람 한 사람까지 다 기억할 수도 없는 큰 교회이다.

이 큰 교회의 대표 격 신도인 니시무라 선생은 교회의 일만도 무척 바쁠 것이다. 무엇보다도 선생은 수백 명의 고용인을 둔 제빵회사의 사장이기도 하다. 역 앞 대형 제과점을 비롯하여 찻집과 식당도 함께 운영하고 있다. 그 일만으로도 얼마나 바쁠지 짐작할 수 있다.

그런 분이 별 면식도 없는 마에카와 타다시의 부탁을 받고 전혀 본 적도 들은 적도 없는 나 따위의 하찮은 환자에게 무슨 연유로 문병을 오시겠는가 하고 나는 불안해하며 몸을 제대로 가눌 수 없었다. 평범한 우리는 친지나 친구의 문병조차 제대로 못 받는 게 사실이다.

그러나 니시무라 히사조오 선생은 내 생각과는 달리 약속대로 금요일에 내 병실에 모습을 드러냈다. 체격이 크고 55, 6세쯤 되어 보이는 아주 푸근한 인품의 소유자로 큼직한 눈에 처진 눈꼬리가 웃는 상이라 다정다 감해 보였다.

"아사히카와의 마에카와 씨로부터 엽서를 받고 바로 문병하러 오려고 했는데, 좀 늦었습니다."

선생은 그렇게 말하면서 병실을 둘러보았다.

"세 분이 함께 계시는군요. 이 과자 나누어 잡숴보십시오. 슈크림은 상하기 쉬우니까, 먼저 드시는 게 좋습니다."

그렇게 말하면서 내놓은 과자 상자를 나는 받으려 하지도 않고 대답했다.

"선생님, 저는 오랫동안 요양해왔습니다. 남에게 위문품을 자주 받아보 았기 때문에 선물 받는 걸 아무렇지도 않게 생각하는 타성에 젖어있습니다. 남에게 뭔가를 받는 일에 길들면 사람이 비열해지는 것 같습니다. 부디 위문품 같은 것은 가져오지 말도록 당부드리겠습니다."

어쩌면 이리 무뚝뚝한 말투일까? 그러나 난 진정 그렇게 생각하였다.

남에게 뭔가를 받는 데에 익숙해져서 거지 근성이 자라면 안 되겠다고, 나를 타이르던 고집쟁이였다.

더구나 니시무라 선생은 아직 일면식조차 없던, 말하자면 굳이 나에게 문병을 올 의무가 없는 사람 아닌가. 그런 분께 위문품까지 받는다는 것에 용납할 수 없는 비굴함을 느꼈다. 나의 당돌한 이 말에 선생은 놀랐던 모양이다. 나중에 알게 된 사실이지만, 이 분주한 선생은 금요일과 일요일은 하나님의 심부름 일정이 꽉 짜여 있다는 것이다.

도청과 병원 직원들에게 성경 강의를 하고, 환자를 문병하는 일로 선생의 금요일과 일요일 일정표에는 아침부터 밤까지 일정이 꽉 차 있다는 것이다.

그러나 나처럼 만나자마자,

"위문품 가져오지 마세요."

라고 당돌하게 대들듯 말한 환자는 없었을 것이다.

선생은 큰소리로 웃었다.

"예, 예, 잘 알겠습니다. 그렇지만 말입니다, 홋타 씨, 당신은 날마다 태양 빛을 받는데 이런 각도로 받을까, 저런 각도로 받을까 하고 범고래처럼 묵중하게 이리저리 몸을 뒤틀며 받습니까? "

그 말을 듣자, 그만 말문이 막혀버렸다.

아닌 그게 아니라, 태양 빛이라면 고맙다는 인사말 한마디 하지 않고 당연한 듯 온몸으로 그 빛을 받는다. 위문품도 이 태양 빛과 마찬가지로 내게 쏟아지는 인간의 사랑이 아닐까 생각해 본다.

남의 사랑을 받는 데 가장 요구되는 바람직한 태도는 순수하게 감사히 받아들이는 모습 아닌가? 이렇게 몇 해 동안을 병실에 갇혀 요양해온 것은 부모 형제를 비롯하여 많은 이들의 선물 아닌가?

그걸 새삼스럽게 잘난 체하고 위문품은 필요 없다며 건방진 투로 말한 내가 부끄럽다는 생각이 들었다.

니시무라 선생은 목사가 아니다. 그런데도 모두 선생님이라고 부를 만큼 훌륭한 사람이었다. 이렇게 건방진 나 따위가 무슨 말을 해도 선생은 그 푸근한 인품으로 너그럽게 받아주었다.

여기서 잠깐 니시무라 선생의 약력을 소개한다. 선생은 오타루小樽 상고38)를 졸업하고 삿포로에서 상업학교 교사로 재직하였다.

사실은 목사가 되고 싶었지만, 오노무라 린조우小野村林藏 목사가 만류했다고 한다.

니시무라 선생 집안의 형편을 미루어 보면 장남인 선생이 목사가 되는 것은 너무나 딱한 일이라고 오노무라 목사는 생각했을 것이 틀림없다.

일본에서 목사란 노력은 많은데 물질적으로 혜택은 받지 못하는 가난한 직업이었다. 쇼와 40년(1965년)부터 지금까지 끼니도 잇기 어려운 목사가 있는 형편인데, 하물며 쇼와 10년(1935년) 무렵의 목사 생활이란 가난을 상징하는 대표직업이었으리라.

그러나 니시무라 선생은 목사가 되겠다는 처음의 생각을 초지일관 생

---

38) 지금의 오타루 상과대학

활 속에서 실천해온 신자였다.

선생이 삿포로 상업학교 교사로 재직하던 시절 제자 하나가 위독하였다. 문병 갔던 선생은 병실을 나와 울었다.

'나는 매일 저 학생에게 영어를 가르쳤다. 그러나 그 학생에게 가장 소중한 삶에 대해서는 아무것도 가르쳐 주지 못했다. 지금 나는 저 학생에게 가장 필요한 것조차 주지 못한다.'

결국 그 학생은 죽었다. 그렇게 제자를 잃는 아픔을 겪은 선생은 매일 아침 수업 시작 전 한 시간 동안 희망하는 학생들에게 성경 강의를 시작하였다.

훗날 그 강의를 들은 학생 중 많은 수가 세례를 받고 크리스천이 되었고, 그중에 훌륭한 목사가 된 세키하라 유타카菅原豊도 있었다.

삿포로 상업학교는 니시무라 선생 덕분에 교풍이 일신되었다고까지 전해진다.

그 후 선생은 징집되어 전쟁터로 나갔는데, 오카 후지라는 친구도 그의 뒤를 따라 중국으로 건너갔다. 둘은 크리스천으로 절친 사이였다.

"니시무라, 자네는 본의 아니게 군도를 허리에 차고 전쟁을 해야 하네. 난 자네의 죄를 속량하기 위해 중국인을 사랑하려고 가는 걸세."

그는 그렇게 말하고 북경에서 학교 교원 생활을 했다고 한다. 이런 친구가 있었다는 사실만으로도 니시무라 선생의 인품을 짐작할 수 있을 것이다.

결국 선생은 어려운 가정 형편 때문에 교사를 그만두고 과자점을 개점

했는데, 이익의 3분의 1은 남을 위하여, 3분의 1은 운영자금으로, 그리고 나머지 3분의 1은 생활비로 쓴다는 이야기를 들었다.

그에 관한 이야기가 길어졌지만, 니시무라 선생이 끼친 영향에 크게 감동하여 쓰지 않을 수 없었다.

새로운 병원 생활에 조금씩 익숙해지자, 나는 또 허무주의적인 생각이 덮쳐오는 것을 자각했다. 병자의 몸으로 무엇을 해봤자 결국은 허무하다는 느낌에 빠져 나 같은 인간이 크리스천이 될 수 있을까, 이런 나를 용서해 줄 만큼 하나님은 관대하실까, 멋대로 생각하였다.

그러던 어느 날이었다. 뜻밖에도 약혼자였던 니시카와 이치로가 찾아왔다. 지금은 결혼하여 에베츠에서 살고 있었다. 그는 매일 삿포로의 회사로 통근한다고 했다.

"어머, 오랜만이에요. 내가 여기 입원한 걸 어떻게 아셨어요?"

날마다 만나는 사람처럼 스스럼없이 말했다. 그러나 저 어두운 바닷가에서 죽으려고 한 이후 첫 재회였다.

그 당시는 열 시간 가까이 시달리는 기차 여행도 할 만한 체력이 있었다. 그러나 지금은 화장실 가는 것조차 숨이 찰 정도로 허약해진 중증 환자였다.

"이치로 씨, 결혼하셨다고요? 축하합니다."

몇 해나 나를 기다리던 그가 건강한 여성과 결혼한 사실이 나는 기뻤다. 그는 남을 행복하게 해줄 능력도 있고, 또 그 자신도 행복했으면 좋겠다고 빌어주고 싶은 사람이기도 했다.

그는 말없이 내 얼굴을 보다가,

"아야코 씨는 참 착한 사람이군요."

하고 진지하게 말했다.

한때 약혼자였던 그가 결혼한 사실을 아직도 병상에 있는 여인이 축복하는 게 그리 놀랄 일이었을까?

"이치로 씨, 나도 소개하고 싶은 사람이 있어요."

그렇게 말하며 곁에 걸려 있는 마에카와 타다시의 사진을 가리켰다.

그러자 니시카와 이치로는,

"아야코 씨, 난 아무 말도 듣고 싶지 않아요. 내가 알던 아야코 씨만으로 충분합니다."

니시카와는 마에카와 타다시에 관해서는 한 마디도 꺼내지 못하게 하였다.

나와 니시카와 이치로가 약혼했던 사실은 두 사람에게는 이미 과거의 일이다. 그러나 그의 마음속에는 내가 과거의 사람이 아니었던 모양이다. 나도 더 이상 마에카와 타다시에 관한 말은 꺼내지 않았다.

"야위었군요."

니시카와 이치로는 물끄러미 내 얼굴을 보며 말했다.

"부인께선 몇 살인가요? 건강하시겠지요? "

그렇게 물어보면서도 내 마음은 아프지 않았다.

내가 결핵을 앓지 않았다면, 아마도 니시카와 이치로와 결혼했으리라.

그리고 지금쯤은 두 번째 갓난애를 안고 그런대로 행복하게 보이는 아기 엄마가 되어 있을지도 모른다. 그런 생각을 하면서 니시카와 이치로를 응시하노라니 사람의 관계라는 것이 참 묘하게 느껴졌다.

"그건 그렇고, 내가 여기 있다는 건 어떻게 알았어요? "

다시 묻자, 그는 병원 옆을 지나다 우연히 나를 보았다고 했다. 그의 병문안 위문품은 몇 가지 통조림과 과일, 그리고 한 묶음의 휴지였다.

"아야코 씨는 예전과 마찬가지로 가래가 많을 것 같아서요."

그는 그렇게 나직이 말했다.

그는 이전에 나를 문병하러 올 때마다 가래가 나오려고 하면 재빨리 타구[39]를 내 앞으로 밀어주던 자상한 사람이었다. 그런 예전 그대로의 그가 다시 내 눈앞에 나타난 것이다.

따뜻한 햇볕 난방을 꺼도 될 듯싶은 햇살
난롯불 꺼진 따뜻한 오후의 햇살이어라

---

39) 가래를 뱉는 그릇

그리스도를
찾아서

삿포로의 병원으로 옮겨 와 검사를 했으나, 흉부는 물론 척추에서도 이상을 발견할 수 없다는 진찰 결과가 나왔다. 다각적으로 신중히 진찰하고 검사해 보았지만, 야위어가는 원인도, 열이 내리지 않는 원인도 밝혀내지 못한 점은 아사히카와의 N병원과 마찬가지였다.

똑같이 원인을 찾지는 못했지만, N병원에서는 막연히 환자를 지켜보기만 하는 방관적인 자세였던 데 비해, 이곳 병원에서는 적극적으로 심사숙고하여 진찰해 주었다. 그런 점에서 병을 앓는 사람을 안도하게 하는 신뢰와 믿음을 주었다.

병원을 옮긴 지 한 달가량 지난 3월의 어느 날이었다.

정오 무렵이었다고 기억한다. 내 침대는 창가에 놓여 있었는데 아무 생각 없이 하늘을 올려다보고 있었다. 봄다운 부드러운 하늘이구나 하면서 바라보고 있을 때, 별안간 침대가 심하게 흔들렸다.

순간 나는 침대에서 황급히 일어났다.

"지진이에요!"

같은 병실의 다른 두 사람도 이렇게 외치면서 몸을 일으켰다. 건물이 기분 나쁘게 흔들리기 시작하고 하얀 벽이 순식간에 갈라졌다. 복도에서 간호사와 환자들이 서성이는 소리가 들려왔다.

지진은 곧 가라앉았으나 내가 받은 충격은 너무나 컸다.

내가 태어나서 자란 아사히카와는 지진이 적다. 몸으로 느낄 정도의 지진은 거의 없었다. 그래서 아사히카와의 대지는 우리에게 아무런 불안도 주지 않는 삶의 터전이었다. 대지만은 나를 위협하지 않는다고 생각했다. 그런데 이때의 강렬한 지진은 내 마음을 황폐하게 했다.

'이 세상에 안심할 수 있는 곳이 없다.'

그런 생각에 깊이 빠져들었다. 그리고 그 안심할 수 없는 대지 위에서 안일하게 살아가는 무방비 상태로 살아가는 인간의 실상을 비로소 깨달았다.

생각해 보면 우리는 대지 위에서 아무런 대책 없이 태무심하게 살아가는 무책임한 존재가 아닐까 하는 생각에 놀라지 않을 수 없었다.

그것은 어떤 사람에게는 돈이 될 것이고, 어떤 사람에게는 건강이 될 것이고, 또 어떤 사람에게는 지위가 될지도 모른다. 그러나 이러한 것들은 대지보다도 예고 없이 빈번하게 뒤흔들리는 세상의 변화이다. 그것은 절대적으로 의지할 수 있는 확실한 존재가 아니라는 사실이다.

우리는 도대체 무엇에 의지하여 태평하게 살고 있는가 성찰해 보는 좋은 계기로 삼았다. 사실 나는 무엇인가를 맹신하지는 않았지만, 그 어느 것도 믿지 못하는 불안한 마음을 방치하고 있었을 뿐이다.

그러나 이러한 내 마음은 존재의 소중함을 망각한 채 이 대지 위에서 살아가는 불성실하고 안일한 태도였음을 깊이 반성하였다.

한편 내 마음이 불안한 상태라면 안주할 수 있는 땅을 찾아 더욱 엄격하게 구도 생활을 해야 올바른 삶의 자세일 것이었다. 구도 자세가 어중간했던 것 역시 내가 안주해서는 안 될 곳에서 안주하고 있었기 때문이 아닐까 생각하는 계기가 되었다.

그때까지 막연하게 읽기만 하던 성경을 진지하게 공부하는 계기로 삼았다. 가끔 찾아주시는 니시무라 선생에게 질문을 준비하고 기다리기에 이르렀다.

내 병실을 방문해 주시는 선생의 시간을 단 일 분이라도 헛되이 하지 않으려고 설교 말씀도 열심히 들었다.

그분의 말씀은 나 혼자 독차지하기에는 너무나 아까운 하나님의 목소리였다. 니시무라 선생이 노방전도를 할 때면 기백 명이나 되는 사람들이 발걸음을 멈추고 자리를 떠나는 사람이 없었다고 할 만큼 뛰어난 웅변가였다. 선생님 말씀은 언제나 깊은 감명을 주어 많은 이들을 그리스도교 안으로 끌어들였다.

선생은 병자인 나 하나만 상대하실 때도 진실로 열정을 담아 말씀해 주셨다. 내가 던지는 어떠한 질문에도 성경 구절을 인용하여 친절하게 대답해 주시는데 감격하지 않을 수 없었다. 그 속에서 신앙의 힘을 발견할 수 있었다.

니시무라 선생님 덕분에 성경 말씀의 근본적인 뜻을 명확히 깨우칠 수 있었다. 이것은 내 삶에 커다란 행운을 가져다주었고 은혜였다.

또 선생은 이런 말씀도 해주셨다.

"삿포로에 어리광이라도 부릴 친척이나 친구가 있습니까?"

없다고 대답하자, 선생은 말씀을 이으셨다.

"그럼 나한테 응석 부리세요, 떼를 써도 좋아요."

선생은 이 말씀대로 친가족처럼 대해 주셨다. 혈담이 든 더러운 타구를 씻어주기도 하고, 뜨근뜨근한 반찬을 냄비에 담아 9백 미터나 떨어진 집에서 갖다주시는 등, 그 친절은 헤아릴 수가 없다.

수백 명이나 되는 종업원을 거느린 사장은 모두 이렇게 훌륭한가, 번번이 감동하지 않을 수 없었다.

이렇듯 선생의 말씀과 인격을 통하여 나는 차츰 그리스도교를 이해하였고, 마침내 세례를 받고 싶은 열망을 갖게 되었다.

그러나 인간의 마음이란 한결같이 꾸준히 이어지지 않는 모양이다. 마에카와 타다시의 사랑이나, 니시무라 선생의 신앙심은 크리스천 중에서도 유달리 뛰어난 사람들이다. 이러한 분들께 사랑받으면서 주님의 곁으로 인도된다면, 지금 크리스천이 된다고 해도 조금도 이상할 게 없다.

그런데도 그것이 간단히 이루어지지 않는 것은 나의 태도 때문이었다. 니시카와 이치로에 대한 나의 자세가 그러했던 것이 그 이유 중 하나였다.

몇 번이고 연거푸 고맙다고 말하고 싶은 마음에
오늘도 저무는가

사랑과 우정의
무게

니시카와 이치로는 그 무렵 거의 하루도 거르지 않고 나를 찾아왔다. 날마다 일정한 시간에 왔기 때문에 그 시간이 되면, 나는 그가 나타나기를 은근히 기다렸다.

그의 회사가 병원 근처였으므로 점심시간이면 나를 찾아오곤 했다. 그리하여 삿포로에서 나를 찾는 사람은 니시무라 선생과 니시카와 이치로뿐이었다.

그의 방문이 즐거운 것은 어쩔 수 없는 일이었다. 날마다 찾아주는 사람이 니시카와 이치로가 아니라, 나와 같은 처지의 다른 여성이었어도 그 시간이면 그를 기다렸을 것이다.

집에서 보내오는 돈은 겨우 입원비밖에 되지 않아, 귤 하나 살 여유도 없었다. 마에카와 타다시는 나에게 쓸 엽서 값 마련을 위해 등사판 일을 배워 아르바이트까지 하였다. 그러한 그에게 약간의 용돈을 보내달라고 부탁할 수도 없는 노릇이었다. 그는 편지에 곧잘,

'아야코 씨를 위해서라도 하루빨리 대학으로 돌아가 의사가 되고 싶습니다. 사랑하는 사람에게 경제적 부자유를 주는 것은 남자로서 견딜 수

없는 노릇이지요.'

라고 씌어 있기도 했다.

제일병원은 교수가 회진할 때면 병동 담당 간호사가 특별히 꼼꼼하게 아침부터 대청소한다. 그리고 환자들에게 옷을 갈아입도록 독려한다.

"홋타 씨, 회진이에요. 옷 갈아입으세요."

그런 말을 들었으나 나에게는 잠옷 한 벌뿐이었다. 타고난 성질이 옷에는 무관심한 편이었기에 그리 괴롭게 생각하지는 않았지만, 단젠丹前으로 갈아입었을 때나 잠옷을 세탁해 달라고 내준 일은 지금도 잊을 수 없다.

그러한 나에게 니시카와 이치로의 방문은 여러 가지 점에서 많은 위안이 되었다. 휴지가 없어 불편을 겪고 있으면 그는 회사 창고에 있는 폐지를 가져다주기도 했다. 가래를 받아내는 데는 휴지보다 좀 두꺼운 폐지가 더 쓸모 있었다.

그는 또 나의 식성을 잘 기억하고 있어서 여름밀감을 호주머니에 넣어 가지고 오기도 하고 통조림을 가져다주기도 했다.

그러나 그가 이렇게 날마다 찾아오기는 했지만, 둘 사이에 연정 따위는 전혀 없었다. 그것은 니시카와 이치로가 절도 있는 성실한 남성이었기에 가능한 일이었다.

처음 문병을 온 날 마에카와 타다시에 관한 얘기를 듣고 싶지 않아 했던 것만은 분명하지만, 그렇다고 나에게 뭔가를 기대하는 것도 아니었다. 그의 타고난 친절은 예전 약혼자가 낯선 곳에서 빈곤으로 힘들게 병원 생활하는 모습을 보고 그냥 넘길 수 없었을 뿐이었으리라. 그 예로 이런 일이 있었다.

그 무렵의 나는 오래전부터 앓던 등의 통증 때문에 허리를 구부리지 못했다. 바닥에 떨어뜨린 것을 줍는 데도 간신히 무릎을 꿇고 등은 똑바로 편 채로 주워야만 했다. 이런 실정이었기 때문에 발을 씻는 것은 불가능했다. 물론 목욕도 할 수 없었다.

과중한 업무에 시달리는 탓인지 병동 담당 간호사는 청소나 상 차리기에 바빠 환자를 씻기거나 닦아주지는 않았다. 환자의 몸을 닦아주는 게 간호사의 업무 중 하나라고 생각되었지만, 비교적 수술이 많은 비뇨기과 환자에게조차 손이 미치지 못하는 형편이었다.

그러한 나를 차마 볼 수 없었던지, 언제인가 니시카와 이치로는 보일러실에서 따뜻한 물을 양동이에 가득 받아와서 내 발을 씻겨주겠다는 것이었다.

"이치로 씨, 당신이 예수님보다 훌륭하지는 않잖아요, 그러니 남의 발을 씻어줄 자격 없어요."

웃으면서 그의 호의를 거절하였다. 예수가 십자가에 못 박히기 전날 밤, 열두 제자의 발을 씻겨주었다는 성경 구절을 변명으로 삼았다.

모처럼의 그의 호의를 거절했는데도 그는 조금도 의기소침해지지 않은 얼굴로 여느 때처럼 얘기를 나누다가 돌아갔다. 만일 니시카와 이치로가 딴마음을 먹었다면, 내 발을 씻겨주겠다고 나설 수 있었을까? 더구나 다른 환자들이 보고 있는 앞에서.

이같이 한 것은 그가 아무런 야심 없이 순수하게 한 행동이었음을 말하는 것 아닌가? 진심으로 그의 친절에 감동하였던 것을 기억한다.

이런 까닭에 우리 둘 사이에는 남들이 봐도 전혀 난처할 일이 없었다. 그러나 한 가지 중대한 일에 부딪히기는 했다.

어느 날 밤, 옆 침대의 환자가 우울한 얼굴로 자기 사정을 털어놓았다.

"남편이 회사의 젊은 아가씨와 자주 커피를 마시러 다니는 모양이에요. 남편은 아가씨와 커피 마시러 다니는 게 뭐 어떠냐고 아무렇지 않은 듯 말해요. 그렇지만 난 싫어요. 그렇잖아요?"

"그야 당연하지요. 본인은 아무렇지 않겠지만, 남편이 젊은 여자와 찻집 같은 곳에서 사이좋게 얘기한다면 나도 싫어요. 상상만 해도 화가 나요. 더구나 당신은 입원 중인데 말입니다."

그녀를 동정하여 나도 맞장구쳤다. 만일 내가 삿포로에 입원해 있는 동안 마에카와 타다시가 젊은 여성과 커피 마시러 다녔다면 어떨까? 설사 단 한 번이라도 그런 일이 있었다면 얼마나 불쾌하겠느냐고, 나는 분노했다.

그렇게 생각하는 순간 등골이 오싹해졌다. 정말 마에카와 타다시가 다른 여자와 날마다 찻집이나 유흥업소를 출입했어도 불쾌하다고 말할 자격이 과연 나에게 있을까? 매일 니시카와 이치로의 병문안을 받고 있지 않은가.

아무리 둘이 결백하더라도 니시카와 이치로와는 한때 약혼했던 사이다. 게다가 그에게는 아내가 있고 나에게는 마에카와 타다시가 있다.

니시카와 이치로의 방문을 마에카와 타다시에게 편지로 알린 적이 있었다. 무엇 하나도 숨기지 않았지만, 그렇다고 그가 불쾌하게 생각하지 않는다고 단언할 수는 없다.

그리고 니시카와 이치로의 아내가 이 사실을 안다면 얼마나 마음 상할지 모른다. 남의 마음을 상하게 하고 있다는 자각을 그때까지 전혀 하지 못했던 몰염치한 여자가 나였다.

그런데 옆 침대의 환자가,

"분해, 아이, 정말 분해."

라며 밤잠도 이루지 못하는 것을 보니, 그것이 바로 니시카와 이치로 아내의 모습이 아닌가 생각되었다. 그러자 내 행동이 얼마나 나쁜 일인지 비로소 깨달았다. 그럼 당장이라도 니시카와 이치로의 문병을 거절해야만 한다.

그러나 그다음 날 찾아온 그를 보자, 나는 나쁜 짓을 하는 게 아니라며 그런 생각을 지워버렸다. 그는 그대로 아내를 사랑하고, 나는 나대로 마에카와 타다시를 사랑한다. 그런 두 사람이 만나는 것이 뭐 나쁘냐고 둘러치고 싶은 마음이 내 속에 있었다. 만일 그의 아내나 마에카와 타다시가 이런 일 때문에 고민한다면,

"바보예요? 고민할 가치가 있는 일을 가지고 고민하세요."

라고 비웃어 주기까지 할 것이다.

객관적으로 보면 내 입장은 분명 남을 아프게 하는 배신행위인지도 모른다. 그러나 당사자인 나에게는 그다지 나쁜 짓을 하고 있다는 절실한 느낌이 없었다.

그보다는 니시카와 이치로와는 이대로 우정을 돈독히 해 나가고 싶은 마음이 더 앞서 있었다. 이치로의 친절한 우정을 잃고 싶지 않았다. 그런 내가 갑자기 무서워졌다.

'혹시나 내게는 죄의식이 없는 것 아닐까?'

인간에게 죄의식이 없는 것처럼 무서운 일이 또 있을까? 살인을 저지르고도 태연하고, 도둑질해도 아무런 양심의 가책도 받지 않는다면? 그와 마찬가지로 나도 남의 마음을 상하게 하는 행동을 하고서도 죄책감을 전혀 느끼지 않는 난 어떤 여자일까?

이런 생각이 들었을 때,

'죄의식이 없는 것 자체가 가장 큰 죄가 아닌가?'

라는 원죄의 빛깔을 보았다.

그때 예수 그리스도가 십자가를 진 뜻을 내 방식으로 깨달았다는 느낌이 들었다.

몇 번이고 연거푸 고맙다고 말하고 싶은 마음에
오늘도 저무는가

삿포로의
봄

삿포로의 봄은 아사히카와보다 빨리 찾아왔다. 삿포로의 봄철 명물인 말똥 바람이 부는 4월, 내 몸은 더 야위어갔다.

내과 외래환자실로 진찰을 받으러 갔다. 노년의 의사 스즈키鈴木 선생이 내 가슴에 청진기를 대고 말했다.

"있군요, 공동이 있어요."

내 얼굴을 보면서 스즈키 선생은 또 말씀하셨다.

"청진기로 또렷이 들리니까, 뢴트겐 사진에 나타나지 않을 리가 없을 텐데요."

나는 전에 있었던 병원과 요양원에서도 사진에 공동이 나타난 적은 없었다고 말했다. 그러나 미열이 있고, 늘 어깨가 뻐근하고, 혈담도 나오고, 휴지가 아무리 많아도 모자랄 만큼 가래가 많이 나온다고 증상을 말했다.

스즈키 선생은,

"그럼 바로 단층사진을 찍어봅시다."

하고 검사를 의뢰해주셨다.

단층사진을 찍은 결과 6센티가량 되는 깊숙한 곳에 공동이 있음을 알았다.

한 여의사는 스즈키 선생의 청진을 신의 귀라고 말한 적이 있다. 이 선생 덕분에 내 가슴에 공동이 있음을 알게 되었다. 그리고 비뇨기과에서 내과로 옮겼다.

스즈키 선생은 체중이 좀 늘면 수술하자고 말씀하셨다.

그러나 등의 통증은 더 심해져 갔다. 발끝에 슬리퍼를 걸치는 일조차 힘들었다. 두어 걸음만 걸으면 발끝의 맥이 풀리고 만다. 카리에스가 아닌가 하고 걱정해왔던 만큼, 나는 카리에스의 증상에 관한 지식은 약간 있었다.

더 이상 내버려 두면 하반신 마비가 와서 실금失禁이라는 고약한 증상을 수반한다는 사실을 알았기에 당장 뢴트겐 사진을 찍자고 했더니 젊은 의사는,

"아무렇지도 않습니다. 사진에는 나타나 있지 않으니까요."
라고 말했다.

부아가 치밀어 올랐다. 흉부 뢴트겐 사진에도 공동이 없다는 말을 듣고, 나는 얼마나 많은 혈담과 미열로 괴로웠던가.

병원 몇 군데를 전전하던 끝에 마침내 스즈키 선생의 청진으로 내 공동을 발견한 것이다.

이런 실패는 필경 몇 번이나 거듭해왔을 터인데 의사들은 왜 그토록 완강하게 환자의 호소에 귀를 기울이지 않는지 원망스럽기까지 했다.

그뿐만이 아니다. 환자가 신경쇠약이기라도 한 듯 그의 호소를 비웃기까지 하는 처사에 분노마저 일었다.

나는 뢴트겐 사진을 신뢰하지 않았다. 환자의 자각증상이 훨씬 더 빠른 진단을 할 수 있는데, 정확도가 떨어지는 뢴트겐 사진은 아무 쓸모도 없을 뿐 아니라, 도리어 위험하다는 생각까지 하고 있었다.

5월 말에 또 척추 사진을 찍었는데, 이때 의사가 한 말은,

"왜 좀 더 일찍 봐달라고 하지 않았어요? 당신은 척추 카리에스입니다. 깁스 침대에 누워 절대안정을 취해야 합니다."

요일마다 외래환자를 진료하는 의사가 다르다. 이 의사의 말에 나도 모르게 실소하고 말았다.

"어찌 된 일입니까? "

척추 카리에스란 진단을 받으면 우는 환자도 있다고 들었다. 그런데도 나는 웃었다. 의사가 의아하게 여기는 것조차도 이상하지 않았다. 그러나 이번만은,

"당신은 신경성이요. 자주 운동하는 게 좋은 치료법입니다."

이렇게 노이로제 환자 취급받지 않고 병을 정확히 알고 누워있을 수 있게 되었다는 생각에 웃은 것이다.

병은 원인만 알면 치료법은 따로 있게 마련이다.

병실로 돌아온 나는 분노 섞인 체념 상태에 빠졌다.

'등골이 결핵 균에게 파먹히고 있는데도 뢴트겐에 나타나지 않았다고 다리가 흔들릴 때까지 의사는 모른다. 만일 이대로 병을 키웠다면, 내

뼈는 다 썩어 죽을 수밖에 없지 않나?'

또 생각했다. 영혼의 문제에도 똑같이 적용할 수 있지 않겠는가. 죄에 대한 의식이 없으니 내 마음이 죄악으로 좀먹어 들어가는 것을 깨닫지 못한 게 아닐까? 이미 다 썩었는데도 모르고 있었던 게 아닐까 하는 무서운 생각이 들었다.

이제 마음의 결정을 내렸다. 한시바삐 세례를 받아야겠다는 절박함이 밀려왔다.

니시무라 선생은 내 결심을 듣고 진심으로 기뻐했다.

"정말 훗타 씨의 말 그대로입니다. 우리 인간은 죄의 무서움을 모르고 있어요. 만일 문둥병 균이 혈액 속에서 발견되었다면, 우리는 너무 놀라 자빠지면서라도 의사한테 달려가겠지요. 그러나 죄가 있음을 알고서도 하나님께 좇아가지 않는 게 예사입니다. 세례받겠다는 결심은 참 잘하셨습니다."

마침내 7월 5일 세례를 받기로 결정되었다.

병실은 내과 병동에서 다시 중환자실로 옮겨졌다. 결핵균이 배출되고 있었기 때문이다. 내과 병동은 깨끗했지만, 중환자실은 지저분했다. 벌레 먹은 불결한 기둥과 좀먹은 벽이 병실 전체 분위기를 어둡게 만들고 있었다. 그 병실에는 나보다 더 중증 환자인 쉰 살가량의 부인이 누워있었다.

내 침대에는 소독약 냄새가 유독 많이 났다. 그 이유를 직감하고 담당 간호사에게 물어보았다.

"이 침대에서 누가 죽은 지 얼마 안 되었지요?"

내 예측은 맞았다. 몇 시간 전에 예순 살 여자 환자가 생애를 마감한 침대였다.

"기분이 언짢지요? 방금 돌아가신 분의 자리라서…."

살갗은 검지만 유순해 보이는 담당 간호사는 미안한 표정으로 말했다. 그러나 나는 고개를 저었다. 살아있는 사람 중에 죽지 않을 자가 하나인들 있을까?

아마 이 병원의 중환자실 침대 중 사람이 죽지 않은 침대는 하나도 없을 것이다. 그렇다면 죽음을 예측할 수 없는 나도 언젠가 이 침대에서 죽을지 모른다.

누구든지 그리스도를 믿으면 새사람이 됩니다. 낡은 것은 사라지고 새것이 나타났습니다(고린도후서 제5장 17절).

이 성경 말씀처럼 낡은 예전의 나는 사라지고, 새로이 예수 그리스도 안에서 사는 자로 다시 태어나야만 한다. 사람이 죽어 나간 이 침대가 앞으로 나의 요양 생활에 더 잘 어울린다고 진심으로 생각했다.

수습의修習의 적도 없는 뒤처져 있는 이 나라
생각하면 할수록 안타깝기 한이 없네

세례,
마음에 빛이 켜지다

마침내 세례를 받기로 한 7월 5일이 왔다.

세례를 받게 된 것을 아버지와 어머니께는 일절 말하지 않았다. 두 분은 우리 자식들이 어떤 신앙을 가지건 간섭하지 않았다. 신앙에 대한 확고한 믿음이 있어서 간섭하지 않는 게 아니라, 무관심 탓이었으리라.

세례받을 것이라고 마에카와 타다시에게만은 미리 말해 주었다.

그날은 활짝 갠 여름이었다. 점심 식사가 끝나자 키가 훤칠하게 큰 간호사 야마다山田가 들어왔다.

"세례를 받으신다니 축하드립니다. 병실 좀 치우겠습니다."

그녀는 삿포로 키타이치조오北一条 교회의 교인이었다. 재빨리 주변을 정리하고는 대기실에서 목사님이 앉을 의자를 가져다 놓았다. 그리고 같은 병원의 간호사 오치 카즈에越智一江도 참석했다. 그녀 역시 키타이치조오 교회의 신도이다.

약속한 오후 1시에 니시무라 선생과 함께 들어온 분은 약간 마른 체형의 오노무라 린조우小野村林藏 목사였다. 오노무라 목사는 전시 중에 반전론을 주장하다 투옥된 반정부 인사라는 평을 들어왔다. 그리고 매우 엄격하다고도 했다.

그러나 그때 만난 목사는 아주 온화하고 침착한 느낌을 주었다. 이 기품이 있는 목사에게 세례받는 것은 나에게 영광스럽고 기쁜 일이 아닐 수 없었다.

드디어 세례식이 시작되었다. 세례를 베풀기 위한 물을 담은 세례 반을 니시무라 선생이 가져다주었다. 병상 세례에 입회한 사람은 오치, 야마다 두 간호사뿐이었다. 나는 깁스 침대에서 천정을 보고 그대로 누워있었다.

목사님은 로마서 제6장을 읽어 주셨다.

그리스도와 함께 죽고, 그리스도와 함께 살고 '세례를 받고 그리스도 예수와 하나가 된 우리는 이미 예수님과 함께 죽었다는 것을 모르십니까? 과연 우리는 세례를 받고 죽어서 그분과 함께 묻혔습니다. 그래서 그리스도 께서 아버지의 영광스러운 능력으로 죽은 자들 가운데서 다시 살아나신 것처럼 우리도 새 생명을 얻어 살아가게 된 것입니다. 우리는 그리스도와 같이 죽어서 그분과 하나가 되었으니 그리스도와 같이 다시 살아나서 또한 그분과 하나가 될 것입니다. 예전의 우리는 그분과 함께 십자가에 못 박혀서 죄에 물든 육체는 죽어버리고 이제는 죄의 종살이에서 벗어나게 되었다는 것을 우리는 알고 있습니다. 이미 죽은 사람은 죄에서 해방된 것입니다. 우리가 그리스도와 함께 죽었으니 또한 그리스도와 함께 살리라고 믿습니다. 그것은 죽은 자들 가운데서 다시 살아나신 그리스도께서 다시는 죽는 일이 없어 죽음이 다시는 그분을 지배하지 못 하리라는 것을 우리가 알고 있기 때문입니다. 그리스도께서는 단 한 번 죽음으로써 죄의 권세를 꺾으셨고 다시 살아나서는 하나님을 위해서 살고 계십니다. 이같이 여러분도 그리스도 예수와 함께 죽어서 죄의 권세를 벗어나 그와 함께 하나님을 위해 살아야 한다고 생각하십시오(로마서 6:6).'

성경을 다 읽은 오노무라 목사는 뼈마디가 굵은 손을 은빛 세례 반의 성수에 적셔 누워있는 내 머리에 얹으셨다.

"홋타 아야코, 성부와 성자와 성령의 거룩하신 이름으로 세례를 내리노라. 아멘."

그때까지도 내 마음은 침착했다. 성스러운 세례를 받는데, 이처럼 아무 감동도 감격도 없어도 되는 걸까 하고 불안할 정도로 담담했다. 그런데 이 마지막 말을 듣자마자 울음을 터뜨리고 말았다.

그것은 내게도 뜻밖이었다. 눈물이 마음 깊숙한 밑바닥으로부터 솟아나왔다. 나와 같은 불성실한 사람이, 나와 같이 죄가 많은 사람이 그리스도의 사람이 될 수 있다고 생각하자, 울음이 한없이 터져 나왔다.

뒤이어 오노무라 목사님이 기도해 주셨다.

"하나님 아버지 이 병든 자매를 하늘나라에 이름을 올릴 자로서 받아들여 주셨음을 감사드립니다. 부디 그가 그의 마지막 날까지 신앙생활을 다할 수 있도록 도와주시옵소서."

울먹이면서 '아멘'이라고 말했다. 이어 니시무라 선생이 기도를 올려 주셨다. 선생의 눈에도 눈물이 글썽이고 그 기도는 중간중간 끊어지기

일쑤였다. 그러나 그 기도는 참 고마운 말씀이었다.

"거룩하신 주님, 부디 이 훗타 아야코 자매를 이 자리에서 증인으로 써주십시오. 또 그 뜻에 맞으신다면 속히 병상에서 일어나게 해주시고 하나님의 심부름꾼으로, 섬기는 그릇으로 써주십시오."

기도를 마치고 니시무라 선생은 눈물을 닦으셨다. 아무 쓸모도 없는 병자를 하나님의 심부름꾼으로 써주십사고 기도해 주시는 간절함이 나를 더욱 감동케 했다.

이어 찬송가 199번을 함께 불렀다.

> 나의 주 예수여, 죄지은 몸은 어두운 나그넷길을 헤매던 것을
> 두루 비춰주신 은혜의 빛을 받는 기쁨이여

순간 니시카와 이치로가 구해주었던 저 어두운 바닷가 절망의 밤이 떠올랐다. 희망도 없었던 삶, 그날 밤 연약했던 내 모습이 이 찬송가에 실려 있듯 '어두운 나그넷길을 헤매던 것' 그 자체였으리라.

> 죄지은 이 몸은 지금 죽어서 주님의 공로로 다시 살아나서
> 하나님의 종으로 인정받는 거룩한 증거의 세례

오치와 야마다 두 간호사도 울고 있었다.

그로부터 15년이 지난 지금도 이 찬송가를 부를 때면 눈시울이 붉어진

다. 그만큼 세례받았을 때 감격하였다.

세례식이 끝나자, 오노무라 목사는 곧장 다음 집회에 출석해야 하는 바쁜 몸이었다. 목사님은 나를 향해 조용히 말씀하셨다.

"반드시 낫습니다. 조금만 더 참으십시오."

나는 순순히 고개를 끄덕였다. 도저히 나을 것 같지 않았지만, 그 목사님의 진심이 담긴 말씀이 입에 발린 소리로 들리지는 않았다. 세 치 혀로 하는 사람의 말에는 사람을 죽이기도 살리기도 하는 마법 같은 크나큰 힘이 있다.

"반드시 낫습니다."

그 확신에 찬 조용한 말씀은 그 뒤 오랜 병상 생활 속에서 수없이 나를 위로하며 격려가 되었다.

세례를 받은 후 이상한 일들이 일어나기 시작했다. 세례를 받은 그날부터 너무나 기쁘고 벅차서 견딜 수 없었다. 신앙의 불빛이 나를 뒤흔든 것이다. 마음속에 빛이 켜졌다. 곧 하나님께 기도를 올렸다.

"하나님, 마토 야스히코 씨와 하루코 씨와 리에 씨 세 사람을 부디 크리스천이 되도록 인도해 주십시오. 이 세 사람이 크리스천이 된다면, 저는 하나님의 부르심을 기꺼이 받겠습니다."

그리고 이 세 사람에게 엽서를 보냈다. 이 기쁨을 나누고 싶어 견딜 수 없었기 때문이다. 그것은 맛있는 음식을 먹을 때 자식에게도 먹이고 싶은 심정과 흡사했다.

깁스 침대에 누운 채 위를 보는 자세로 엽서를 쓰기란 무척 괴로웠다.

어깨의 통증을 견디면서 엽서 한 장을 쓰는 데 사흘이나 걸렸다. 그러나 쓰지 않을 수가 없었다.

니시무라 선생의 일상을 보면 그리스도 신자란 전도하는 자라는 생각을 떨칠 수 없게 했다. 그래서 아무리 힘들어도 친구들에게 보낼 글을 계속 쓰리라 다짐했다.

마에카와 타다시로부터 편지가 왔다. 내용은 내가 세례받았다는 말을 듣고 로마서 제6장을 읽고 찬송가 199번을 부르고 주님께 진심으로 감사 기도를 올렸다고 씌어 있었다.

지난날 슌코다이 언덕에서 나를 위해 자기 발을 돌로 쳤던 마에카와 타다시였다. 또 날마다 편지를 써 나를 그리스도 앞으로 인도해 준 사람이다. 교회에서 돌아갈 때면 일부러 먼 길을 돌아 내 방 창가에 서서 나를 위해 남몰래 기도해 준 사람이다.

그러한 사람에게 내가 세례를 받았다는 소식은 말로는 표현할 수 없는 큰 기쁨이었으리라. 그가 혼자 기도했다고 씌어 있는 대목을 몇 번이나 거듭하여 읽으면서 뜨거운 눈물이 볼을 적시는 것을 멈추게 할 수 없었다.

병이 짙어 죽을 때는 외롭게 죽는 것이
운명인 줄 알면서 성경책을 펼친 손

병실에서의
동행

11월이 되자 예고도 없이 마에카와 타다시가 삿포로에 모습을 나타냈다. 그는 커다란 트렁크를 힘겹게 들고 있었다.

"아야코 씨, 1주일쯤 이 병실에서 묵게 해주세요."

그는 트렁크를 병실 마룻바닥에 내려놓으며 약간 콜록거렸다.

"어머, 어쩐 일이에요? 진찰받으러 오셨나요."

진찰받는 데 1주일은 너무 길다고 생각했다. 그는 묻는 말에는 대답하지 않고,

"고생하시는군요. 깁스 침대는 매우 고통스럽지요? "
하고 동정의 말을 해주었다.

깁스 침대가 조금도 불편하거나 괴롭지 않았다. 머리에서 허리까지 깁스에 파묻혀 고개조차 못 돌리는 상황이었지만 말이다.

고개를 움직이면 치료 중인 척추가 울렸다. 고개도 돌릴 수 없고 돌아누울 수도 없는 상황은 정말 고통스러웠다. 그러나 등이 아프고 열이 나도,

"병은 아무것도 아닙니다. 운동 좀 하십시오."
하고 억지로 걸으라던 때보다는 마음이 한결 편했다.

"아니에요, 조금도 고통스럽지 않아요."

내가 대답하자, 마에카와 타다시는,

"아야코 씨, 많이 변했군요. 이제는 신자가 다 되셨습니다."

하고 미소 지었다.

"그런데 왜 1주일이나 삿포로에 머물려고 하나요?"

마에카와 타다시가 삿포로에 온 것이 너무나 기뻤다. 더구나 내 병실에서 묵고 싶단다. 이런 기쁜 일은 다시는 없을 것이었다.

그러나 왠지 불안해서 견딜 수가 없었다. 내 병실에는 앞서도 말했듯쉰 살 가까운 시골 부인이 폐를 치료받고 있지 않은가.

마에카와 타다시와 나는 옆 침대에 방해가 되지 않도록 가만가만 얘기를 나누었다.

"사실은 말이에요, 아야코 씨, 나도 수술하기로 했어요."

이 말에 깜짝 놀라서 그를 다시 쳐다보았다.

"타다시 씨, 꼭 수술받아야만 하나요? 좀 더 상황을 지켜보는 게 낫지 않을까요?"

그 당시에도 흉곽 성형수술은 드물지 않은 치료법이었다. 그러나 간혹 수술 직후에 죽은 사람도 몇 퍼센트는 되었다.

"아야코 씨도 내 체중이 64킬로 정도니까 수술 따위는 하지 않아도 언젠가는 좋아지리라 생각하는 모양이군요. 그러나 이대로 내버려 두면 폐가 망가져 도저히 가망 없는 상태가 되어버려요."

아무 말 없이 그를 쳐다보았다. 의학도인 그가 수술을 결심했다면 그 나름대로 올바른 판단을 내렸으리라 생각했다.

"하기야, 수술이 성공할지 어떨지는 나도 모르죠. 그러나 해봐야겠다는 결심에는 변함이 없어요. 언제까지 병든 폐를 안고 살 수는 없는 노릇이니까요. 수술이 성공하면 복학할 수 있어요. 반년만 더 공부하면 졸업이거든요. 우선 아야코 씨가 이렇게 깁스 침대에 누워있으니 몇 년은 더 이럴 거 아니겠어요. 아야코 씨를 위해서라도 빨리 의사가 되어 경제적으로도 뒷받침해드리고 싶습니다."

죽느냐 사느냐 하여 수술하지 않으면 안 될 만큼 어려운 병상인가 생각만 해도 마음이 무거웠다. 그리고 내게 했던 말이 다시 떠올랐다.

"사랑하는 사람에게 아무것도 해주지 못할 정도로 능력 없는 남자란 슬픈 존재입니다."

그는 그렇게 말한 적이 있다.

그는 수술할 결심을 가족에게도 알리지 않고 집을 나온 것이었다. 그러한 비장한 그의 결심을 듣고, 나는 말도 못 하고 고개만 끄덕일 수밖에 없었다. 그날부터 그는 다른 병실 침대가 빌 때까지 나와 함께 있기로 하였다.

마에카와 타다시는 마냥 즐거워 보였다. 그는 아침에 일어나면 따뜻한 물을 떠 와서 내 얼굴을 씻겨주었다.

그가 나를 씻겨주기 전까지 아무도 내 얼굴을 씻겨준 사람이 없었다. 병동 담당 간호사가 가슴 위에 세면기를 놓고 가면 그 물을 흘리지 않도록 천정을 향하고 누운 채 손을 씻고 수건을 짜 얼굴만 닦았다.

마에카와 타다시는 수건에 비누를 묻혀 내 얼굴을 꼼꼼히 닦아낸 뒤 깨끗이 헹군 수건으로 또 닦아주었다.

"얼굴에 크림을 발라야겠죠. 어디에 두었어요? "

그는 다정하게 물었다.

"크림도 스킨로션도 없어요."

그렇게 대답했더니, 그는 그날로 미쓰코시까지 가서 클로버 크림을 사 왔다.

"화장품 이름을 잘 몰라서 말입니다. 어머니가 쓰시는 클로버 크림을 사 왔어요."

그렇게 말하면서 내 얼굴에 크림을 발라주었다. 코, 이마, 볼, 턱 여기저기에 찍어놓고 손가락으로 문지르면서 말했다.

"예뻐져라, 예뻐져라."

그의 익살맞은 말투에 내 가슴은 뜨거워졌다. 부디 그의 수술이 성공하도록 빌지 않을 수 없었다.

그는 피곤한 기색도 없이 식사 시중을 들고, 편지를 대필해 주고, 유탄포湯湯婆40)를 갈아주는 일까지 부지런히 도왔다. 식사를 마친 뒤에는 내 머리맡에서 성경을 읽어 주었다.

뒤이어 휴식 시간이 찾아오면, 그는 침대 아래 돗자리에서 좋아하는 책을 읽거나 단가를 지었다. 너무 조용해 뭘 하는지 궁금해 손거울로 비춰보면, 그는 노트에 적은 단가를 열심히 퇴고推敲하고 있었다.

---

40) 몸을 따뜻하게 하기 위한 뜨거운 물을 넣어 사용하는 용기

손거울로 비춰보는 나를 보고는 쑥스러운 듯 미소 지었다. 이렇듯 담담한 두 사람이었지만, 그래도 우리는 마냥 행복했다.

병실의 밤은 깊고 길었다. 오후 5시면 벌써 저녁 식사가 끝나고 담당 간호사도 퇴근해 버린다. 우리 둘은 성경 말씀에 관한 이야기를 나누거나, 소설에 관해서 폭넓은 얘기를 주고받으면서 9시에 전등을 끌 때까지 즐겁게 보낸다.

소등시간이 가까워지면 아침과 마찬가지로 성경을 읽는다. 그리고 그는 마룻바닥에 이부자리를 깔고 잠잘 채비를 한다.

소등 후 침대 아래서 살며시 손을 뻗어 내 머리를 더듬은 적도 있다. 이것이 크리스천인 그가 나에게 한 최대의 애무이기도 했다. 철없는 사랑 표현이었다.

그가 이곳에 온 지 3, 4일이 지나 그의 아버지에게서 편지가 왔다. 그는 말없이 읽다가,

"읽어보세요."

하고 내게 건네주었다.

"타다시 씨에게 온 걸 읽는 건 아버님께 실례예요."

정중히 사양했다.

"괜찮아요. 나와 아버지는 많이 닮았어요. 나를 이해하려면 읽어보세요."

그의 말을 듣고 편지를 받아들었다. 내용은 부모와 상의도 하지 않고 수술을 결심한 데에 대한 의견이었다. 자세한 용건은 잊었지만, 실로 애정

어린 편지였다.

'여러 가지 말을 했지만, 부디 기분 상하지 않도록 거듭 부탁한다.
아버지의 마음으로 썼을 뿐이니까.'
라는 투의 말에 놀랐다.

부모만 의지하여 사는 마에카와 타다시가 독단으로 결심하고 수술을
받는 것은 부모를 무시했다는 비난을 받아도 싸다. 설사 그러지 않으면
부모의 동의를 얻지 못하더라도 자식 된 도리를 다하지 못했다 비난받아
도 어쩔 수 없는 일이었다.

그러나 그런 일에 대해서 부모는 부모로서의 의견을 전할 뿐, 자식의
의지를 어디까지나 존중하는데 놀라지 않을 수 없었다. 정말 훌륭한 분들
이라는 생각이 들었다.

이윽고 9일 만에 침대가 비어 그는 정식으로 입원하게 되었다. 이 9일
이 그와 내가 한 방에서 함께 지낸 유일한 시간으로 기억에 남았다.

숨을 죽이고 큰 자의 힘이 흔들리는 일순을 기다린다
그냥 눈만은 똑바로 뜨고 끝까지 확인하려고

영혼이 머무는
자리

마침내 마에카와 타다시의 수술 날이 잡혔다. 아마 12월 17일이었지 싶다.

아사히카와에서 그의 어머니가 아들을 간호하기 위해 찾아왔다. 그의 어머니는 나를 문병하고 가늘어진 내 손을 가만히 매만졌다.

그때 마침 그가 들어왔다. 그는 내 손을 만지작거리는 어머니의 모습을 보고 빙그레 웃었다. 그런 정경이 무척 좋았던 모양이다. 그날 그는 아주 즐거운 표정으로 하루를 보냈다.

그는 이번 수술에서 늑골 여덟 개를 잘라내기로 계획되어 있었다. 그가 입원한 병실은 나와 같은 병동으로 걸어서 2분도 채 걸리지 않은 곳에 있었다.

그런데도 나는 간호는커녕 문병조차 갈 수 없는 불량 환자였다. 이때만큼 나의 병을 한심하게 생각했던 적은 없다. 마에카와 타다시의 생애에서 단 한 번 하게 될 위험한 대수술일지도 모르는데 기도를 올리는 일 이외는 아무것도 할 수 없는 처지가 원망스럽기까지 했다.

첫 번째 수술 전날 밤, 그는 목욕 후 내 방으로 왔다.

"한쪽 발은 씻지 않았어요. 선배들이 다 씻으면 저세상으로 간다고 으름장을 놓지 뭐예요. 인간이란 참 나약한 존재이지요. 하나님을 믿느니 어쩌니 하면서도 한쪽 발은 씻지 않았으니까요."

또 이렇게도 말했다.

"수술은 두렵지 않지만, 마취는 딱 질색이에요. 마취에서 깨어날 때 환자들이 소란을 피우기도 하고, 헛소리까지 한다는 거예요. '아야코 씨! 아야코 씨!' 하고 연방 이름을 불러대면 추태 아닙니까?"

옆 침대의 여자 환자는 그 말에,

"남성분들은 참 순진하군요. 마에카와 씨라면 틀림없이 수술 성공할 거예요."

라고 말했다.

그녀는 농촌 출신의 아낙네로 철저하게 봉건적인 가정으로 출가하여 신문조차 읽어본 적 없다고 하였다.

그러나 마에카와 타다시는 그녀가 하는 말에 항상 귀 기울이며 진지하게 들어주었다.

"암, 그렇고 말고요."

"그것참 큰일이군요."

하고 맞장구치며 듣는 그의 태도는 누구에게든 한결같아 변함이 없었다.

무엇보다도 감탄했던 것은 그녀가 잘못하여 반지를 잃어버렸을 때였다. 그는 침대 밑에서부터 병실 구석구석까지 기듯이 하며 살폈고, 그녀의 머리맡에 있는 휴지통을 맨손으로 헤집기까지 했다.

그녀는 나보다 훨씬 중증의 폐결핵 환자로, 그 휴지통 속에는 혈담을 닦아낸 휴지가 가득 들어차 있었다. 그 더러운 종잇조각 하나하나 뒤지면서 찾는 그의 모습은 마치 소중한 자기의 보물이라도 찾는 양 너무 열심이었다.

반지는 끝내 못 찾았지만, 그녀는 그의 친절에 대해서만큼은 두고두고 탄복하였다.

"마에카와 씨처럼 훌륭한 분이 수술받다가 죽을 리 없어요."

그녀는 거듭 말하면서 두 손을 모았다.

수술 날 그의 동생과 친구도 아사히카와에서 달려왔다. 마침내 그가 수술실에 들어갔다는 소식이 전해져 왔다. 나는 열심히 기도를 올렸다. 그의 등에 메스가 닿는 모습이 연상된다. 피하지방이 드러나면서 늑골 밑에서 숨 쉬는 허파의 움직임까지 눈에 보이는 듯했다.

지난날 마에카와 타다시와 함께 친구의 수술장에 입회하여 수술 과정을 기록했고, 그 기록을 결핵환자 전용 회지에 실은 적이 있다.

그때의 일이 떠오르며 그의 늑골이 절단되는 소리까지 들리는 것 같아 견디기 힘들었다.

나의 간절한 기도 속에 수술 시간은 흘러갔다.

부풀어 오른 주름살은 번갈아 눈꺼풀을 뒤덮어
눈이 떠지지 않으니 아, 이제는 죽으려는가

절망 속에 피는
꽃

마에카와 타다시가 수술을 받는 동안, 나는 별수 없이 깁스 침대에서 기도나 올릴 수밖에 없었다.

이윽고 간호사가 수술이 끝났음을 알려주었다.

"원기는 좀 회복하셨나요?"

"글쎄요, 아직 마취가 풀리지 않아 창백한 얼굴로 잠들어 있을 뿐입니다."

젊은 간호사는 정직하게 말했다. 거짓말로라도 기운을 차렸다고 대답해 주기를 바라는 마음을 모르는지, 그렇게 대답했다.

얼마 후 마취에서 깨어났나, 병동의 담당 간호사에게 그의 용태를 알아봐 달라고 부탁했다. 그의 병실은 1분이면 다녀올 가까운 거리에 있었다.

"이상하군요, 아직 깨어나지 않았어요. 이젠 깨어나 조금씩 몸부림칠 때가 되었는데 말이에요."

그렇지 않아도 불안한 내게 그의 전갈은 나를 공포 속으로 몰아넣기에 충분했다.

며칠 전 마취에서 깨어나지 못하고 죽은 환자의 얘기를 들었던 때문이다. 가쁜 숨을 진정시키려 해도 잘되지 않았다.

두 시간이 지나 그가 마취에서 깨어났다는 말을 들었을 때의 기쁨과 감격, 감사 기도를 드리려고 두 손을 맞잡아도 손가락이 마비된 것처럼 힘을 잃었다.

"마에카와 씨는 정말 신사예요. 마취에서 깨어나서도 다른 사람처럼 몸부림치지 않았으니까요."

누군가가 했던 그 말을 지금도 기억하고 있다. 그러나 사실은 그가 수술받을 무렵엔 마취약이나 마취 방법이 종전과는 달라졌다는 얘기를 들었던 것 같다. 마취법은 그 무렵부터 급속히 발달하여 환자들의 염려를 웬만큼 해소해 주었던 것으로 기억한다.

어쨌든 엉뚱한 걱정까지 하였지만, 그 후로 그는 차츰 원기를 회복하고 있다는 전갈을 받았다.

그런데 수술한 지 며칠 지난 밤인지, 더 지났을 때인지, 어둠 속에서 문을 열고 그림자처럼 들어오는 사람을 보고 순간 몸을 움츠렸다. 유령이 아닌가 싶을 만큼 조용했다. 그림자가 마에카와 타다시라는 것을 안 순간, 말도 꺼내기 전에 눈물부터 쏟아졌다.

저토록 야윌 만큼 고통스럽고 괴로운가? 그가 괴로워하던 며칠 동안 나는 그저 누워있기만 할 뿐 한 번도 문병을 가지 못했다. 아무리 깁스 침대에서 절대안정을 강요당하고 있기는 했지만, 너무 박정했다는 생각에 견디기 힘들었다.

"이젠 걸어 다녀도 되는 거예요?"

그러나 정작 본인은 나만큼 심각하지 않은지 웃는 얼굴로 대답했다.

"실은 처음으로 화장실 다녀오는 길이예요. 그 틈에 여기까지 온 것이니, 어머니께는 비밀로 해주세요."

병을 앓은 적 없는 건강한 사람은 이해하기 어렵겠지만, 배변은 쇠약한 병자가 감당하기 힘든 노동과 같다. 눈앞이 캄캄해지면서 얼마간 못 일어나는 때도 있다.

수술 후 화장실까지 다녀왔다면 그것만으로도 충분히 피곤할 텐데, 내 병실까지 힘겹게 들른 것이다. 그는 내 얼굴을 보기만 해도 안심이라는 듯 한동안 아무 말도 하지 않고 의자에 앉아 있었다. 어쩌면 말도 못할 만큼 지쳐있었는지도 모른다.

잠시 후 간호사에게 발각되면 혼쭐날 거라면서 휘청거리는 발걸음으로 돌아서는 뒷모습을 보며, 그의 내면에 흐르고 있는 사랑의 물결이 나의 가슴에 와닿는 듯 아련함에 전율을 느꼈다.

이윽고 그 해도 저물었다. 마에카와 타다시는 자신의 의지대로 수술을 받았고, 나는 내 뜻대로 세례를 받았다. 쇼와 27(1952)년은 우리의 생애에서 잊을 수 없는 한 해였다.

마침내 새해가 밝았다.

그의 어머니가 햄에그를 만들어 가져다주셨다. 그도 햄에그를 먹으며 이 병원에서 새해를 맞이하고 있으리라는 생각에 그리운 마음이 절절하게 솟아났다.

한숨 돌릴 새도 없이 2주 뒤 그의 두 번째 수술이 기다리고 있었다. 늑골 여덟 개를 한꺼번에 잘라내지 못하고 네 개씩 두 번에 나누어서 수술하는 것이다. 같은 고통을 두 번씩이나 당해야 하는 그가 너무나 가엾었다.

첫 번째는 무사히 잘 마쳤으니 두 번째도 잘 마무리할 것이라는 생각에 먼젓번보다는 덜 불안했다.

지난날 자살을 꾀했던 일을 다시 떠올렸다. 한 인간이 건강을 회복하려면 이토록 큰 고통을 겪어야 하는데, 생명을 스스로 포기하는 겁 없는 짓을 하려 했구나, 그제야 겨우 나의 어리석음을 후회하기도 했다.

그의 두 번째 수술이 끝난 이튿날 아침이었다. 꾸벅꾸벅 졸고 있는 병실로 그의 어머니와 남동생이 들어왔다. 나에게서 빌려 간 돗자리를 돌려주러 왔다고 했다. 그 돗자리는 그의 어머니가 병실에서 깔고 사용하도록 빌려드린 것이었다. 이에 놀란 내가,

"왜요? 이젠 필요 없으세요? "

라고 묻자,

"타다시가 세상을 떠났으니 이젠 필요 없게 되었어요."

라고 말씀하시며 동생과 둘이 내 침대를 붙잡고 우시는 것이었다.

"그럴 리가 없어요."

그렇게 외쳐보려는데 어쩐 일인지 소리가 나오지 않았다. 가까스로 소리가 나오는가 싶을 때, 나는 눈을 떴다. 자다가 꿈을 꾸었다고는 생각되지 않을 만큼 너무 생생하여 형용할 수 없는 불길한 예감에 사로잡혔다.

나쁜 꿈을 꾸었다기보다는 나쁜 환상을 본 듯하여 불안감이 더 컸다.

그러나 나의 꿈과는 반대로 그는 나날이 원기를 회복하여 3월 말에는 퇴원하게 되었다. 그의 아버지가 데리러 오셔서 나를 문병해 주셨을 때, 눈이 붓도록 울었다.

큰 수술도 무사히 끝나고 원기를 회복하여 돌아가는 터이므로 기뻐해야 마땅했다. 그런데도 자꾸만 쏟아지는 눈물을 주체하지 못했다.

아사히카와를 떠나 삿포로에 혼자 떨어져 앓고 있는 것이 쓸쓸해서였을까? 그와 5개월간의 병원 생활에 아쉬움이 남았던가? 나도 모르게 흐르는 눈물은 이상하리만치 그치지 않았다. 어쩌면 이것 역시 불길한 예감의 눈물이었을까?

마침내 그는 아사히카와로 돌아갔다.

성서를 함께 읽고 잠자리에 드네
내일은 그대를 병상에 남겨두고 나는 떠나네
–마에카와 타다시

주여!
뜻대로 하시옵소서

　마에카와 타다시가 아사히카와로 돌아간 지 한 달이 지난 4월 말경의 어느 날, 돌연 니시무라 히사조오 선생이 병문안 차 찾아오셨다.

　그날은 흐리고 좀 추웠던 것으로 기억된다. 병실로 들어오신 선생님의 생기 있는 얼굴이 왠지 추워 보였다.

　여느 때처럼 성서를 읽고 얘기를 들려주시고 나서, "다음 달에 도쿄에 다녀올까 합니다."하고 말씀하셨다.

　선생은 고텐바御殿場에서 개최되는 수양회 위원이었으므로 상경해야 했다. 나중에 들은 이야기지만, 이때 선생은 격심한 과로 때문에 폐에 울혈이 생겨 주치의로부터 절대안정을 취하라는 경고를 받은 몸이었다. 그런 사실도 모르고 나는 한가하게 말했다.

　"선생님께서는 2등 열차 편으로 가시죠?"

　"아니요, 난 2등 차의 냉랭한 분위기가 싫어요. 3등 차라면 아무하고라도 허물없이 이야기도 나눌 수 있고, 그리스도의 말씀도 전할 수 있어서 좋아요. 무엇보다 2등 차 탈 돈 있으면, 그 돈을 훨씬 유용하게 쓰겠어요." 하고 선생은 웃었다. 그리고 돌아가실 때는 여느 때처럼 침대에서 미끄러져 내린 이불을 다시 올려주셨다.

그로부터 반달쯤 후 니시무라 선생이 병 때문에 도쿄에서 침대차를 타고 돌아오셨다는 소식을 전해 들었다. 2등 차도 타지 않는다던 선생이 침대차로 돌아오셨다는 것은 예삿일이 아니라는 생각에 크게 걱정이 앞섰다.

5월도 지나고, 6월로 접어들었는데도 선생은 모습을 나타내지 않았다. 결국 문안 편지를 올렸는데 걱정하지 말라는 선생님께서 직접 쓰신 답장을 받았다.

7월 5일, 첫 번째 세례 기념일이 돌아왔다. 세례받던 날을 추억하면서 기도를 올리고 있었다. 그때 세례를 베풀어 주신 오노무라 목사님은 지주막하 출혈로 이미 쓰러진 뒤였다.

"반드시 낫습니다."라고 말씀하시던 오노무라 목사님을 떠올리고, 또 눈물로 기도해 주시던 니시무라 선생을 생각했다.

목사님은 중태고, 니시무라 선생도 병세에 차도가 보이지 않는다고 했다. 1년이란 짧은 시간에도 사람의 운명은 덧없이 엇갈리는구나, 절실히 느꼈다.

2, 3일 지나 니시무라 선생에게서 엽서가 왔다. 선생은 교회의 주보를 보시고 내가 세례 기념 감사헌금을 한 것을 아신 모양이었다. 병상에서 헌금하는 것이 얼마나 어려운 일인지 선생은 잘 알고 계셨으리라. 자신이 인도하시고 몇 차례나 문병하러 오셨던 만큼 흐뭇하셨으리라.

무척 즐거운 맘으로 쓴 글이었다. 곧 답장을 드려야겠다고 생각은 하면서도 병동이 바뀌는 바람에 피로가 겹쳐 차일피일 미루고 있었다.

7월 11일 오후 선생님 댁에서 하숙하는 홋카이도 대학의 카네다 루우이치金田隆一 씨가 찾아와 던지듯 말했다.

"선생님께서 매우 위독하십니다."

이 말에 나는, "거짓말!"이라고 하면서 화를 냈다.

나를 놀리려는 장난으로 생각했다. 카네다 씨는 아사히카와 니조오 교회의 교인이자, 마에카와 타다시의 절친이기도 했다.

그해 봄, 그가 홋카이도 대학에 입학했을 때 아르바이트를 하면서 하숙할 집은 없을까 하고 나에게 부탁했었다. 그 일을 니시무라 선생 부인께 말씀드렸더니 부인은 아주 선선히, "우리 집이라도 괜찮다면 오라고 하세요."하고 말씀하셨다.

카네다 씨와는 그런 인연이 있었으므로 장난도 충분히 칠 수 있는 사이였다.

그가 돌아간 뒤에도 나는 분을 삭이지 못하고 있었다. 결국 오치 간호사에게 확인해 본 결과, "말씀드리고 싶지 않지만, 선생님의 병간호를 위해 붙박이 간호사가 그 댁에 줄곧 상주한다고 합니다."라고 하였다.

오치 간호사는 친절하고 명랑한 분으로 교회 예배 이튿날에는 꼭 주보를 가지고 와 목사님의 설교를 들려주었다.

이튿날인 7월 12일은 일요일로 활짝 갠 맑은 여름날이었다. 누워만 있어도 땀이 나리만치 더웠다. 병원에 입원한 지 1년 반이나 되었으므로 간호사는 물론 의과대학생과도 친분이 있었다. 간호학교 학생도 예외는 아니었다.

그들 중에는 하루도 빠지지 않고 놀러 오는 의과대학생이나 간호사도 있었다. 그들 모두에게 여러모로 도움을 받는 터라 아무도 오지 않는 날은 거의 없었다.

그런데 그 일요일에는 어쩐 일인지 아무도 찾아오지 않았다.

다음날 월요일 점심시간에 꼭 찾아오기로 한 간호사 오치 씨도 모습을 나타내지 않았다. 급한 환자라도 있는가 보다 했다.

그런데 실험실에 근무하는 미쿠니 후쿠코三国福子 씨가 아주 낯설어하며 병실로 가만히 들어왔다.

내가 프랑스 미인이라고 부르는 후쿠코 씨는 아름다운 미모에 상냥하기까지 하였다.

"홋타 씨."

그녀는 슬픈 듯 그림자처럼 의자에 걸터앉았다.

"웬일이에요? 실연한 것 같아요."

애써 명랑하게 말했다.

"어머, 홋타 씨, 아직 니시무라 선생님의 일을 모르세요?"

선생님의 죽음을 아는 데는 그 말만으로도 충분했다.

너무나 충격적이라 병실이라는 것도 잊고 어린아이처럼 큰 소리로 목 놓아 울었다. 4인용 병실엔 모두 중증 환자들 뿐이었고, 병실에 있는 사람 중 가장 젊은 후쿠코 씨는 나의 울부짖음에 안절부절못하고 침대에 얼굴을 묻었다. 나의 슬픔은 거센 파도와 같았다.

니시무라 선생을 어떻게 설명하면 많은 이들이 알까?

내가 쓴 장편소설 『양치는 언덕』을 읽은 분이라면 주인공 나오미의 양친을 떠올려 보시라. 거기에 등장하는 목사 내외가 니시무라 선생 내외의 모습을 그대로 묘사했다고 보면 된다.

독서대에 걸쳐있는 니시무라 선생의 사진을 보았다. 이것은 지난해 10월 어느 날 사진 한 장 달라고 조르는 나를 위해 사진관까지 가서 찍어서 가져다주신 것이다.

이 사진을 주시면서 선생은 이런 말씀을 하셨다.

"집사람이 말이에요, 영정사진 같다면서 보기 싫다더군요. 그런 말을 듣고 사진을 보니 정말로 기운이 없어 보이더군요. 아야코 씨도 싫다면 다시 찍어 갖다 드릴게요."

늘 바쁜 선생이 나를 위해 짬을 내어 사진관까지 가 찍어 오신 것만으로도 송구스럽기 짝이 없었다. 확실히 어딘지 기운이 없는 듯 보이기는 했지만, 기꺼이 받았다. 그러나 그 사진이 9개월 뒤에 장례식장에 걸리게 될 줄이야 누가 알았겠는가.

사진을 받고 난 2개월 후 세밑이었다. 선생은 크리스마스 선물을 주시고 돌아가시면서 말씀하셨다.

"무엇이든 필요한 게 있으면 사양하지 말고 달라고 하세요."

"그럼 부탁드릴게요. 연어구이가 먹고 싶어요."

처음 만났을 때는 위문품 따위는 받지 않겠다며 완강하게 거절했던 나였지만, 이제는 이런 말도 할 만치 양순해져 있었다.

"아, 그거야 아주 간단한 일이지요."

선생은 그렇게 말씀하셨다.

그리고 그믐날 저녁 무렵 부인의 정성 어린 설날 아침상을 손수 가지고 오셨다. 거기에는 먹음직스러운 연어구이를 비롯하여 고기와 채소볶음, 생선조림, 콩자반, 청어알이 접시마다 놓여 있었다. 같은 병실의 환자와 나를 위해 따로따로 담아서 갖다주셨다.

타향에서 병을 앓고 있는 가난한 나에게 난생처음 이렇게 흐뭇하게 새해를 맞게 해주시는 내외분께 감사한다는 말씀조차 드리지 못했다.

자기 가족마저도 오래 병을 앓으면 손길이 멀어지는 게 인지상정이다. 그런데 본 적도 없고 알지도 못하는 나에게 이렇게까지 은혜를 베풀어 주시는 풍성한 사랑에 더 이상 감사드릴 말을 찾지 못했다.

그러나 그것도 지금은 한낱 슬픔의 씨앗이 되고 말았다. 마지막 이별이 된 날의 선생을 생각하면서 종이에 단가를 적었다.

침대에서 미끄러져 내릴 듯한 내 이불을
고쳐주고 가신 그날이 마지막이 되고 말았네

운명의
나그네

    이 외에 단가 몇 수를 더 지어, 선생님의 관 속에 꼭 넣어 달라고 미쿠니 후미코 씨에게 부탁했다. 하늘나라에 가시는 선생님께 지상에서 드리는 마지막 편지였다.

    밤샘 장례식이 끝나고 영결식도 마쳤다. 영결식에 모인 추모객 8백여 명 중 울지 않는 사람이 하나도 없었다는 말을 듣고, 선생이 얼마나 많은 이들의 추앙을 받는 진실한 크리스천인가를 새삼 깨달았다.

    우에무라 타마키植村環 선생도 훗날 이렇게 썼다.

    '니시무라 히사조오 씨의 변함없는 사랑은 그와 접한 사람들의 마음속에 영원히 살아서 위로의 힘을 갖게 될 것이다. 이렇게 쓰면서도 내 눈은 그를 떠나보내는 아쉬움에 눈물 젖는다.'

    오치 간호사는 나중에 이렇게 말했다.

    "저 말이에요, 니시무라 선생님 부인께서 훗타 씨에게만은 알리지 말라고 간곡히 말씀하셨어요. 그래서 알려드릴 수 없었어요."

    깊은 슬픔 가운데 계시면서도 환자인 나를 생각하여, 그렇게까지 자상하게 마음 써주신 니시무라 선생님 부인께 감동하지 않을 수 없었다.

또다시 슬픔과 그리움의 물결이 나를 적셨다.

가을이 깊었을 무렵, 부인이 송이버섯 밥을 짓고 송이버섯 된장국을 끓여 병문안 오셨다. 부인의 얼굴을 보자마자 이불을 뒤집어쓰고 울음을 터뜨리고 말았다.

이 송이버섯은 교토京都에 사는 사람이 니시무라 선생의 훌륭한 인품을 전해 듣고 보내온 것이라고 했다. 그러나 나는 향기도 맛도 전혀 느끼지 못했다. 왜냐하면 눈물 때문에 코가 막혀 전혀 냄새를 맡을 수 없었기 때문이다.

시간이 흐르고 니시무라 선생이 세상을 떠난 후의 삿포로는 나에게 갑자기 공허한 곳이 되고 말았다. 마침 그때 마에카와 타다시가 진찰받기 위해 삿포로에 왔다. 수술 후 처음 삿포로에 온 것이다.

그는 지난날과 별다름이 없이 체중이 늘고 원기도 있어 보였다. 진찰 결과 별다른 이상을 발견하지 못했으므로 어쨌든 수술은 성공이라고 모두 기뻐하였다.

나는 건강보험 급여가 끊기니 집으로 돌아갈까, 아니면 삿포로 시내의 요양원으로 옮길까 상의했다. 그는 잠깐 생각하는 듯하더니 말했다.

"기왕 이 병원에서 떠나야 한다면 아사히카와로 돌아가는 게 좋을 것 같습니다. 삿포로는 역시 너무 멀어요. 아야코 씨의 집까지는 10분도 안 걸리지만, 여기는 4, 5시간은 달려와야 하니까요."

이제 니시무라 선생도 돌아가시고 안 계시는 삿포로에 더 머물고 싶은 마음은 없어지고 말았다. 언제라도 그와 만날 수 있는 고향 아사히카와에 훨씬 더 마음이 끌렸다.

줄곧 깁스 침대에 누워있어야만 하는 몸으로 돌아가기는 불편하고 어려웠지만, 오빠와 동생들이 있으니 어떻게든 되겠지 하는 마음에 즉시 아사히카와로 돌아가기로 결심했다. 그러자 그는 안심했다는 듯,

"그럼 기다릴게요."

라고 말하며 돌아갔다.

이렇게 돌아가기로 마음을 정하자, 사람의 마음은 간사한지라, 한시라도 빨리 떠나고 싶어졌다. 집으로 편지를 보냈더니 귀가해도 좋다는 답장과 함께 츠시오都志夫 오빠와 테츠오鐵夫, 아키오昭夫 두 동생이 데리러 온다고 적혀 있었다. 이때 가족의 힘이 절절하게 느껴졌다.

10월 26일 해방되는 마음으로 퇴원했다. 1년 8개월 만에 고향 아사히카와로 돌아가는 것이다. 깁스 침대에 누운 채 자동차로 옮겨지고 동생들은 서두르며 서투르게 내 위를 건너뛰듯 차에 올랐다.

나를 태운 차는 간호사와 병동 담당자, 병실 동료들의 전송을 받으며 병원을 뒤로하고 멀어져갔다.

이제 자동차는 잎이 거의 다 떨어진 삿포로의 가로수 길을 달렸다. 역에 도착하자, 오빠의 등에 업혀 조심조심 구름다리를 건넜다. 형편에 맞지도 않는 호화로운 2등 칸 좌석 둘을 나를 위해 예매하여 판자를 걸친 위에 깁스를 놓은 다음 나를 뉘었다.

그러자 바로 밑의 동생인 테츠오가 짐을 들고 웃으면서 열차 안으로 들어왔다.

"나 정말 혼났어. 플랫폼에서 들고 있던 보따리에서 뭔가 우당탕하고 떨어지잖아. 놀라서 봤더니 요강 뚜껑이더라고. 모두 웃지 뭐야."

테츠오는 우스워 죽겠다는 표정이었다. 짐을 싼 비닐 보자기가 풀려 그런 일이 벌어졌던 모양인데, 당사자는 얼마나 부끄러웠을까? 나는 미안한 마음을 거둘 수 없었다.

기차가 떠나려는 기적 소리가 플랫폼에 높이 울려 퍼졌다. 삿포로에서 그동안 신세 진 사람들과 돌아가신 니시무라 선생님의 모습을 다시 떠올리며 묵도로 고마움을 표하면서 삿포로를 떠났다.

동생 아키오가 누워있어 바깥을 내다보지 못하는 나를 위해 지금은 어디쯤 달리고 있다고 알려주었다. 그때마다 손거울로 창밖을 비춰보면서 살다 보면 이런 여행도 하는 법이라고 나를 다독였다.

비참한 생각은 들지 않았다. 지난날 삿포로로 갈 때는 단정하게 열차 좌석에 앉아서 갔던 내가 이런 꼴로 돌아간다고 슬프지도 않았다.

'난 크리스천이 되어 돌아간다. 얼마나 훌륭한가? 난 다시 태어났다.'
마음속으로 이렇게 외쳤다.

'타다시 씨, 지금 당신 곁으로 돌아갑니다. 이제야말로 당신과 똑같은 하나님을 믿는 아야코가 되어 당신 곁으로 돌아가요.'
자꾸만 그렇게 외치고 싶었다.

아사히카와로 돌아가면 그와는 자주 만날 것이고, 그는 내년 봄 대학으로 돌아갈 것이다. 그리고 5년쯤 지나면 나도 건강해질지 모른다. 그러면 우리는 결혼하여 마침내 복되고 은혜로운 크리스천 가정을 꾸밀 것이다.

그런 앞날을 꿈꾸면서 기차의 흔들림에 몸을 맡겼다. 인간은 자신의 앞날을 까맣게 모르는 존재 아닌가.

그 사람은 어째서 예수 곁을 떠났나
곰곰이 생각하는 낙엽 날리는 겨울밤

오늘 아침 처음으로 뻐꾸기가 울었네
제4부

그대 먼저 가고
외로운 나날들을
살아야만 하는가.
깁스에 몸을 묻고

그대 떠나고 나서
몇 날이 흘렀는가.
외롭고 쓸쓸한데
아침에 울어대는 저 뻐꾸기

잃어버린
귀향

　여섯째 동생 하루오治夫가 거의 밤을 새워가면서 발랐다는 크림색 벽지로 훤해진 내 방으로 1년 8개월 만에 돌아왔다. 새 다다미에 이불과 요 위에 깔린 하얀 시트가 나를 기다리고 있었다.

　발병한 지 벌써 8년, 경제적으로나 정신적으로 집안에 걱정과 고통만 끊임없이 끼쳐온 나를 이렇게까지 배려해주는 부모와 형제들은 변함없이 기다려주었다.

　지난 8년이라는 시간은 중학생이었던 하루오가 이미 고등학교를 졸업하여 은행원이 되고, 초등학생이었던 막내도 고등학교를 졸업한 긴 시간이었다.

　근래 8년간 다섯 번이나 입원했다. 그동안 가족에게 얼마나 무거운 짐이었을까? 그리고 지금도 퇴원은 했지만, 앞으로 얼마나 더 깁스 침대에서 절대안정을 하는 생활을 이어가야 할지 모른다.

　무엇보다 밥시중부터 용변 처리까지 예순이 넘은 어머니가 보살펴 주신다. 목숨이 붙어 있는 한 고칠 수 없는 병을 가진 나를 부모님은 이전보다 더 따뜻하게 보살펴 주었다.

퇴원한 이튿날 마에카와 타다시가 찾아왔다.

"어제 역까지 마중 나가려고 집을 나섰다가 그만두었습니다."

오빠 등에 업힌 내 모습을 마에카와 타다시는 차마 볼 수 없었으리라. 단젠 차림으로 오빠 등에 업혀 기차에서 내렸을 때 마중 나와 계시던 아버지는 눈시울을 붉히시면서, "오, 잘 왔다. 정말 잘 돌아왔다."라고 젖은 음성으로 말씀하셨다.

어느새 내 나이 서른한 살이나 되었다. 건강했다면 아이 둘은 가진 주부가 되었을지도 모른다. 그런데 8년이나 병석에 누워있다가 오빠 등에 업혀 기차에서 내리는 딸의 모습을 본 아버지의 심정은 어땠을까? 더 서글픈 것은 언제 낫는다는 보장도 없는 병을 앓고 있는 딸의 참혹한 미래였으리라.

그러한 혈연의 감정을 마에카와 타다시는 짐작했으리라. 마중 나오지 않은 그가 오히려 더 훌륭하게 보였다. 그러나, "기차 여행은 피곤했지요?" 이렇게 위로하는 그의 안색은 밝지 않았다. 불과 한 달 전에 삿포로로 찾아왔을 때와는 달리 왠지 기운이 없어 보였다.

"타다시 씨, 어디 불편하신 거 아니에요?"

불안했다. 그는 애써 씁쓸한 미소를 보였다.

"과연 아야코 씨는 알아보시는군요. 걱정 끼치지 않으려고 아버지와 어머니께도 말씀드리지 않았습니다만, 실은 요즈음 자주 혈담이 나와요. 다시 나와의 싸움이 시작된 거죠."

그의 실의가 담긴 말을 들으면서 얼굴의 핏기가 사라지는 아연함을 느꼈다.

'혈담이 나온다!'

그 증상은 분명 수술 실패를 의미한다. 늑골 여덟 개를 잘라냈지만, 폐의 공동은 없어지지 않았다는 증거다.

나도 모르게 눈물이 솟았다. 그가 혼자 그러한 고통을 견디는 마음을 이해할 수 있었기 때문이다.

"아야코 씨, 너무 걱정하지 말아요. 혈담이라고 해도 피 조금 섞인 정도니까요. 지금은 스트렙토마이신도 있고 파스며 하이드라진도 있으니 말입니다."

그는 소리 내어 웃었다.

그날 이후 그는 6백 미터밖에 안 되는 우리 집에 매일같이 찾아왔다. 편지도 날마다 보내왔다.

그런데 지금은 그의 편지도 발걸음도 뜸해졌다. 그래도 20일 안에 세 번은 찾아왔다. 안색은 여전히 어두웠다.

"괜찮아요, 타다시 씨?"

걱정하는 나에게 그는,

"괜찮아요, 괜찮고말고요. 내년 봄에는 복학할 수 있어요."

하고 기운이 나는 듯 힘주어 대답하는 그의 표정은 더 어두워졌다.

뜰의 흙 마당이 넓어졌다
하루하루 엷어지며 없어지는 눈 녹은 자리인가?

상처보다
더 아픈 사랑

그것은 잊을 수 없는 11월 16일의 일이었다.

마에카와 타다시는 그날 처음으로 판매되기 시작한 신년 복권 겸 연하장을 사다 주었다. 그러고는 내가 뱉은 가래의 균 배양검사를 맡기기 위해 추운 날씨에도 보건소까지 갔다가 다시 우리 집까지 들렀다.

그날 우리는 무슨 이야기를 했던가? 우리 인간은 헤어지는 마지막 날의 대화도 기억하지 못하는 한심한 존재인가 보다. 다만 수술 후 지은 노래 몇 수인가를 보여준 기억만 있을 뿐이다.

잘라낸 내 늑골을 얻어왔더니
투명하게 훤히 보이는 것도 슬프다

그때 보여준 것 중 이 시가가 가장 잊히지 않았다. 왜냐하면 그 늑골을 가지고 와서 보여주었기 때문이다. 피가 꺼멓게 말라붙은 가제에 싸인 그것을 나는 말없이 바라보았다.

그가 대수술을 받은 동기 중 하나는 앞서도 말했듯 나를 위해서였다.

두 번씩이나 고통스러운 수술을 받고 모처럼 희망의 불을 지폈는데, 그는 혈담을 토하는 것이다. 그 늑골을 보는 것이 견딜 수 없이 싫었다.

"이것 주실래요?"

견디다 못한 나는 퉁명스럽게 말했다.

"물론 드릴 생각으로 가지고 왔어요. 그런데 아야코 씨가 시시하다는 듯 보기에 드릴까 말까 망설이고 있었어요."

분위기가 어색해지자, 일본인은 너무 무표정하다며 우리는 마주 보며 웃었다. 내 표정이 너무 굳어 있었기 때문에 그가 보기에는 시들해 하는 것 같았던 모양이다.

그는 다다미 바닥을 손으로 짚고 나에게 공손히 절했다.

"아야코 씨, 날씨가 점점 추워지는군요. 난 절대안정을 취한 다음 크리스마스에 올게요. 아야코 씨도 감기 들지 않도록 항상 조심해야 합니다." 라고 힘겹게 말했다.

그리고 일어서서 무슨 말인가 두세 마디 했다. 그러고는 일어서서 절을 하고, 또 무슨 말을 중얼거리고, 또 절을 하고, 몇 번인가 그렇게 하더니 끝내 그는 웃었다.

"난 오늘 절을 몇 번이나 한 걸까요? 사실 악수해 주기를 바랐는데, 그 말이 좀체 나오지 않아서…."

그렇게 말하면서 내 손을 슬며시 잡았다. 5년이나 교제해왔으면서도 악수마저 망설이는 그였다. 그는 내 손을 잡자, 그제야 안심한 듯 다시 한번 "안녕!"이라고 말하며 허리를 숙였다.

"아, 눈이 많이 내리는군요. 보여드릴까요."

그는 방 미닫이를 활짝 열어젖혀 마당에 쏟아지는 흰 눈이 보이도록 해주었다.

"추우니 그만 닫읍시다."

손거울로 눈 내리는 밖을 지칠 줄 모르고 바라보고 있는 나에게 그는 그렇게 말하며 미닫이를 살며시 닫고 돌아갔다.

그 후 드문드문 엽서가 왔지만 모두 활력을 잃은 서먹한 내용들이었다. 그가 찾아오겠다던 크리스마스를 기다렸다. 그러나 크리스마스에도 그는 끝내 모습을 나타내지 않았다.

크리스마스를 3, 4일쯤 지나 『아라라기』 1월호가 배달되었다. 후기를 보고 나는 깜짝 놀랐다.

한 『아라라기』 회원이 1953년 11월호에 발표한 내 노래를 거의 흡사하게 모방했다.

침대에서 미끄러져 내린 듯한 내 이불을
고쳐주고 가신 것이 마지막이 되었네
  -홋타 아야코

침대에서 미끄러져 내린 내 이불을
고쳐주신 고마움, 취기에 하신 걸까?
  -사카모토 멤미坂本免美

'위의 두 노래는 조금도 차이가 없습니다. 표절 아닌가요?
(이하 생략).'

선選자인 츠치야 분메이土屋文明 선생도 이 투서의 의견에 동의하고 개탄하는 글을 실었다. 성미가 급한 나는 참을 수가 없었다. 밤에도 잠을 이루지 못했다.

이튿날 마에카와 타다시에게서 엽서가 왔다.

'걱정입니다. 작자를 전혀 모르고 하는 말들입니다. 그러나 이런 일로 시가 짓기를 그만두거나 하지 않도록 하세요. 부탁드립니다. 당장 잡지사에 항의문을 보내겠습니다.'

서둘러 쓴 티가 완연했다.

여느 때보다 엽서의 글씨는 흐트러져 있었다. 단가를 지을 때는 단숨에 짓는 편이다. 퇴고 따위는 해본 적이 없다. 또 노래 모음집 같은 걸 읽어보지도 않았다. 그런 걸 읽기보다는 모리아크나 도스토옙스키의 소설을 읽고 문학적 감동을 하는 게 노래 공부에 훨씬 보탬이 되리라고 생각하였다. 내가 읽는 유일한 노래 모음집은 『아라라기』뿐이다.

그러한 내 성향을 마에카와 타다시는 누구보다도 잘 알았다. 또 시상이 떠올라도 노트에 또박또박 정서해두는 성질이 아니라, 약봉지나 광고지 뒷면 등 닥치는 대로 아무 데나 적어둔다.

"자기 노래를 좀 소중히 다루세요."

종종 그에게 그런 말을 듣곤 했다. 그러나 노래를 짓기만 해도 마음이 안정되기 때문에 『아라라기』지 같은 잡지에 투고하는 데에는 별 관심이 없었다. 이러했기 때문에 내가 지은 노래도 금방 잊고 만다. 하물며 남의 노래야 외우고 있을 리가 없다.

그런데 이 노래는 니시무라 선생의 죽음을 애도하며 울면서 읊은 노래 아니던가. 슬픔에 견딜 수가 없었다. 즉시 병실 동료였던 리에 양을 불러 우리 집에 있는 『아라라기』지를 모두 샅샅이 조사해보라고 부탁했다.

"이와 유사한 노래가 또 있는지 하나도 빠뜨리지 말고 조사해요."

그러자 리에는 며칠에 걸쳐서 전수 조사했다.

그러는 동안 교토의 사카모토 씨에게서 편지가 왔다. 같은 호에 비슷한 이 두 노래가 함께 실려 있으니 서로 베꼈다고 볼 수는 없다는 내용이었다.

해가 바뀌자 마에카와 타다시로부터 원고용지 16장 분량의 잡지사로 보낼 항의문이 왔다.

'아야코 씨가 읽어보고 좋으면, 이걸 잡지사에 보내주세요.'

지금도 이 당시의 일을 떠올리면 가슴이 아려온다.

그 무렵 그는 엽서 한 장만 써도 피로를 느낄 만큼 몸이 허약했다. 무엇보다도 이 글을 쓰고 각혈을 했다는 것이다. 나도 그의 병증에 대해서는 아무에게도 알리지 않았다.

그가 절대안정을 필요로 하는 몸으로 환자용 변기를 사용하면서 누워 있는 것조차 알지 못했다. 크리스마스에 오지 못해도, 그의 어머니가 연하장을 대필할 정도로 그의 병세가 그렇게까지 견디기 힘든 줄은 몰랐다.

단지 겨울 추위에 몸조심하는 것이리라, 안정을 취하면 혈담도 멎으리라고 안이하게 생각했다.

만일 그가 죽음을 앞둔 병상에서 쓴 것을 알았다면, 그 항의문을 잡지사로 보냈을 것이다. 그러나 내 일을 나 아닌 누가 변명하게 하기는 싫었다.

천정을 보고 누운 채 츠치야 선생에게 편지를 써 보냈다. 그러자 사카모토 씨와 내 편지가 『아라라기』 3월호에 실렸다.

내 편지의 일부를 소개한다.

'영면하신 분의 관 속에 넣어 달라고 부탁한 그 노래를 나는 다른 사람의 흉내를 내면서 쓸 여유가 없습니다. 다만 눈물 속에서 니시무라 선생을 그리워하며 지은 노래를 표절이라고까지 평하신다면 정말 분노하지 않을 수 없습니다. 아마 교토의 사카모토 씨도 자신의 체험을 빌어 지은 것이리라 믿습니다.

나는 척추 카리에스 환자로 절대안정을 해야 하며 흉부에도 공동이 있어서 무거운 겨울 이불이 미끄러져 내려가도 끌어올릴 힘이 없는 중환자입니다. 간호사나 문병객이 늘 끌어 올려주었으며, 특별히 힘 드는 일도 아니므로 니시무라 선생도 오실 적마다 고쳐주셨습니다. 그리고 그날도 여느 때와 마찬가지로 흘러내린 내 침상 이불을 올려주시고 돌아가셨는데, 그것이 그만 마지막이 되고 말았습니다.

(중략).

선생님, 우리가 선생님이라고 부르는 이상 믿고 선選을 받습니다. 부디 선생님을 신뢰하는 회원들의 더 많은 신뢰를 얻도록 하시기 바랍니다.'

츠치야 선생은 우리의 편지에 대해 앞서 평했던 말을 취소하는 한편, 다양한 노래에 얽힌 문제에 관하여 여러 가지 가르침을 주시고, 마지막 마무리에,

'어쨌든 지금 양쪽의 직접적인 의견 진술로 말미암아 회원 여러분이 노래를 짓는 데 진지하고 순수한 열정을 가졌음을 알게 되어 도리어 유쾌하였습니다.'
라고 써 보내주셨다.

솔직히 말하면 어리석은 나는 1월호의 투서를 읽고 너무 화가 난 나머지 단가 짓기를 그만두려고까지 했다. 투고한 노래를 가려 뽑는 선자의 고민 따위는 상상도 못 해본 초심자였기에 무리도 아니었다고 훗날 변명해 보기도 하였다.

그러나 이 사건은 내가 분발하는 좋은 약이 되었다. 단가를 짓는 안이한 태도를 반성하는 계기가 되어 비록 짧은 한 수라도 진지하게 숙고하지 않으면 안 된다는 교훈을 받았다.

물론 여기에는 마에카와 타다시가,

'이런 일로 노래 짓기를 그만두지 말기 바랍니다. 부탁합니다.'
라고 써준 편지도 힘이 되었다.

아닌 게 아니라, 이런 일로 노래를 그만둘 정도라면 처음부터 짓지

않는 편이 나았으리라. 만일 그때 화를 참지 못하고 『아라라기』지에 더 이상 참여하지 않았더라면, 정말 많은 것을 잃었을 것이다.

훗날 다음과 같은 노래를 『아라라기』지에 보냈다.

평범한 일을 평범하게 읊으면서
배우는 것은 진실하게 산다는 것

『아라라기』의 지면은 인간의 진심을 끌어내는 광장이었다. 『아라라기』는 생사生死를 중시하는 경향이 있는데, 그것은 '생명을 찍어내는' 작업이라고 들었으며, 나 나름대로 작가 개개인의 태도에서 배운 바가 너무나 많았다.

깊은 신앙과 함께 『아라라기』지에 노래를 전해 주었던 마에카와 타다시의 속 깊은 배려를 지금도 수없이 곱씹으며 생각한다.

그가 투서를 보고 노래를 그만두지 말라고 했던 말이 지금도 내 가슴에 울린다.

"아야코 씨, 만일 노래를 그만둔다면, 그것을 대신할 문학 작품 발표의 기회를 반드시 가져야 합니다."

그런 말도 들려주었다.

지금은 소설을 쓰는 작가가 되었지만, 실로 『아라라기』지에서 배운 바가 크게 도움이 되었다고 고백한다.

『아라라기』지에서 더 많이 충실하게 배웠더라면, 지금의 내 문장이 이렇게 서툴지는 않을 것이다. 그 점만은 『아라라기』지의 선배나 친구들에게 송구스럽게 여긴다는 것을 알아주시길 바라는 마음 간절하다.

   방황하던 구름은 어느새 높이 흘러가고
   창가에는 3월 하늘만 남는구나

'힘을
내세요'

항의문을 써준 후부터 돌연 그의 편지가 끊겼다. 어쩌면 예고 없이 모습을 나타내지나 않을까 기다렸으나 감감무소식이었다.

1월 중순이 지나자, 불안감은 더욱 커졌다.

그러다가 1월 말이 되어서야 그의 어머니가 대필한 편지가 왔다. 타다시는 1월 6일 이후부터 각혈을 계속하여 친구의 문병조차 일절 사절하고 있다고 씌어 있었다.

그렇다. 1월 6일이라면 『아라라기』지에 항의문 16장을 쓴 직후였다. 당장이라도 일어나 그에게로 달려가고 싶었다. 그러나 그것조차도 허락되지 않는 병약한 육체가 너무 원망스러웠다.

그 후에도 가끔 그의 어머니에게서 그의 근황을 알리는 편지를 받았는데, 불안한 내 마음은 더 불안해질 뿐이었다. 조금 나아졌다는 소식이 온 뒤에는 또 각혈했다는 불길한 소식이 이어졌다.

그가 수술받을 때처럼 오직 기도를 올리는 일밖에 아무것도 할 수 없는 나의 허약함이 안타까웠다.

겨울 막바지의 어느 날, 방안으로 날아든 파리 한 마리를 보았다. 문득 나와 마에카와 타다시도 이 파리처럼 힘들게 겨울을 보냈구나 싶어 눈물이 맺혔다.

그 후 난로를 때지 않아도 되는 온화한 날씨가 이어지더니 어느덧 4월로 접어들었다.

4월 25일은 내 생일이다.

해마다 그는 내 생일을 기억했다가 책을 선물로 주었다. 올해도 건강이 좋다면 잊지 않고 책을 보내올 것이다.

각혈을 거듭하는 수척한 그를 그리면서 혼자 독서대의 성경을 읽으며 쾌유를 빌었다. 그때 뜻밖에도 그에게서 온 우편물이 배달되었다.

놀라워하면서 기쁨에 들떠 봉투를 열었다. 창호지 무늬가 있는 하얀 종이에 연필로 힘겹게 쓴 글자가 씌어 있었다.

축 생일
항상 기도합니다.
아야코 씨에게
1954. 4. 25. 타다시

11, 12월은 가래와 피가 섞여 나왔음. 1월 6일 첫 각혈 이래 혈담, 주 1회 각혈 100cc~110cc. 아버지, 어머니, 스스무進가 밤잠을 설치며 간호해 줌. 가쁜 숨을 쉴 땐 가래가 나오기 쉬우므로 밤중에 3~4번 깨어 어머니에게 부탁함.

수술받은 쪽 혈관이 약해진 듯. 6촌뻘 친척 의사에게 밤에 각혈할 때 왕진 의뢰. 이제까지 없던 일이어서 역시 당황. 그러나 상당히 익숙해졌음.

그쪽 어머님 문병 감사. 그러나 어머니가 안 계시면 외로우나 너무 걱정하지 말도록. 편지도 못 읽고 어머니에게 요점만 들음.

또 반년은 소식 전하지 못함. 하나님께 기도해 주기를. 오늘은 마이신, 파스, 왕진으로 과다 지출. 책 한 권도 선물로 드리지 못함. 요만큼 쓰는 데도 어머니가 잡아주셔서 겨우….

힘내세요

편지를 읽은 나는 암담했다. 연필로 쓴 글씨는 평소 꼼꼼하던 그와 어울리지 않게 상당히 흐트러져 있었다. 누운 채로 어머니께 종이를 잡아 달라고 해서 전심전력을 다하여 쓴 편지인 듯하다.

태어난 이후 이렇게 진지하고 목숨을 건 생일 축하를 받아본 적이 없다. 슬픔 속에서도 깊은 감동이 밀려왔다. 세 번, 네 번 그의 편지를 읽었다. 그가 누워서 쓴 그 편지를 나도 전심전력을 다해 읽으려고 했다. 마지막의 '힘내세요'라는 한 마디에서 수많은 말을 들은 듯 큰 감명을 받았다.

'또 반년은 소식 전하지 못함.'

그는 그렇게 썼는데, 과연 반년 뒤에는 다시 펜을 들 수 있을까 걱정하지 않을 수 없었다.

'힘내세요.'

라는 한 마디는 나에게 하는 격려의 말인 동시에 자신을 위한 외침이었으
리라.

'힘차게 살아야 합니다. 어떠한 일이 있더라도 말입니다.'

그렇게 말하고 싶었던 게 아닐까 생각했다.

그럼 이 편지는 그저 생일 축하 편지일까? 아니면 간접적으로 이별을
고하는 글일까? 몇 번이고 되풀이해서 읽어보았지만 알 수 없었다.

아침마다 아직도 노랗고 파란 담을 뱉어내면서도
일곱 번째 수술을 허락해야 하는가?

몸마저 부었는가, 덮어버린 눈두덩
열리지 않는 것이 이제는 죽음인가

별이 된
사람

　겨울이 물러간 자리에 찾아온 봄의 시새움은 결핵 환자들에게는 몹시 울적한 계절이 왔음을 예고한다. 병도 싹을 틔우기라도 하듯 몸의 균형을 크게 무너뜨린다.

　5월 1일 아침부터 내 몸은 돌처럼 굳고 열도 올랐다. 몸은 지쳤는데 밤이 되어도 잠을 이루지 못했다. 평소대로 독서대에 걸려 있는 성경을 읽고 기도를 올려도 이상하게 눈은 더 말똥말똥해졌다.

　내 기분이 이토록 좋지 않은 날은 그 사람도 컨디션이 나쁘지 않을까 걱정하는 사이 시계가 자정을 알렸다. 그러자 그것이 신호이기라도 한 듯 마에카와 타다시의 모습이 잇달아 떠오르기 시작했다.

　처음 요양원에서 만났을 때 마스크를 벗은 순수한 얼굴, 술은 절대로 마시지 말라며 나무라던 엄한 얼굴, 동생회 모임을 주관할 때 즐거워하던 얼굴, 슌코다이 언덕에서 자기 발을 돌로 치던 비장한 얼굴, 그런 모습이 마치 영화의 파노라마처럼 너무나 선명하게 내 눈앞에 잇달아 떠올랐다.

　그 환상과 같은 파노라마는 나 스스로 떠올리는 것이 아니라, 타인이 억지로 눈앞에 들이대는 것 같은 불가사의한 느낌이었다.

"이상하다, 무슨 일이지? "

나는 의지를 잃고 누군가가 강제로 보여주는 듯한 그의 여러 모습을 뿌리치기라도 하듯 시계를 보았다. 시계는 자정을 넘어 1시를 지나고 있었다.

더 이상 감당할 수 없는 심한 피로를 느꼈다. 어두운 골목길을 헤매는 듯 피로감에 이끌려 잠에 빠져들고 말았다.

다음날인 5월 2일 아침에도 열이 나서 기분이 좋지 않았다. 간밤에 잇달아 환상처럼 떠돌던 마에카와 타다시의 모습을 다시 떠올리면서 이상하리만치 불안에 떨었다.

나 스스로 지난 일들을 떠올리려고 한 것도 아닌데, 왜 그렇게 여러 모습의 그가 한 시간 이상이나 보였을까? 그런 어수선한 생각들을 정리하고 있는데, 우리 집 위를 자위대 비행기가 쉴 새 없이 맴돌았다.

그것은 피로에 지친 나를 더 압박하는 고통스럽고 불길한 소음이었다. 이 소음에 그도 괴로워하지 않을까, 또 다른 걱정을 하였다.

저녁 무렵이 되자 언니가 찾아왔다. 검정 드레스를 입은 언니가 가만히 내 방으로 들어왔다.

"아야코, 몸은 좀 어때? "

언니는 여느 때보다 이상하리만치 차분하였다.

"무슨 일 있어요, 유리 언니? 어디 상가 댁이라도 가는 거예요? "

약간 언짢게 말했다.

"아니야."

언니는 짧게 대답하고 곧바로 나가버렸다. 내가 언짢아하니 언니가 자리를 피했는가 보다고 생각했다.

얼마 후 언니가 저녁상을 들고 왔다. 식욕이 전혀 없었다. 잠깐 반찬을 이것저것 집적거리다가 상을 물렸다.

저녁 식사가 끝난 얼마 후에 아버지와 언니가 함께 방으로 들어왔다.

"아야코, 넌 성질이 과격해서 탈이야."

아버지는 먼저 그렇게 말씀하시면서 말끝을 흐렸다. 며칠이나 우울하게 지냈기 때문에 아버지가 걱정되어 그런 말씀을 하시러 오셨나보다고 태평하게 생각했다. 어쩌면 이리도 무딜까?

"아야코, 사실은 마에카와 씨에 관해 할 말이 있다."

평소의 아버지라면 '할 말이 있다'라는 식으로 정중하게 말씀하시지 않는다. 그제야 왠지 불길한 생각에 아버지의 말을 빼앗듯 외쳤다.

"죽었단 말이에요?"

나도 놀랄 만큼 크게 외쳤다. 순간 언니가 얼굴을 가렸다.

"언제요?"

"오늘 새벽 1시 14분이었다는구나."

순간 간밤에 파노라마처럼 스치던 그 사람의 모습이 떠올랐다. 떠올리지 않으려고 해도 사라지지 않고 눈앞에 맴돌던 그의 모습은 나에게 하는 마지막 작별 인사였는지도 모른다. 그제야 모든 걸 깨달았다.

"죽었어요?"

별안간 격렬한 분노가 치솟았다. 그렇다, 그것은 분명 슬픔이라기보다는 분노였다. 마에카와 타다시만큼 의대생으로 크리스천으로 성실하게 살아온 청년이 또 있을까? 이 성실한 젊은 생명을 빼앗아 간 자에 대한 분노에 휩싸였다.

"유리 언니, 가위 갖다주세요."

"가위?"

언니는 불안한 얼굴로 나를 보았다.

"그래요, 가위 주세요."

언니가 갖다준 가위로 앞머리를 사정없이 잘랐다. 그러한 나를 언니는 외면하듯 보고만 있었다. 잘라낸 머리카락을 반지와 함께 고이 싸서 사진과 함께 언니에게 건네며 말했다.

"유리 언니, 밤샘 조문하러 갈 것 아니에요? 이걸 그 사람 관 속에 함께 넣어주세요."

분노는 일었지만 침착하려고 애썼다.

"아야코, 넌 참 훌륭해."

언니가 나직이 말했다. 그제야 언니는 안심이 되었는지, 마에카와 타다시의 마지막 모습을 얘기해 주었다.

"타다시 씨는 어제 저녁 식사 중에 의식을 잃었다는구나. 그 후 의식을 되찾지 못하고, 오늘 새벽 1시쯤 숨을 거두었다는구나."

언니는 벌써 마에카와의 상가에 조문을 다녀온 것이다. 그의 어머니는 충격에 누워 계신다고 전했다. 그리고 또 말했다.

"아야코, 네가 심장마비라도 일으키면 큰일이라고 식구들이 알리지 말자고 했지. 하지만 난 반대했어. 어차피 누군가 편지로라도 알리면 알게 될 테고, 틀림없이 왜 바로 알려주지 않았느냐고 할 것 같아서."

그리고 내가 어디 가느냐고 물었을 때, 언니는 어떻게 대답하면 좋을지 몰라 무척 난감했다고 말했다.

누가 봐도 나는 마에카와 타다시가 없으면 안 될 사람으로 비쳤기 때문에 심장마비를 일으키지나 않을까 우려하는 것도 당연했다. 또 마음 여린 동생에게 그의 죽음을 알리는 것이 견딜 수 없이 싫어서 종일 밖에 나가 모습을 보이지 않은 것이기도 했다.

그러나 나는 심장마비를 일으키지도 않았고 정신을 잃지도 않았다. 다만 나 같은 보잘것없는 사람이 죽지 않고 성실한 그가 죽은 데 대해 형용할 수 없는 분노가 일고 자멸하고 싶은 생각에 사로잡혔다. 거기서 벗어나는 유일한 방법은 우는 것뿐이었다.

밤이 깊어지자, 가까스로 그의 죽음을 현실로 받아들였다. 그동안 매일 밤 9시면 어김없이 그의 병이 하루빨리 낫게 해주십사 하고 뜨거운 기도를 올려왔다.

그러나 오늘 밤부터는 그의 쾌유를 더 이상 빌 필요가 없어졌다고 생각하니 소리 내어 통곡하지 않을 수 없었다.

한 번 터진 눈물은 쉽게 멈추지 않았다. 천정을 올려다보며 똑바로 누워 울었으므로 눈물은 귀 뒤로 흘러내려 뒤쪽 머리를 흠뻑 적셨다.

깁스 침대에 묶여 있는 나는 몸부림치며 우는 것마저 허락되지 않아 그저 천정을 보며 울기만 할 뿐이었다.

그날 밤 끝내 잠을 이루지 못했다. 그가 죽었다는 밤 1시 14분이 되자, 또 몸부림치며 통곡했다. 그가 죽은 줄도 모르고 파노라마처럼 떠오르던 그의 모습만 그리던 간밤의 내가 싫어서 견딜 수 없었다.

생일 축하 편지를 전하고 1주일 후에 죽으리라고는 꿈에도 생각지 못했다. 언니가 상복을 입고 나타났어도 그의 죽음을 상상조차 하지 못했다.

슬픔의 날이 밝았다. 날은 활짝 개어 투명하리만치 맑았다. 아버지와 언니, 조카들이 그의 장례식에 참석하려고 집을 나서는 소리가 부산했다. 우리 집과 그의 집은 불과 6백 미터 밖에 떨어져 있지 않았다. 택시라도 태워서 함께 데려가 주었으면 하는 헛된 욕심도 부려본다.

단 한 번만이라도 그의 시체 가까이서 이별을 고하고 싶다. 그건 결국 떼를 쓰는 것밖에 안 되리라. 깁스 침대에서 절대안정이 필요한 나에게는 절대 용납되지 않을 일이었다.

사랑한다고 다시 한번 말도 못 해보고
마지막일지도 모르는 전화 끊어 버렸네

오늘 아침
처음으로 뻐꾸기가 울었네

며칠간 밤이면 귓전에 사람이 잠들어 자는 숨소리가 들려왔다. 늘 혼자 별채에 기거했으므로 잠든 사람의 숨소리가 들릴 리가 없다. 그러나 그 숨소리는 너무나 또렷이 귓가에 들렸다.

'이건 타다시 씨의 숨소리야.'

어둠 같은 숨소리가 곁에서 들리는 것이 처음에는 기분 좋지 않았다. 그러나 그 사람의 숨소리라고 생각한 이후부터는 오히려 큰 위안을 받았다. 그가 내 곁에서 잔다고 생각되었기 때문이다.

그의 육신은 죽었어도 그의 영혼은 나와 함께 있다. 그 숨소리를 들으면서 울고 또 울었다. 그리고 위안받았다. 그런데 그 숨소리는 열흘쯤 이어지다가 예고도 없이 사라졌다. 귀를 기울였지만, 그의 숨소리는 이제 들리지 않았다.

다시 형용할 수 없는 적막감이 내 주위와 온몸을 감쌌다. 이제 완전히 혼자가 되어버린 고독감은 짙은 어둠과 같았다. 이 세상에서 연분을 맺지 못한 그가 죽어서 열흘쯤 내 곁에 머물렀던 것일까? 그 불가사의한 숨소리는 아직도 이따금 생각날 때가 있다.

그때야 비로소 천국을 생각하였다. 작년 7월 존경하는 니시무라 선생을 잃고, 그로부터 채 1년도 못 되어 가장 사랑하는 마에카와 타다시마저 하늘로 불려가고 말았다. 당시의 나는 이 세상보다 천국을 더 그리워하며 사모하였다.

며칠씩이나 혼돈의 나날을 보냈다. 멍하게 누워있어도 눈물은 마르지 않았다. 그의 죽음을 전해 듣고 삿포로에서 마토 야스히코가 찾아왔다. 만나지 않겠다고 어머니께 말씀드렸다. 그러나 어머니는 삿포로에서 먼 길 오셨는데 하면서 그를 내 방으로 안내했다.

그에게 단호하게 말했다.

"정말 만나고 싶지 않아요."

그는 깜짝 놀란 듯 나를 보았다.

"미안해요, 내 기분만 생각하고, 당신이 사람 만나기 싫어하는 걸 잊고 있었습니다."

그러고 둘은 무슨 얘기를 했던가, 별로 기억나는 건 없다. 다만 마에카와 타다시에 관한 이야기만 나오면 나는, "그만둬요!"라고 완고하게 말했던 것만은 기억한다.

그 후 몇몇 친구가 나를 위로하려고 찾아왔다. 그러나 나는 누구에게서도 '마에카와 타다시'라는 이름을 듣고 싶지 않았다.

누가 나와 함께 눈물 흘려주겠는가. 그들에게 있어 마에카와 타다시와 나에게 있어 마에카와 타다시는 전혀 다른 존재이다.

누가 그를 칭찬하든, 그의 죽음을 슬퍼하든, 나에게는 그저 공허한 말로밖에 들리지 않았다. 당분간은 누구와도 만나지 않고 나 혼자 그의 복상을 하기로 마음먹었다.

그가 승천한 지 한 달이 지났다. 보고 싶던 그의 어머니가 나를 찾아오셨다. 얼굴을 마주하자, 우리는 함께 울었다. 이 세상에서 함께 울 수 있는 사람은 오직 이분뿐이었다. 이 어머니만은 예외였다.

그때 그의 어머니는 그 사람의 유품인 단젠丹前, 유서, 노트에 기록한 유언, 그의 일기와 가고歌稿41), 그리고 내가 그에게 보낸 6백여 통의 편지를 가지고 오셨다.

날짜순으로 번호를 매긴 편지는 여러 개의 과자 상자에 질서정연하게 담겨 있었다. 그것은 그에게 이 편지가 얼마나 소중했는지 말해 주는 것 같았다.

노트에 기록된 자세한 유언은 양친에 대한 것부터 나에 관한 것까지 언급되어 있었다.

'아야코 씨와의 관계를 알고 계실 줄 믿습니다만, 조금도 꺼림칙하게 행동한 적은 없으니 안심하십시오.'

이것은 그와 나 사이에는 육체관계가 없었음을 양친에게 알리는 것이기도 했다.

나에게 주는 유언은 병상이 비교적 가벼웠을 때 쓴 것으로 봉투에는 그의 인감이 찍혀 있었다.

---

41) 시가를 쓴 초고, 원고

아야코 씨, 서로 최고의 성실한 우정으로 교제해 왔음을 진정으로 감사드립니다.

아야코 씨는 진실한 의미에서 나의 최초의 사람이자, 최후의 사람이었습니다.

아야코 씨, 당신은 내가 죽어 이 세상에 없더라도 살기를 포기하거나 자기의 삶에 소극적이지 않겠다고 분명히 약속했습니다. 만일 이 약속을 이행하지 않는다면, 나의 아야코 씨는 내가 잘못 본 것입니다. 그러한 아야코 씨는 아니라고 나는 생각합니다!

한 번 한 말을 두 번 되풀이하는 것을 삼가왔습니다만, 나는 결코 아야코 씨의 마지막 사람이 되기를 바라지 않았다는 것, 이것을 지금 또 말씀드리고 싶습니다. 삶이란 괴롭고 수수께끼로 가득 차 있습니다. 이상한 약속에 묶여 부자유한 아야코 씨가 된다면 그것은 슬픈 일입니다.

아야코 씨의 일에 관한 한 내 입으로는 아무에게도 자세히 말한 적이 없습니다.

보내주신 편지 다발, 내 일기(아야코 씨에 관해 적은 내용)와 시가 원고를 드리겠습니다. 이로써 내가 어떻게 생각하였는가, 또 서로에게 남아있을 증거물은 없어지는 셈입니다.

즉 소문 이외에는 속박될 증거가 전혀 없습니다. 다시 말하면 완전히 '백지'가 되어 나로부터 '자유로워지는' 셈입니다. 불태운다면 아야코 씨가 내게 하신 말씀은 지상에 흔적도 남지 않게 됩니다. 아무것에도 속박되지 않고 자유를 얻을 수 있습니다. 이것이 나의 마지막 선물입니다. 만일을 위해 일찌감치 정리하였습니다.

1954. 2. 12. 저녁.

타다시

　얼마나 깊은 배려인가. 그의 가장 큰 걱정은 그가 죽은 후 나의 생활이었다. 그는 내가 혹시 자살하지 않을까 첫 번째로 우려하였다.

　그리고 누군가 다른 남성이 내 앞에 나타나면, 내가 마에카와 타다시와의 과거에 묶여 자유롭지 못할까 걱정하였다. 또 일기며 편지, 시가 원고까지 내 마음대로 처분할 수 있도록 전부 내 수중에 넣어준 것이다.

　그러나 어떻게 이 귀중한 우리 삶의 기록을 불태워 버릴 수 있겠는가. 아니, 불태우기는커녕 그에 대한 나의 마음을 노래로 읊어 『아라라기』와 그 밖의 지면에 발표했다.

구름 한 조각 떠가는 5월의 하늘을 쳐다보면
그대가 갔다고는 믿기 어려워라

그대 가고서 쓸쓸하기만 한 나날인데도
살아야만 하나, 깁스에 누워서

그대 가고 날이 갈수록 쓸쓸하여라
오늘 아침 처음으로 뻐꾸기 울었네

그대가 남기신 단젠에 꽂힌 이쑤시개를 보니
눈물 그칠 줄 모르노라

귓속으로 흘러 들어간 눈물을 닦아내면
또 새로운 눈물이 쏟아져 나오고

어둠 속에서 눈을 뜨고 나 여기 기다리고 있노라면
혹여 가신 임 돌아오실지도 몰라

나의 머리카락 그대의 유골 함께 담긴
오동나무 작은 상자를 안고 잠들었네

마거릿에 뒤덮인 관이라 전해 들은 이야기
꿈에서 보았네

그대 가신 뒤 한탄하며 살아있는 나의 목숨
길지 않으리라

갖가지 괴로움 끝에 알게 된 그 임,
그 임은 5년 만에 가셨네, 너무나 짧은 세월

님의 사진 앞에 바쳤던 밀감을 내려 먹는 쓸쓸함
상상도 한 적이 없어

크리스천의 굴레 속에서 살다 동정 그대로 가셨네
서른다섯 아까운 그 청춘

여자보다 부드러운 사람이란 말은 들어도
자기주장 굽힌 적 그대는 없었지

담배 피우는 날 보고 슬픈 듯 고개 숙이는
그대에게 마음 끌렸으니

처음 만났을 때부터 끝까지 변함없었네
그 말의 올바르고 부드러움도

의대학생인 그대 유언 속에
시체 해부 의뢰 전문도 적혔구나

꿈에서조차 그대는 죽어있네
그대 몸 끌어안고, 나도 죽어 누웠네

기도하는 것, 노래 짓는 것 가르쳐 주시고
나를 남겨둔 채 그대는 가셨구나

원죄 사상으로 이끌어주던 그대의 엄격한 눈동자
다시 생각나는구나

산비둘기 우는 저녁의 언덕이었지
무릎 꿇고 함께 예수님께 기도하였네

아내처럼 생각한다고 나를 안아주던 그대여
그대 돌아오라, 천국으로부터

만가挽歌는 연이어 쏟아져 나왔다. 그러나 그의 선배인 학예대학 교수 사카모토 후키오坂本富貴雄 씨는,

나의 스승은 모키치 후미아키茂吉文明 그분 아닌
10년 동안 누워 앓던 마에카와 타다시

하고, 『아라라기』지에 실은 것을 마지막으로 노래 짓기를 중단하였다. 또 뛰어난 노래를 『아라라기』지에 발표하시던 마츠에다 아키라松枝彬 씨도 그가 죽은 후부터 노래와 멀어졌다.

"타다시 씨가 죽고 나니 노래를 지을 마음이 없어졌어요."

우연히도 두 사람은 나와 똑같은 말을 하였다.

잇달아 만가를 지어내는 나보다 노래를 짓지 못하게 된 이 두 사람이 그를 훨씬 더 사랑하지 않았나, 곰곰이 생각해 본 적도 있다.

그러나 서른다섯 젊은 나이에 죽은 마에카와 타다시가 만일 죽지 않고 살아있다면, 대체 뭘 하고 싶었을까. 죽은 그의 몫까지 굳세게 살아야겠다고 다짐하면서 자칫 무너질 것 같은 내 마음을 다독였다.

'타다시 씨는 완쾌되고 싶어 했다. 나도 나아야 한다. 그분은 시가를 짓고 싶어 했다. 나도 시가를 지어야 한다. 그분은 교회를 다니고 싶어 했었다. 나도 교회에 나가야 한다.'

그가 살고 싶어 했던 만큼의 의지를 계승하여 살 수 있는 날까지 살아가리라 결심했다.

그러나 여전히 울기만 했다. 매일 밤 1시 14분, 그가 죽은 그 시각이 지나지 않으면 잠들지 못했다. 그 시간까지 깨어있지 않으면 그가 쓸쓸하지나 않을까, 그런 생각이 들어 잠을 이룰 수 없었다.

어떤 때는 그가 죽었다는 1시 14분에 나도 죽어버리고 싶기도 했다. 살겠다고 결심하면서도 죽고 싶을 만큼 절망도 함께 가졌다.

그러던 어느 날, 낯선 사람들이 보낸 편지 몇 통이 배달되어왔다.

그대 떠나고 나서 몇 날이 흘렀는가.
외롭고 쓸쓸한데 아침에 울어대는 저 뻐꾸기

어느덧 나는
슬픔에서 일어서고 있었다

편지는 가고시마鹿児島, 히로시마広島, 오카야마岡山, 니이가타新潟 등
지에 거주하는 폐병을 앓는 사람들이 보내온 사연이었다.

무슨 일일까 궁금해 봉투를 뜯어 보고서야 비로소 깨달았다.

마에카와 타다시가 죽기 얼마 전 요양잡지 『보건 동인』지에 투고한
적이 있었다. 그것은 하야마 교회의 미야자키宮崎 목사가 주관하는 월간
지 『외침』을 전국 요양환자들에게 무료로 보내주겠다는 투고였다.

이 『외침』은 마에카와 타다시가 매월 나에게 보내주던 작은 책자로
20쪽이 채 안 되는 그리스도 교지이지만, 그 안에 실린 설교 내용은 내
가슴을 파고들어 깊은 울림을 주었다.

요양 중인 나는 교회에 갈 수가 없었다. 일요일마다 교회에 가서 이러한
설교를 들을 수 있는 건강한 사람들이 너무 부러웠다. 꼼짝 못 하고 혼자
누워있으면 참을 수 없을 만큼 성경 말씀을 듣고 싶을 때가 많다.

가령 처마 밑에 목사님이 방문하기를 바라는 빨간 깃발을 세워두면,
어느 교회의 목사든 지나는 길에 그것을 보고 방문해 준다면 얼마나 좋을
까 싶을 만큼 설교를 듣고 싶은 마음이 간절했다. 그때마다 미야자키

목사의 설교를 되풀이하여 읽곤 했다.

그러던 어느 날, 문득 생각했다. 나처럼 목사의 설교를 갈망하는 요양환자가 전국에 얼마나 많을까? 그 사람들에게 이 『외침』을 보내주면 틀림없이 좋아할 것이다. 나도 무료로 받았으니 대가 없이 보내주기로 하고 그 취지를 『보건 동인』지에 투고한 것이다.

그 투고가 마침내 『보건 동인』지에 실렸고, 그것을 본 요양환자들이 전국 각지에서 편지를 보내온 것이다.

마에카와 타다시를 상실한 슬픔에 빠져 울고만 있던 나를 위해 하나님은 미리 할 일을 마련해 두신 것이다.

한 사람 한 사람에게 짧은 메모와 함께 『외침』을 보냈다. 그러자 가지고 있던 수십 부의 팸플릿이 순식간에 동이 날 만큼 많은 편지가 쇄도했다.

당시 편지나 엽서를 깁스 침대에 누운 채 힘겹게 썼다. 마에카와 타다시가 죽은 후 체력은 더 쇠약해져 엽서 한 장을 다 쓰면 사흘은 아무것도 못 할 만큼 피로에 지쳤다.

그러나 요양환자가 보내온 편지 한 장 한 장에 기도를 담아 답장을 썼다. 미야자키 목사에게는 백 부를 주문했다.

요양환자들로부터는 계속 다양한 내용의 편지가 쏟아져 들어왔다. 그 중에는 나보다 훨씬 더 비참한 사람이 많다는 사실도 알았다.

관절결핵으로 서거나 눕지도 못하는 사람, 방바닥이나 의자에 앉지 못하는 사람, 오랜 요양 생활로 남편에게 버림받고 어린 자식에게까지 멸시받는 한 어머니의 눈물 어린 하소연은 차라리 비극이었다.

"애들은 날마다 누워있는 나에게 베개를 던진답니다."

자신은 요양하는 중인데 남편이 다른 여자를 집에까지 끌어들여 그 여자에게 식사 준비를 하게 한다는 가정주부, 결핵성 관절염으로 한쪽 발을 절단한 데다 카리에스가 발병하였고, 지금은 신장결핵으로 척추 수술을 받기 위해 입원한 학생, 이렇듯 많은 이들이 힘겨운 삶을 살면서도 하나님을 믿고 굳세게 살아가는 놀라운 의지를 전해왔다.

이런 사람들에 비하면 나는 참 행복한 편이었다. 부모가 있고, 형제가 있고, 특별히 별채 방까지 병실로 차지하고 있지 않은가. 마에카와 타다시의 죽음은 슬프지만, 남편의 애인에게 식사 준비를 하게 할 만큼 굴욕적인 생활은 하지 않는 단순한 슬픔이다.

이제 그러한 사람들을 위로하는 편지를 쓰기 시작했다.

그러자 그 사람들로부터 감사 편지가 잇달아 날아왔다. 이러한 변화에 놀라지 않을 수 없었다. 아사히카와 한 귀퉁이에서 희망도 없이 요양하는 내 편지가, 단 한 장의 작은 엽서가, 이렇게까지 많은 이들에게 기쁨을 주리라고는 상상도 하지 못한 너무나 뜻밖의 일이었다.

이제 전국 각지에 많은 친구를 가지게 되었다. 그들 중에는 구도자도 있었다. 아무것도 모르는 나에게 진지하게 그리스도교에 관해 문의하는 편지도 왔다.

'나처럼 미약한 사람도 남을 기쁘게 하고 위로하여 무엇인가 쓸모있는 역할을 한다.'

이러한 희망이 살아가는 데 든든한 밑바탕이 되었다. 마에카와 타다시의 죽음으로 울며 슬퍼하는 나를 위로한 것은 사실 이 사람들이었다.

　이로써 남을 위로하는 것은 결국 자기 자신을 위로하는 일이며, 남을 격려하는 것은 결국 자신을 격려하는 일이라는 아주 평범한 진리를 몸소 깨달았다.

　앓는 벗들 한 사람 한 사람의 이름 부르며
　기도하며 성화 아래 누워있는 나날들

　이런 시가를 지을 만큼 어느덧 슬픔에서 벗어나고 있었다.

　그 무렵 오후 3시에는 서로를 위해 함께 기도하는 '기도의 벗 회'가 있어, 전국 각지에서 기도를 올렸다.

　나는 회원은 아니었지만, 3시면 아는 벗을 위해 기도를 올렸다. 모두 이렇게 서로를 위해 기도한다고 생각하니 큰 위안이 되었다.

　이 무렵 가까스로 얻은 신앙이 얼마나 은혜로운 믿음이었는지 되짚어 보게 되었다. 이제는 하나님을 믿는다. 아니, 어디까지나 믿는다고 생각하였다.

　그러나 믿는다는 것은 도대체 어떻게 하는 것일까? 마에카와 타다시가 죽었을 때, 격렬한 분노를 느꼈다. 그리고 그 후에도 이렇게 자주 중얼거린다.

　"하나님, 왜 내 목숨을 가져가시지 않고, 당신의 종인 타다시 씨를 불러가셨습니까?"

"하나님, 타다시 씨와 같이 훌륭한 사람은 이 세상에서도 쓸모가 있을 것 아닙니까? 나와 같은 어리석은 사람이 살아있는 것보다는 그가 살아 있는 편이 더 나았을 것입니다."

하나님께 불만을 늘어놓았다. 끊임없이 하나님 탓만 하였다. 왜 타다시는 죽고 나는 살아있는지 도무지 이해되지 않았다.

하나님께 불평은 늘어놓았지만, 결코 하나님을 믿지 않는 것은 아니었다. 또 하나님이 이 세상에 존재하지 않는다고 생각하지도 않았다. 그 증거로 하나님께 계속 항의하고 있으니 말이다.

그러나 내 태도가 얼마나 잘못된 것인지를 깨달았다.

'하나님은 사랑이시니라.'

성경에는 이렇게 씌어 있다.

하나님의 계획을 인간인 내가 어떻게 알 수 있겠는가. 그러나 하나님이 사랑인 이상 마에카와 타다시의 죽음은 하나님이 정하신 때이자, 가장 좋은 끝맺음이 틀림없다고 생각하게 되었다.

하나님은 정의로운 분이시므로 옳은 일을 하시리라 믿는다. 하나님은 좋은 분이시므로 좋은 일을 하실 게 틀림없다. 인간인 내가 비록 이해하지 못하더라도, 언젠가는 하나님이 하신 일을 이해하게 될 날이 오리라.

"하나님, 당신이 하신 일은 모두 정의로운 일이었습니다."

그렇게 기도하며 나 자신에게도 타일렀다. 그리고 하나님께 불평과 불만의 말하기를 그만두었다. 이때부터 하나님이 행하시는 모든 일에 순종하려고 애썼다.

그러한 생각을 가지고 전국 각지의 요양환자들과 편지를 교환하는 동안 사형수와도 만나게 되었다.

당시 편지를 주고받던 사람 중에 삿포로에 거주하는 요양환자 세키하라 유타카菅原豊라는 분이 계셨다.

원래는 은행원으로 10년 가까이 요양해오신 분이었다. 세키하라 유타카 씨는 니시무라 선생이 상업학교 교사로 재직하던 시절의 제자였다. 결핵을 앓고 계셨는데, 『무화과』라는 그리스도 잡지를 자신이 직접 편집하고 요양원 침대에서 원지에 긁어 등사하여 펴냈다.

이 필경筆耕 기술은 통신강좌로 독학하고, 훗날 대신이 내리는 상까지 받아 등사인쇄 강사로 초빙받을 정도까지 된 의지가 강한 분이다.

이 『무화과』에는 전국의 요양자와 사형수, 목사, 전도사 등이 감상문이나 편지를 보내왔다. 그 내용은 저마다의 생활 상태와 삶의 슬픔과 기쁨을 전하고 있어서 투고한 사람의 신앙생활이 피부에 와닿는 것처럼 생생하게 느껴졌다.

지우誌友 중에는 출판한 서간집이 베스트셀러가 된 이도 있었다. 옥중 결혼한 고 야마구치 키요토山口淸人 씨나, 살인마 니시쿠치西口를 붙잡은 큐슈九州의 승려 후루카와 야스타츠古川泰龍 씨 같은 분도 계셨다. 물론 마에카와 타다시도 그 일원이었다.

쇼와 30년(1955년) 2월쯤, 나와 같은 아사히카와에서 살고 있다는 미우라 미츠요三浦光世씨의 편지가 『무화과』에 처음으로 실렸다.

그 편지에는 사형수에 관한 소식만 씌어 있었기 때문에, 이 사람도 분명 사형수일 거라 짐작했다. 그는 미츠요光世라는 참 좋은 이름을 갖고 있어 기억에 남았다.

성경에는, '너희들은 세상의 빛이 되어라.'라고 씌어 있다. 어쩌면 이 사람의 부모는 그 이름을 성경에서 따서 지었을지도 모른다고 생각했다. 그런데도 어쩌다 사형수가 되었는가, 혼자 마음 아파했다.

당시 아사히카와에 『무화과』의 지우는 나 혼자뿐이었다. 그래서 이 미우라 미츠요의 출현은 나의 이목을 끌었다. 우리 집은 교도소에서 150미터가량 떨어져 있었다.

그 높다란 담장 안에서 그 사람이 사형수로 살고 있다고 단정하였다. 그리고 이 사람에게 편지를 쓰려던 차에 『무화과』 다음 호가 배달되었다.

"같은 아사히카와에서 살면서도 어디에 계시는지도 모릅니다. 홋타 아야코 씨, 부디 건강 조심하시고 큰 활약 기대합니다."
라는 말이 『무화과』에 실린 그의 편지 속에 씌어 있었다. 그 편지도 사형수의 글이라고 생각하면서 무심코 읽었다.

그대는 먼저 가고 외로운 나날들을 살아야만 하는가
깁스 침대에 몸을 묻고

너무나 닮은
사람

해가 바뀌어 마에카와 타다시가 세상을 떠난 5월이 가까워지고 있었다. 작년 이맘때에 타다시 씨는 살아있었다.

그가 이토록 빨리 세상을 떠날 줄 알았다면, 아무리 고통스러워도 날마다 편지를 썼으면 좋았을 걸 하는 후회를 하면서 하루하루를 보내는 데 마음을 쏟았다.

그리고 4월 25일 내 생일이 찾아왔다. 해마다 축하해 주던 마에카와 타다시의 다정한 편지는 더 이상 오지 않았다. 그가 죽음의 병상에서 써 보낸 생일 축하 편지를 받았던 작년 오늘이 생각나서 거의 온종일을 울면서 보냈다.

이 세상에서 앞으로 몇 번이나 내 생일이 돌아와도, 그의 편지는 받을 수 없을 것이다. 그런 생각을 하자, 살아있는 것이 문득 허무하게 느껴져 절망감에 빠졌다.

끝내 낫지 않을까, 나아서 고독하게 늙을까
나의 미래는

이제 나는 서른셋이다. 환자로 앓고 있는 나의 미래는 대강 짐작할 수 있으리라. 이대로 병이 악화해 죽거나, 설령 기적적으로 병이 낫더라도 혼자 쓸쓸하게 늙어갈 것이 눈에 빤히 보이는 내 삶의 길이었다.

마에카와 타다시의 복상을 하면서 사람을 거의 만나지 않는 고집이 나를 더욱 고독하게 만드는 것은 아닐까? 이대로 죽어버려도 아깝지 않은 남루한 인생이란 생각에 견딜 수가 없었다.

병실 동료들의 온갖 비참한 생활을 보아 알면서도 절절한 슬픔 속에 빠져들며 그의 일주기를 맞아 나도 죽을 수 있다면 얼마나 행복할까 하는 자괴감에 시달렸다.

그렇게까지 생각하는 나 자신을 발견하고 그만 등골이 오싹해지는 전율을 느끼지 않을 수 없었다.

마에카와 타다시가 그토록 살고 싶어 했던 것처럼 나도 살아야 하지 않겠는가. 그의 생명을 이어받아 굳세게 살아나가기로 약속하지 않았던 가. 하나님을 알게 해주신 병실 동료들과 함께 힘을 내어 살아가기로 하지 않았는가.

나 자신을 질타했다. 혼자만의 슬픔 속에 빠져들면 아무것도 할 수 없다. 아니, 내 생명은 길가에 버려진 풀포기처럼 시들어 버리고 말 것이다.

5월 2일 상복을 벗으면 나를 찾아오는 누구라도 만나야겠다고 굳게 마음먹었다.

지난 한 해 동안 그가 죽은 밤 1시 14분 전에 잠자리에 든 적은 한 번도 없었다. 마침내 이런 삶을 살면 안 된다는 엄연한 현실을 깨달았다.

그대 떠난 밤 한 시가 지나야 잠을 이루는 습관 속에
어느덧 일 년이 지났구나

인간의 운명이란 참 불가사의하다. 인생은 계획했던 대로 전개되지는
않는다. 뜻밖의 일이 일어나게 마련이다.

마에카와 타다시의 1년 상을 벗으면 아무나 만나겠다고 마음먹은 나에
게 5월 2일, 기다렸다는 듯 그의 친구 츠루마 료이치鶴間良一 씨가 찾아왔
다. 그는 『아라라기』지의 회원이었다.

그를 위시하여, 좀 과장해서 말하자면 그를 위시하여 처음 보는 사람들
이 물밀듯 잇달아 찾아왔다.

홋카이도 대학 의대학생인 무라야마 야스노리村山靖紀, 요양 중인 시인
코마츠 마사미小松雅美 씨 등도 그들 중 한 사람이었다. 무라야마 씨는
훗날 의사가 되었고 독실한 크리스천이 되었다.

『빙점』에 무라이 사다오村井情夫라는 청년 의사가 나오는데, 이름이
그와 비슷하니 그가 모델이 아닌가 추측하는 독자도 있다. 그러나 우정을
빌려 이름 일부를 차용하기는 했지만, 그가 모델은 아니다.

누구보다도 문제는 시인 코마츠 마사미 씨였다. 그는 대단한 미모의
소유자로 감수성이 풍부한 사람이다. 매우 상냥하며 그의 눈은 어린아이
처럼 순진하고 맑아 천진스러웠다. 이분에 관해서는 쓸 것도 많지만 당분

간은 쓰지 말기로 하자.

어쨌든 마에카와 타다시의 탈상을 기다리기라도 한 듯 방문객이 줄지어 찾아온 것을 지금도 의아하게 생각한다. 나는 무명의 요양환자에 지나지 않았다. 그러나 그들은 이미 내 시가를 읽었고 내 이름을 알고 있었다. 그래서 찾아와 꼼짝도 못하고 누워있는 나의 소중한 친구가 되어 주었다.

그로부터 내 병실엔 방문객이 끊이지 않았고, 어떤 때는 동시에 서너 명이 한꺼번에 몰려들기도 했다. 많은 날은 7~8명이나 되는 손님이 찾아와 어머니는 매일 방문객 접대에 분주했다. 어쩌다 한 사람도 찾아오지 않는 날도 있었는데, 그런 날이면 어머니는,

"오늘은 어쩐 일인지 모르겠구나."

하고 좀 맥이 빠진 듯 말씀하셨다.

친구들은 찾아오면 두세 시간씩 대화를 나누다 돌아갔다. 한 사람이 가고 10분쯤 지나면, 또 다른 친구가 찾아왔다. 이런 식으로 종일 손님의 발길이 끊어지지 않는 날도 많았다.

그날은 잊을 수 없는 6월 18일, 맑게 갠 토요일 오후였다. 어머니가 엽서 한 장을 들고 들어왔다.

"미우라란 분이 찾아오셨구나."

순간 깜짝 놀랐다.

'사형수 미우라 씨? 웬일일까?'

재빨리 엽서를 훑어보았다. 엽서는 세키하라 유타카 씨가 미우라 미츠요三浦光世 씨 앞으로 보낸 것이었다. 세키하라 씨는 내 주소를 적어주며

짬이 있으면 한 번 문병해 주기 바란다는 내용이 씌어 있었다.

그는 사형수가 아닌 모양이다. 그렇다면 그는 교도소에 근무하는 사람인가 하고 생각했다. 그렇지 않다면 죄수들의 소식을 그렇게까지 소상하게 알 리가 없다.

그가 사형수라고 단정하였던 나 자신이 좀 우스웠다. 사실 그는 사형수들과 편지를 주고받으면서 그들을 위로하며 격려하려던 것이었다.

이것은 나중에 알게 된 사실인데, 실은 나를 소개한 세키하라 씨도 한 가지를 잘못 생각한 것이었다.

'같은 도시에 살면서 어디에 사는지도 모르는 홋타 아야코 씨.'

미우라가 『무화과』지에 투고했던 편지에 세키하라 씨는 즉각 내 주소를 그에게 전해 주었다. 그는 미우라 미츠요라는 사람이 틀림없이 여성이라고 짐작한 듯했다. 같은 여성이니 그는 가벼운 마음으로 문병을 부탁했던 모양이다.

그런데 여성이 아니라 남성인 미우라 미츠요는 그 엽서를 보고 약간 당혹했다고 한다. 그리고 잠시 생각한 끝에 며칠 지나 나를 문병하기로 했다는 것이다.

물론 이것은 훗날 그를 통해 알게 된 이야기지만, 미츠요라는 여성의 이름과 혼동하기 쉬운 이름을 지어준 그의 부모님께 나는 진심으로 감사드리고 싶었다.

만약 그의 이름이 미츠오光夫였다면, 세키하라 씨는 그와 같은 엽서를 쓰지 않았을지도 모른다. 그랬더라면 내 삶도 지금과는 아주 다른 모습일 것이다.

어머니는 그를 내 방으로 안내했다. 복도를 걸어오는 조용한 발소리가 들리더니 엷은 회색 신사복 차림의 청년이 방안으로 들어섰다. 처음 그를 보고 깜짝 놀랐다. 죽은 마에카와 타다시와 어쩌면 그리도 닮았는지. 이게 운명적인 첫 만남임을 나중에야 알았다.

초면에 인사를 주고받으면서 그 조용조용한 말투까지 그와 똑같다고 생각했다. 또 그의 표정 하나하나에 놀라면서,

'닮았어, 정말 닮았어.'

하고, 그를 관찰하듯 응시하였다.

많은 사람을 만나게 되면서 체력을 조금씩 회복하여, 그때는 침대에서 일어나 앉아 있을 수 있었다. 그런 말을 했더니, 그는 마치 자기 일인 것처럼 기뻐하였다.

그도 14년 전 신장결핵 수술을 받은 일과 나머지 한쪽 신장도 나빠졌는데 마이신 덕분에 완치되었다며 자신의 병에 대해서도 들려주었다.

"방광이 아프면 말입니다, 옆으로 누워 잘 수가 없어서 앉은 채로 이불에 기댄 채 뜬눈으로 밤을 지새우곤 했습니다. 그러던 내가 지금은 관청에서 근무하고 있습니다. 자, 기운을 내요."

너무나 순수한 표정이었다. 그리고 차분하고 조용한 사람이었다. 완벽한 남자 같았다. 그의 태도가 마에카와 타다시와 너무 흡사했기 때문에, 꿈을 꾸는 듯했다.

"그럼, 근무처는 어디세요?"

교도소일 거라고 짐작하면서 물어보니 예상과 달리 그는 아사히카와 영림국에 근무하고 있다고 말했다.

'영림국!'

내 가슴은 뛰었다. 영림국은 우리 집에서 불과 3백 미터의 거리다. 그러니까 이 사람은 늘 우리 집 앞을 지나 영림국에 다니는 것이다.

"아직 혼자세요?"

실례되는 말을 서슴없이 물어보았다. 독신이었다. 얼핏 보기에 스물일여덟쯤 되었을까? 나보다 대여섯 살 아래인 것 같았다. 틀림없이 이 사람에게는 연인도 있을 것이라는 엉뚱한 생각도 해보았다.

"당신이 좋아하는 성서 구절을 읽어 주세요."

내가 부탁하자, 그는 망설이지 않고 요한복음 제14장의 말씀을 읽어 주었다.

너희는 걱정하지 말아라. 하나님을 믿고 또 나를 믿으라. 내 아버지 집에는 있을 곳이 많다. 그리고 나는 너희가 있을 곳을 마련하러 간다. 만일 거기에 있을 곳이 없다면 내가 이렇게 말하겠느냐? 가서 너희가 있을 곳을 마련하면 다시 와서 너희를 데려다가 내가 있는 곳에 함께 있게 하겠다.

이 성구로 하여 그가 천국에 큰 희망을 두고 있음을 알았다. 이어 찬송가도 불러달라고 부탁하자, 그는 주저 없이 불러주었다.

내 주를 가까이하려 함은
십자가 짐 같은 고생이나
내 일생 소원은 늘 찬송하면서
주께 더 나가길 원합니다.

그의 목소리는 찬송가를 부르려고 태어난 것처럼 참 아름다웠다.

그날 밤, 그에게 감사 편지를 썼다. 그리고 또 찾아와 달라고 부탁했다. 그러나 아무런 답장도 하지 않고 찾아오지도 않았다.

세키하라 씨의 부탁이라 의리상 어쩔 수 없이 문병하러 왔다고 생각하니 외로움에 쓸쓸함까지 더했다.

그러는 동안 문득 이상한 생각이 떠올랐다. 어쩌면 그 사람은 인간이 아닐지도 모른다는 환상이었다. 내가 마에카와 타다시를 너무 사모하니 하나님께서 불쌍하게 여기시어 그와 꼭 닮은 사람을 문병하라고 보내주셨는지도 모른다고 감사의 기도를 올렸다.

그렇게 생각해도 이상하지 않을 만큼 그는 마에카와 타다시와 외양이 흡사했으며, 아주 순수한 인상이었다.

장대 끝 물방울은 떨어져 갈 때마다
번쩍이는 그 모습이 왜 그리 쓸쓸한가

주고받는
마음

　너무 오랫동안 미우라 미츠요로부터 편지 한 장도 없고 찾아오지도 않았다고 기억한다. 훗날 그의 일기를 보면 7월 3일 저녁, 그는 두 번째 방문했다고 기록되어 있었다.

　내 기억으로 그가 모습을 다시 나타낸 것은 8월 초순이었지 싶었다. 아마 그렇게 길게 느껴질 만큼 그의 방문을 기다렸던 모양이다. 그때 그 아련한 그리움의 빛깔은 뭐였을까?

　어느 날 아버지가 다급한 걸음으로 내 방으로 들어오셔서,

　"아야코, 마에카와 씨의 동생이 찾아오셨구나."

라고 말씀하셨다.

　안내받아 들어온 것은 마에카와 타다시의 동생이 아니라, 미우라 미츠요였다. 이와 비슷한 이야기는 몇 가지가 더 있다.

　미우라 미츠요가 훗날 『아라라기』의 아사히카와 단가동인 모임에 처음으로 참석했을 때, 코바야시 토시히로小林利弘 씨는,

　"마에카와 씨, 오랜만이요."

라고 인사하여 그 자리에 있는 사람 모두를 놀라게 했다.

순간 모두는 마에카와 타다시가 죽은 걸 모를 까닭이 없다고 생각했던 모양이다. 아마 코바야시 씨는 마에카와 타다시의 동생으로 착각한 것이리라.

또 이런 일도 있었다.

제자인 나카니시 료이치 군이 어느 날 찾아왔다가 병상 머리맡에 있는 마에카와 타다시의 사진을 보고 놀란 듯 말했다.

"홋타 선생님, 미우라 씨를 아십니까?"

료이치 군과 미우라 미츠요는 같은 교회를 다녔다. 다른 사람이라고 내가 말해도, 료이치 군은 믿기지 않는다는 표정을 지으며,

"닮았어요, 미우라 씨와 똑같아요."

라고 몇 번이나 거듭 말했다.

그토록 마에카와 타다시와 닮은 미우라 미츠요는 취미나 생각까지 그와 비슷한 데가 참 많았다. 단가를 짓는다는 미우라 미츠요에게 『아라라기』지를 빌려주며 입회를 권했다.

그는 내 권유를 받아들여 아사히카와의 노래모임에도 참석하고 싶다고 말했다.

그날은 2, 30분가량 있다가 돌아갔는데, 왠지 마음 밑바닥을 휘저어 놓고 간 듯하여 또 다른 그리움에 잠겼다. 그가 마에카와 타다시와 닮았다는 사실에 나 스스로 마음을 다잡아야겠다고 결심하였다.

8월 24일 미우라 미츠요는 세 번째로 나를 찾아왔다. 활짝 열어젖힌 문으로 들어오는 툇마루에 비치는 여름 햇살에 눈이 부셨다. 그 햇살

속에 타오르는 듯 반짝이는 빛이 어두웠던 내 마음으로 흘러들었다.

그는 돌아갈 때 나를 위해 기도해 주었다.

"하나님, 제 목숨을 홋타 씨에게 바쳐도 좋으니 빨리 낫게 해주시옵소서."

이 기도에 격하게 감동했다. 이때까지 나를 위해 이렇게 기도해 준 사람은 하나도 없었기 때문이다. 그리고 나도 남을 위해 목숨을 바쳐도 좋다는 기도는 한 번도 해본 일이 없었다.

생각하는 것과 기도는 다르다.

'불쌍하구나. 저 사람의 고통과 괴로움을 내가 대신하고 싶다.'

남을 동정하고 그렇게 생각하는 것이라면 나도 할 수 있다. 그러나 하나님 앞에서,

"하나님, 저 사람의 괴로움을 제가 짊어지겠사오니 그를 고통에서 벗어나게 해 주십시오."

라고는 기도하지 못했다.

인간은 누구나 자기의 생명을 소중히 여긴다. 하나님을 믿는 자에게 기도는 정말 중요한 일이다. 기도를 했다가 만일 그대로 된다면, 그렇게 쉽게 기도할 수 없을 것이다.

신자에게 생각하는 것과 기도하는 것은 비슷하면서도 다르다. 자기 목숨을 바쳐도 좋다고 기도할 수 있을 만큼의 사랑과 진실을 가지기란 쉽지 않다. 그러나 그런 어려운 기도를 미우라는 정성을 다해서 했다. 세 번 만난 환자인 나를 위해서 말이다.

너무 감동한 나머지 나도 모르게 그의 손을 잡았다. 그는 그러한 내 손을 꼭 쥐여주었다. 두툼하고 따뜻한 손이었다. 이것이 그가 이성과 처음 한 악수였음을 훗날 그를 통해서 들었다.

그때부터 미우라는 한 달에 두세 번쯤 찾아왔고, 우리는 편지도 서로 주고받는 사이가 되었다.

가을이 깊어갈 무렵 또 열이 나서 식은땀으로 고통을 겪었다. 목소리를 높이면 혈담이 많아지니 면회를 사절하는 지경까지 이르렀다.

부모에게 숨기며 피를 토하는 밤
방의 공기가 더 푸르게 보인다

계속 면회를 사절하던 어느 날, 어머니가 과일과 그의 편지를 가지고 병실로 들어왔다.

"미우라 씨가 안부 전하고 갔구나."

"벌써 가셨나요? "

"말씀 잘 전해 달라면서 현관에서 돌아갔다."

그 말에 쓸쓸해졌다. 현관까지 왔는데도 만나지 못하고 돌아갔다는 말이 나를 몹시 슬프게 했다.

편지에는,

'늘 기도하고 있습니다. 부디 몸조심하시기 바랍니다.'

라고 아름다운 펜글씨로 씌어 있었고, 놀랍게도 5천 엔이 동봉되어 있었다. 그 당시 나에게 5천 엔은 큰돈이었다.

그의 편지를 몇 번이고 거듭 읽었다. 아무리 읽어봐도 거기에는 기도한다는 것과 몸조심하라는 말 이외에 다른 어떤 것도 씌어 있지 않았다. 그 편지를 머리맡에 두고 그에 대해 남다르게 생각하였다.

와병 중인 나에게는 남자 친구들이 많이 있다. 그들은 마에카와 타다시를 알기 전부터 찾아온 격의 없는 사람들이었다. 다만 다른 점은 내가 크리스천이 되는 세례를 받은 이후 찾아오는 사람들 역시 마음 착하고 성실한 사람들이었다는 것이다. 그중에는 나를 사랑하는 젊은 교우도 있었다.

연인이 있으면서도 내게 끌려 고민하는 열정적인 청년도 있었다. 그런 사람 중 어떤 이는 날마다, 어떤 이는 며칠 걸러, 아니면 일주일에 한 번쯤 찾아왔다. 그래서 내 방은 늘 북적였다.

훗날 나는 소설 《빙점》에서 무용 선생인 타츠코辰子의 안방을 내 병실처럼 묘사하기도 했다.

그들 중 미우라 미츠요만은 달랐다. 그는 현관에서 어머니께 꼭,

"컨디션이 좋지 않으면 이만 실례하겠습니다."

하며 나의 병세를 물은 다음, 방으로 들어오더라도 빨리 돌아갔다. 좀 더 오래 있어 주기를 바랐는데도, 그는 성서를 읽어 주고, 찬송가를 부르고, 단가 이야기를 나누다가 마지막으로 기도를 올린 다음 돌아가곤 했다.

그의 문병 태도에는 나를 걱정하는 진정성이 넘쳤다.

면회를 사절하고 있는 지금, 그의 편지를 몇 번이나 읽으며 그런 점을

곰곰이 생각해 보았다. 어쩌면 그렇게도 성실할까? 그러나 그런 점이 그를 가까이할 수 없는 먼 사람으로 느껴지게 했다. 아니, 멀리하지 않으면 안 된다고 나 자신을 타일렀다.

그가 지금은 세상에 없는 마에카와 타다시와 닮아서 더 이끌리는 것은 분명했다. 미우라 미츠요에게 끌림을 숨길 수는 없었다. 그러나 그것이 죽은 마에카와 타다시와 닮아 끌리는 것이라면, 그것은 미우라 미츠요를 기만하는 것이다.

두 사람은 전혀 다른 사람이다. 아무리 얼굴 생김이 닮고, 같은 신앙을 가졌으며, 취미가 같아도 별개의 인격체이다.

마에카와 타다시의 대용품으로 그를 바라볼 생각은 추호도 없었다. 그러나 그렇게 생각은 하면서도 그리운 사람을 닮았다는 사실이 위안이 되지는 않았다. 그러한 점이 그를 신중하게 대하도록 만들었다.

면회를 계속 사절하는 가운데 이윽고 크리스마스를 맞이했다. 지난해의 크리스마스를 떠올렸다. 홀로 이 방에 누운 채로 맞이했다. 편지를 주고받는 친구들 사진 몇 장을 독서대에 장식하고, 침대 곁에 의자를 놓아두게 했다.

이 의자는 예수님께서 앉는 상징적인 의자이다. 마에카와 타다시와 함께 지낸 몇 번의 크리스마스가 떠올랐다. 건강을 잃은 나머지 니시무라 선생도, 마에카와 타다시도 하늘의 부르심을 받아 떠나고, 올해 크리스마스는 쓸쓸하기만 할 것이다.

흐릿한 전등 불빛 아래서 성경을 읽고 소리 없이 찬송가를 부르고 홀로 맞이했던 지난해 크리스마스엔 얼마나 깊은 위안을 받았던가. 건강도 연인도 스승도 잃은 나에게 뜻밖에도 충만한 기쁨이 찾아들었다.

아무도 앉지 않는 그 의자에는 분명 예수 그리스도가 앉아 계셨다. 지금 생각해도 그 해만큼 풍요로운 크리스마스는 일찍이 없었던 것 같다. 그것은 하나님이 함께하신 빛나는 크리스마스였다.

고린도후서 제13장의 구절을 찾아 읽어내렸다.

내가 어렸을 적에는 어린이의 말을 하고 어린이의 생각을 하고 어린이의 판단을 했습니다. 그러나 어른이 되어서는 어렸을 때의 것들을 버렸습니다. 우리가 지금은 거울에 비추어 보듯이 희미하게 보이지만, 그때 가서는 얼굴을 맞대고 볼 것입니다. 지금은 내가 불완전하게 말뿐이지만, 그때 가서는 하나님께서 나를 아시듯 나도 완전하게 알게 될 것입니다. 그러므로 믿음과 희망과 사랑, 이 세 가지는 언제까지나 남아있을 것입니다. 이 중에서 가장 위대한 것은 사랑입니다.

지난해의 크리스마스를 떠올리면서, 올해도 나 혼자서 맞이하리라 마음먹고 있었다.

지난해처럼 의자를 침대 곁에 놓아두고 친구들의 사진을 독서대에 장식해 놓았다. 그것은 지난해와 같은 크리스마스를 맞이할 마음이었기 때문이다.

그러나 어쩐지 내 마음은 허전하기만 했다. 그것은 나도 모르게 미우라 미츠요를 기다리는 그리움의 물결 때문이었다. 지난해처럼 아무도 기다리지 않았다면 하나님만 기다리는 크리스마스가 되었을 것이다.

저녁 무렵이 되어 미우라 미츠요가 내 마음의 물결 소리를 들었는지 찾아왔다. 어머니가 억지로 병실로 안내한 것일까? 뜻밖에 그의 모습을 보니 눈물이 쏟아질 만큼 기뻤다.

그는 영림국의 회계 담당으로서 크리스마스에 교회에도 나가지 못할 정도로 바쁘다면서,

"매일 쓰던 만년필인데 실례일지 모르겠습니다만."

하고 나에게 만년필을 선물로 주었다. 그는 선물 사러 상점가로 나갈 겨를도 없이 바쁜 연말을 보내는 모양이었다. 잠시 후 그는 짧게 기도를 올리고 곧 직장으로 되돌아갔다.

그가 늘 쓰던 만년필이라는 게 새 만년필을 선물 받은 것보다 몇 곱절이나 더 기뻤다. 그가 이 만년필로 일기나 편지, 단가를 썼다고 생각만 해도 무척 친근하게 느껴졌다. 이 작은 만년필은 그의 마음의 비밀을 알고 있을 것이다.

홀로 지내려 했던 크리스마스는 이제 혼자만의 것이라고는 말하지 못하게 되었다.

몇 번이고 만년필 뚜껑을 열어 들여다보기도 하고 전등 불빛에 비춰보기도 하다가 그 만년필로 일기장에 그의 모습을 그리듯 썼다.

이것은 연애하는 사람의 상습이다. 그런 마음의 변화를 깨닫고, 약간 울적해졌다. 한순간도 마에카와 타다시를 잊은 적은 없다. 아니, 잊기는커

녕 죽고 없는 그와 대화를 나눈다.

그런데도 다른 남성에게 마음이 끌리고 있지 않은가. 이것은 내면에 자리 잡은 창녀의 본성 아닌가 싶어 전율했다.

그러자 나 자신이 몹시 경박한 여자 같았다. 세상에서 가장 더러운 창녀라고 생각하지 않을 수 없었다.

순수한 사귐만이 진실한 연애임을 아는가, 모르는가
묘비 앞의 그 사람

그리움은
강물이 되어

정월을 맞이하고 보내고 나니, 어느덧 눈을 녹이는 봄바람이 부는 3월이 왔다.

다행히 내 병세는 차츰 좋아졌고 열과 혈담도 가라앉았다. 그러자 내 방에는 다시 친구들이 찾아오기 시작하였다.

애인이 없다는 게 외로움보다 무서움으로 몸속 깊숙이 스며들었다. 모든 이로부터 자유로운 것, 그것이 도리어 나를 공포로 몰아넣었다. 마에카와 타다시의 연인으로 보였을 때가 더 안정되어 있었다.

지금은 아무나 사랑해도 되는 자유를 가졌다. 비록 병자이기는 하지만, 나를 사랑하는 사람이 몇인가는 주위에 있었는데, 그중에 누구를 사랑해도 나를 탓하지는 못 하리라.

가끔 자유에 대해서 생각해 본다. 내가 진정으로 자유로운지 생각해 보면, 그건 좀 의문스러웠다. 왜냐하면 나의 소망은 마에카와 타다시를 그리며 일생을 마치는 것이었기 때문이다.

그러나 인간적으로 너무 나약함을 느끼지 않을 수 없었다. 가버린 그를 사랑하는 것은 사실이고, 사랑받은 것도 사실이다. 지금도 그를 계속 사랑한다고 생각한다. 그런데 또 다른 내 마음은 미우라 미츠요 쪽으로 크게 기울어가고 있는 것이 분명하다. 마음이란 자신도 어찌할 수 없는 또 다른 나일까?

3월의 어느 날 저녁, 어스름을 밟고 미우라 미츠요가 찾아왔다. 인사를 하자마자, 그는 말했다.

"홋타 씨, 이번에 다른 곳으로 전출 가게 되었습니다."

그가 기쁜 표정으로 말하는 순간, 내 얼굴에서는 핏기가 사라지는 아찔함을 느꼈다. 그런 나를 보고 그는 당황하여 말을 이었다.

"전근이라도 바로 옆 동네 카구라죠입니다."

나는 안도했다. 카구라라면 그의 집에서 통근할 수 있는 가까운 거리이다.

그가 돌아간 뒤 나는 혼란스러웠다. 그가 전근 간다는데 왜 눈앞이 캄캄해졌을까? 그럼 그를 정말로 사랑한다는 말인가.

'지금도 타다시 씨를 이토록 사랑하고 있지 않은가?'

그렇게 생각하다 마에카와 타다시의 유언을 떠올렸다.

"한 번 한 말을 거듭하기를 삼가왔습니다만, 나는 결코 아야코 씨의 마지막 사람이 되기를 바라지 않았다는 것, 이것이 지금 또 약속드리고 싶은 말입니다. 산다는 것은 괴롭고 또 수수께끼로 가득 차 있습니다. 불분명한 약속에 묶여 아야코 씨가 자유롭지 않다면 그것은 나에게는 가장 슬픈 일입니다."

마에카와 타다시는 인간의 존재를 깊이 이해하고 나서 이 유언장을 써서 나에게 주었다. 그가 죽은 당시에는 이 유언의 뜻을 잘 이해하지 못했다.

'산다는 것은 괴롭고, 또 수수께끼로 가득 차 있습니다.' 라는 말이 지닌 무게를 아직도 제대로 이해하지 못하는 난 빈약한 정신의 소유자이다.

나는 단순했다. 속으로 그러한 배려는 필요 없다고 대수롭지 않게 여겼다. 다시 말해 평생 마에카와 타다시를 그리면서 살아갈 자신이 있었다.

그러나 사람의 마음이란 여름 날씨처럼 변덕이 심한 것일까? 어쩌면 이렇게도 나약한가. 이 유언을 읽고, 그의 깊은 배려에 놀라면서도 아직도 나 자신을 모르고 있음을 깨달았다.

이렇듯 미우라 미츠요에게 기울어져 가는 마음을 나도 어찌할 수 없음을 깨달았을 때, 마에카와 타다시의 유언은 오히려 내 삶의 굳건한 밑받침이 되어 주었다.

'이미 타다시 씨는 나의 모든 것을 간파한 것이다. 이처럼 변덕이 심한 나를 용서한 것은 그의 신앙심 덕분이다.'

그가 말했듯 산다는 것은 괴롭고 수수께끼로 가득 차 있다. 과연 누가 그가 죽은 지 1년밖에 안 지났는데, 그와 닮은 신앙심 깊은 청년이 내 앞에 혜성처럼 나타나리라고 짐작이나 했겠는가.

이제는 용기를 내어 미우라 미츠요에게 기울어가는 마음을 숨기지 않아도 된다고 생각하였다. 이것은 마에카와 타다시의 깊은 이해와 진실한 사랑을 담은 유언 덕분이다.

미우라는 이미 그와 나의 관계를 알고 있었다. 왜냐하면 머리맡에는 마에카와 타다시의 늑골이 든 오동나무 상자가 하얀 보자기에 싸여서 놓여 있고, 그 곁에는 그의 사진이 걸려 있기 때문이다. 그리고 내 입으로 타다시와의 관계를 숨김없이 들려주었다.

우리 사이에는 비밀이 없었다. 약혼자였던 니시카와 이치로에 대해서도, 지금 교제하는 친구에 대해서도 미우라 미츠요는 모두 알고 있었다. 다만 한 가지 모르는 것은 내가 그에게 마음을 주고 있다는 것뿐이었다.

그러나 아무리 마에카와 타다시가 나의 변덕 많은 흔들리는 마음을 용서해 주었더라도, 어쨌든 나는 병을 앓는 환자다. 겨우 환자용 변기를 사용하지 않게는 되었지만, 온종일 깁스 침대에 누워있는 몸이다. 게다가 내 나이는 서른넷, 그보다 두 살이나 더 많다.

물론 용모도 아름답지 못하다. 이러한 열등감을 가진 나는 이성을 사랑할 자격도 사랑받을 자격도 없다는 서글픈 생각을 하고 있다. 그래서 그에게 내 마음을 쉽게 고백할 수가 없었다.

세월을 쪼개며 흐르는 시간의 파도에 떠밀리면서 미열, 식은땀, 어깨가 결림은 변함없이 고통스러웠다. 그런 어려움 속에서도 여전히 전국 각지의 친구와 편지로 사귀며, 동시에 병실에도 많은 이들이 찾아드는 것은 내가 살아있다는 증거이기도 하다.

그 당시 우리 집에는 부모님과 막냇동생, 그리고 고등학생인 조카가 함께 살고 있었다. 아버지는 일흔이 가까운 고령이고, 어머니도 예순을 넘겼다.

그렇지 않아도 비용이 많이 드는 병자인 내가 매일 편지를 쓰는 것은 그만큼 부모님께 경제적인 부담을 끼치는 일이기도 했다. 또 방문객이 많으면 그에 따른 다과와 차 접대에도 비용이 든다. 그러나 어머니는 문병객을 반갑게 맞고 대접했다.

어려운 집안 살림과 딸 병간호에 쫓기면서도 점심때 찾아온 손님들에게는 점심 식사를, 저녁 무렵의 문병객에게는 저녁 식사를 마련해 주었다. 그런 일을 싫어하지 않을 뿐만 아니라, 내 병실 동료들에게는 물론 다른 병실의 환자들까지 나 대신 문병하셨다.

미안하다고 말하면,

"아야코도 누가 문병하러 오면 기쁘지 않니! 엄마가 아직 기운이 있는 동안은 어디라도 다닐 거다."

어머니는 입버릇처럼 그렇게 말씀하셨다.

그리고 병실 동료의 어머니들과 간호하는 사람들과도 진심 어린 마음으로 가까이 사귀기도 했다.

어머니를 자랑하는 것 같지만, 아주 훌륭한 분이라 생각한다. 간호하느라 육체적으로나 정신적으로 지쳤을 텐데도 겉으로 드러내거나 말로 표현하거나 하지 않는 분이다. 방문객들을 맞이하는 어머니의 태도가 한결같이 상냥하니 방문해도 마음이 가볍다는 말을 많이 들었다.

특히 미우라 미츠요는 늘 변함없이 웃는 얼굴로 반겨주는 어머니께 경탄한다고 말했다. 만일 어머니가 딸의 간호에 지쳐서 한 번이라도 언짢은 얼굴을 보였다면 마음 약한 미우라는 계속해서 찾아올 수 없었을 것이다. 그럼 내 운명도 달라졌으리라.

한편, 부모님께 경제적으로 너무나 큰 괴로움을 안기는 것에 대해서는 어떠한 변명도 할 수 없다. 아무리 병자라도 더러운 빨래까지 시키는 게 너무 죄송했다. 그럼 내 손으로 돈을 벌 방법은 없을까?

그런 생각을 할 때, 둘째 올케가 아주 멋진 포렴布簾[42]을 본보기로 만들어 주었다. 한눈에 이 정도라면 상품이 되겠다고 직감했다. 오랫동안 병에 시달리며 누워만 있었기에 세상 물정에 대해서는 아무것도 모른다. 그러나 아플리케applique[43] 포렴에 신선함을 느꼈다.

그럼 대량생산도 가능한가? 도매로 넘기면 팔아줄 수 있는지 문의했는데, 거래할 수 있다는 확답에 곧 동생을 불러 상의했다. 이에 동생은 기꺼이 상담에 응하면서 직장을 쉬는 날에는 직접 거래처를 찾아 판매해 보겠다고 약속했다.

다행히 우리의 작전은 잘 들어맞아 홋카이도 유명 백화점으로부터 주문을 받게 되었다. 그러면서 거래처로부터 홋카이도 실정에 알맞은 지역 상품을 만들어달라는 청탁까지 받게 되었다.

한편, 자주 문병하러 오는 친구에게 내 구상을 말하고 디자인해 달라고 부탁하였다. 그와 동시에 몇 종류의 새로운 상품을 고안하여 직접 생산하기로 마음먹었다.

그런데 생산할 자본금이 없었다. 움직이지도 못하고 누워있는 내가

---

42) 음식점이나 술집 문에 간판처럼 늘어뜨린 천 조각
43) 바탕천 위에 다른 천이나 가죽, 레이스 등을 오려 붙이고 그 둘레를 실로 꿰매는 수예

직접 해결할 수는 없었다. 필요한 것은 자금과 인력이었다. 대담하게도 동생과 친지로부터 35만 엔을 빌리는 한편, 제품생산을 친구인 T씨의 부인께 의뢰했다.

다행히 부인은 일솜씨가 아주 깔끔하였다. 그밖에 4, 5명의 병실 동료와 주부들에게 제작을 거들어 달라고 부탁했다.

병실 침대에 누워 머릿속에 떠오르는 색상의 천을 잇달아 동생에게 주문하도록 했다. 그리고 본을 만들어 제작하는 사람들에게 천과 함께 건네주며 독려했다. 일은 생각보다 순조롭게 진행되어 어머니께 세탁기와 전기밥솥을 사드렸고, 액수는 적지만 용돈까지 드렸다.

한편 그런 병상 생활 속에서도 미우라 미츠요를 잊으려고 끊임없이 노력하였다. 그러나 그리움은 강물이 되어 내 마음에 봄빛으로 물들여졌다.

주간지 구인란을 훑어보는 이내 몸
살 방법은 없는가 한숨짓네

'그대 가는 곳,
반드시 바람이 분다'

그때의 일기장을 조심스럽게 펴본다. 좀 유치한 지난 삶의 시간이지만, 나에게는 귀중한 기념비적인 인생 여정이 기록되어 있다.

3월 2일 체온 37도. 열. 식은땀.

세츠코 언니, 미와코 씨, 세키하라 씨로부터 편지, 그들에게 답장 엽서를 보냄.

유리코 언니(친언니)의 갓난아기 장례식. 태어나서 겨우 14시간의 짧은 생애를 살다 묻히기 위해서 태어난 아기.

아기는 지금 흙 속에 묻혀 있다. 동생은 봄빛 같은 아기라고 했다. 야스히코 씨도 그렇게 말하리라. 삶의 기쁨을 느끼지 못한 풀잎 같은 생명이 애처롭다.

'내일은 오늘보다 행복할 수 있을까?' 하고 자살한 여자, '어제는 오늘보다 행복했을까?'라는 물음으로 답하고 싶다.

한 인간으로서의 기쁨이 타다시 씨와 함께한 5년간을 정점으로 하여 무너져 버렸음을 느낀다. 앞으로 무엇이 기다리고 있을까? 어둡고 두려운 마음뿐. 그러나 저 빛나는 사랑을 얻고 감사하였듯, 어떤 슬픔이나 괴로움에도 기뻐해야만 한다.

지금의 나에게는 미우라 씨의 존재가 구원이자 빛이다. 그러나 그는 사랑하면 안 되는 상대이다. 연애! 거기에 기다리는 것은 불행밖에 없다. 생각이 깊다.

(중략).

나는 관능적이며 깊은 정신적인 사랑 없이는 못 사는 여자다. 깊은 사랑이라면 육체는 무시해도 좋다. 그러나 육체만 사랑해선 안 된다. 이것은 나의 관능이 아직 깨어나지 못하고 잠들어 있기 때문일까? 어쨌거나 난 심오하고 풍부한 지知·정情·의意를 추구한다.

그럼 나란 여자는 도대체 어떤 존재인가? 해석할 수 없는 꿈과 같은 꿈만 꾸며 불량한 주제에 달콤하고 순수에 대한 동경을 버리지 못하는 엉터리이다.

인생에 대한 열정과 적극성을 가진 타이쇼大正[44]시대에 태어난 로맨티시스트, 늘 삶의 수렁에서 허우적거리는 더러운 여인, 이 세상에 있어도 그만 없어도 그만인 존재가 아니라, 없는 편이 오히려 나은 사람이 바로 나이다.

'그대가 가는 곳엔 반드시 바람이 분다.'
라고 누군가 말했다.

이 말을 약간은 자랑스럽게 여기기도 했던 어리석은 여인. 솔직히 말해

---

44) 일본 연호의 하나. 1912~1925

난 미우라 씨 같이 착한 남자를 사랑할 자격이 없다.

하나님, 부디 저의 모든 것을 용서해 주세요. 오늘도 넘치는 은총을 받으면서 속이 좁아 남을 사랑할 수 없는 여인입니다. 부디 모든 사람을 어머니와 같이 자애롭고 넓은 마음으로 사랑할 수 있는 사람이 되게 해주십시오.

오늘 장례를 치른 갓난아기의 영혼을 부디 사랑해주십시오. 제게 사랑을, 참된 사랑을 안겨주십시오. 임마누엘, 아멘.

3월 3일. 체온 37도.

미우라, 세키하라, 사이토 타네네 씨로부터 편지. 미우라 씨는 출장 중인 듯. 출장지에서 보내온 엽서에는 정성이 갓들어 있다. 나도 여행자를 생각하는 마음이 된다. '여행'이 간직한 낭만 때문일까?

마음이 흐뭇하다. 왓카나이稚內45)라면 먼 길이다. 무사히 귀향하시기를 기다린다. 나카톤베츠中頓別46)는 9년 만에 한 여행이었다던 어릴 적 그분의 이야기를 다시 듣고 싶은 생각에 향수에 젖는다.

하나님, 오늘도 저는 죽어 마땅한 하루를 보냈습니다. 은총을 받아 이렇게 기도할 수 있음을 감사드립니다. 시기, 질투, 은혜를 잊는 하루였습니다. 부디 예수님의 은혜로 저를 불쌍히 여기시옵소서. 임마누엘, 아멘.

---

45) 홋카이도 북단의 도시
46) 홋카이도의 지명

3월 7일.

세키하라, 니시무라, 미야코시 씨로부터 편지.

홋카이도 편 『아라라기』지 도착. 미우라 씨도 나도 시가를 발표하지 않고 있다. 요즘 왠지 노래가 잘 지어지지 않는다.

미우라 씨를 더는 가까이하면 안 될 것 같다. 난 누군가를 행복하게 해줄 수 없는 사람임을 명심하여야 한다. 말하자면 폐인이므로 낙오자답게 세상의 모든 것에 체념할 것. 내 몸이 치유되려면 아직 멀었다.

아야코! 너는 남을 사랑할 자격이 없다는 걸 결코 잊어서는 안 돼. 너에게는 남의 사랑을 받을 만한 자격이 조금도 없다. 미우라 씨의 저 따뜻한 우의에 절대로 칭얼거리면 안 된다.

미우라 씨는 너와 공범자가 될 사람이 아니다. 그는 항상 올바르다. 한 오라기도 흐트러지지 않는 그분의 머리카락과 같이(고개를 숙여도 흘러내리지 않는 머리카락) 늘 단정한 사람이다. 절대로 흐트러지지 않는 사람이다.

하나님, 이 죄인의 손을 잡아 한 걸음 한 걸음 걸어 나가게 해주십시오

4월 28일.

편지 없음.

다케우치 선생, 다구치 자당님, 야스히코, 니시무라 언니에게 편지. 『아라라기』지에 투고. 왼쪽 발에 신경통, 신체 일부가 쏙쏙 쑤시고 아픈 것도 때로는 내게 좋은 현상이다.

미우라 씨의 꿈.

그가 발을 다쳤다. 신경통 때문에 꾼 꿈인가? 몸이 불편하여 낯선 여자에게 업혀 기차를 타고 고향으로 돌아오는 꿈이었다.

꿈속의 여자는 중년의 매우 다정한 사람이었다. 그분을 나는 어머님이 아닌가 하고 바라보았다. 기차가 천천히 멀어져 가자, 플랫폼에 홀로 선 나는 벅차오르는 애정으로 멀어져 가는 미우라 씨를 전송했다.

오늘은 오실까 하고 마음 졸이며 기다렸으나 오시지 않았다. 그럼 내일은? 그러나 이미 난 다른 사람을 사랑할 수 없는 여자다. 절대로 연애를 하면 안 되는 운명을 가진 여자다.

5월 1일

미야코시 씨로부터 편지.

타다시 씨가 의식을 잃고 하늘로 떠난 지 2년이 지났다. 타다시 씨 댁으로 백옥분 세 봉지와 위로 편지를 보내드림.

타다시 씨가 안 계시는 2년 동안, 그분을 하루도 잊은 날이 없다. 그러나 그 2년이란 시간은 타다시 씨의 연인으로서가 아니었다. 나의 연약한 영혼은 다른 사람 앞에서 흔들렸다. 하지만 타다시 씨, 난 결코 당신을 잊은 적이 없습니다.

늦은 밤, 타다시 씨의 시가 원고를 읽음.

우리는 서로 사랑했다. 산책도 했다. 언덕에서 놀기도 했다. 찻집에서 만나기도 했다. 같은 병원에 입원하기도 했다. 삿포로까지 기차로 동행하기도 했다. 영화도 보았다. 단가 모임에도 참가했다. 둘이서 시가집 일도 했다. 함께 공부했다. 둘이서 다른 사람의 문병도 갔다. 우린 언제나 함께였다. 행복에 넘치던 우리 두 사람, 그분 때문에 나는 살고, 나 때문에 그분도 살았다. 함께 죽었더라면 더 행복했을 것이다.

이제부터 타다시 씨 이외의 사람은 생각하지 않을 것이다. 누구도 타다시 씨처럼 아름다운 사랑을 주지는 않을 테니까. 하나님 고맙습니다. 타다시 씨 고맙습니다.

5월 2일. 체온 37도
온종일 두통, 혼수상태로 하루를 보냄.
타다시 씨의 기일, 그의 일기를 읽음.

5월 11일.
내 영혼은 굶주렸다. 지성, 정서가 점점 메말라 간다.
자살한 K씨의 일기를 읽었다.
K씨는 참 독창적이고 얄미울 만큼 멋진 영혼을 가진 사람이었다. 천생 타고난 시인.
유언 노트를 쓰고 싶은 생각이 간절하다. 죽을 채비를 늘 해 두고 내 삶을 마감하고 싶다.
인간은 자기의 죽음을 가만히 기다려야 하고, 돌연한 기습에 놀라선 안 된다. 그러나 나는 틀렸다.

내 생각보다 목숨이 훨씬 소중하다는 걸 깨닫지 못한 게 아닐까? 내 목숨은 예수님의 목숨과 바꿔 얻은 것이다. 이제야 비로소 그걸 알았다. 머리로 안 것이 아니라 가슴으로 깨달았다. 무엇보다도 귀중한 내 생명의 참뜻을 알았다. 용서하십시오, 주님!

내가 쓴 일기는 내 마음을 묘사한 것이라 그 내용이 일관되지 않고 이것저것 섞여 있다.

포렴 사업은 내 마음과는 아무런 상관도 없는 듯 차츰 판로를 확장해 갔다. 그러나 매상 대부분은 인건비로 쓰이고 차용금 상환하기도 벅찼다. 그래도 내 손에는 얼마간의 돈이 들어왔다.

평생 병이 낫지 않아도 일하려는 의지만 있다면 용돈 정도는 해결할 수 있을 것이라며, 내 장래를 생각해 보았다.

그것은 미래 생활에 대한 불안보다 결혼하지 않고 살기 위한 밑바탕을 다지는 생활 자세였는지도 모른다.

마토 야스히코는 마에카와 타다시를 잃은 나에게 이전보다 훨씬 더 자상하게 마음 쓰는 것 같다. 그는 삿포로에 있는 홋카이도 대학에 다녔는데, 가끔 아사히카와에 오면 나를 문병하러 왔다.

"아야코 씨는 어딘가 좀 변한 것 같아요."

어느 날 그가 문득 중얼거리듯 말했다.

나는 뜨끔했다. 그는 내 주위에 많은 친구가 있다는 걸 알고 있다. 그러나 마에카와 타다시가 죽은 후로는 자기가 가장 가까운 친구라고 생각했던 모양이다.

"당신이 기본 생활을 스스로 할 수 있게 되면, 함께 살고 싶습니다."

이전에도 그가 한 말이다.

이 세상을 살며 남자와 여자가 친구로 한 지붕 밑에서 순수한 우정만으로 함께 살아가는 것도 아름다운 삶이 아니겠느냐고, 그는 자기대로 꿈꾸었다.

그러나 내 마음은 죽은 마에카와 타다시와 새로 나타난 미우라 미츠요에게만 끊임없이 흔들렸다.

"역시 변했군요. 어디가 달라졌을까요?"

마토 야스히코는 소년처럼 천진한 눈으로 탐색하듯 나를 보았다.

"마토 씨도 변했어요. 이제는 어른이 되었으니까요."

물의 요정과 같은 요염한 아름다움에서 마침내 탈피하여, 그는 이제 건장한 청년의 느낌으로 변모해 있었다. 이제 그는 스물일곱의 완숙한 젊은이였다.

"타다시 씨는 정말 좋은 분이었지요. 그분은 나보다 훨씬 더 생명력이 강한 사람이었어요. 그런데 안타깝게도 삶을 빼앗기듯 죽어간 느낌이 들어요."

마토 야스히코의 턱에는 잿빛 수염이 나 있었다. 말투 역시 어른스러워졌지만, 그의 예민한 감수성은 변하지 않았다.

그는 내 마음이 마에카와 타다시에게만 집중하고 있지 않다는 것을 어느새 알아차린 모양이다. 그의 마음을 따돌리기라도 할 것처럼 내가 말했다.

"야스히코 씨, 사람은 남자와 여자로 성별을 나누는데, 어떻게 생각해요? 사람은 여자도 남자도 아니라는 것을 하나의 명제로 생각할 수는 없을까요? 남녀를 둘로 나누기 때문에 동성애자라고 하면 불결하다는 선입관을 갖지만, 인간을 있는 그대로 사람이라 떼어놓고, 아니, 더 깊이 관찰해보면 재미있지 않아요?"

마토 야스히코는 말없이 나에게 시선을 주며 담배에 불을 붙였다.

내가 뭔가 피하려 한다고 생각하는 모양이다. 무엇이든 서로 얘기하던 그에게도 미우라 미츠요 이야기만은 하고 싶지 않았다.

나이가 이미 서른넷이나 되었고, 깁스 침대에 누워있는 주제에 또 다른 남자를 사랑한다는 사실에 스스로 죄를 지은 듯 꺼림칙했는지도 모른다.

"쓸쓸하셨군요."

그는 돌아갈 때 그렇게 말하며 손을 내밀어 내 손을 가볍게 잡아주고는 떠났다.

그때 그의 손등에 있는 2센티가량의 희미한 흉터를 보았다. 어렸을 적부터 있던 흉터인 모양이다. 그걸 여태 모르고 있었다는 게 이상했다.

그날 밤 자꾸만 미우라 미츠요가 생각나서 견딜 수 없었다. 생각하는 게 나쁜 일은 아니지 않느냐고 스스로 마음을 다독이고 싶었다.

언젠가 본 프랑스 영화 〈눈물 젖은 천사〉를 떠올렸다.

그 영화는 분명 시각장애인의 사랑을 그리고 있었다. 시각장애인인 그가 눈이 멀쩡한 남자와 한 여인을 사이에 두고 사랑을 다투는 내용이었다. 영화의 주인공은 자신이 앞을 볼 수 없는 불구라도 결코 비굴하게 굴지 않았다. 영화를 보며 그 시각장애인의 태도에 깊이 감동했다.

깁스 침대에 누워있든, 미우라 미츠요보다 두 살이 많든, 과거 사랑한 사람이 있었든, 현재의 나는 그를 사랑하는 게 분명하다. 이 사랑은 변치 않으리라. 그날 밤 오랜만에 평온한 마음으로 잠들었다.

모래 언덕에 누워 지난날의 첫사랑을 생각하는 날이면
목숨 없는 모래알 손가락 사이로 속절없이 흐른다

악惡에 강한 자가
선善에도 강하다

하나님은 나에게서 마에카와 타다시를 데려가는 대신 미우라 미츠요를 만나게 해주셨고, 니시무라 선생을 하늘로 보내신 후 또 다른 인도자를 보내주셨다.

당시 나는 앞에서도 말했던 것처럼 많은 요양환자나 죄수들과 편지를 주고받는다고 수차 밝힌 바 있다. 그중에 특별한 S라는 사형수가 있다. 그는 카나가와 현神奈川県47)의 불량배로, 그 지방의 두목으로 행세하던 사람이다. 그런데 아츠기厚木48)에서 패권을 다투다가 두 사람의 목숨을 앗아버렸다.

그 S가 사형수가 된 후 그리스도를 믿게 되었다. 속된 말로 악에 강한 자는 선에도 강한 상징적인 인물이 되었다. 그는 독실한 그리스도 신자가 되어 같은 처지에 있는 사람이나 죄수를 그리스도교로 인도하였다.

그는 나를 죽은 자기 누님 같다며 편지를 전해 왔고, 가끔 10엔짜리 우표 10장, 어떤 때는 20장을 보내온 적도 있다. 그것은 요양 중인 내가 우푯값이나 엽서 값 때문에 곤란을 겪지나 않을까 하는 염려로 보냈을

---

47) 일본 관동関東 지방 남서부에 있는 현縣
48) 카나가와 현 중부, 사가미가와 서안의 도시

것이다.

어느 날, 이 S에게서 편지가 왔다.

이번에 다행히 이가라시 겐지 선생이 홋카이도로 가시게 되었습니다. 삿포로를 경유하실 모양인데, 이왕이면 아사히카와에 계시는 당신한테도 꼭 문병해 주십사고 특별히 부탁드렸습니다. 얼마 후 방문하시리라 생각합니다.

나는 이가라시 겐지가 누구인지 전혀 몰랐다. 아마 목사가 아닐까 짐작했을 뿐이다.

그로부터 며칠 뒤 이가라시 겐지 씨로부터 연락이 왔다. 삿포로 그랜드 호텔 전용 봉투와 편지지에, 어제 비행기로 치토세(千歳49))에 왔다면서 아사히카와로 방문해도 괜찮겠느냐는 내용을 적어 보냈다.

지금으로부터 14, 5년 전의 이야기다. 그 당시 비행기는 극소수의 사람들만 타던 시절이었다.

약간 실망했다. 내가 아는 목사님들은 아무도 여유로운 부자가 아니다. 목사란 직업은 앞서도 말했듯 쥐꼬리보다 적은 박봉을 받았다. 그런데 이가라시란 분은 얼마나 부자 목사이기에…

지금은 세상에 없는 니시무라 선생이 하신 말씀을 똑똑히 기억한다.

"2등(지금의 1등 차)을 탈값이면, 그 돈을 좀 더 유용하게 쓰겠어요.

---

49) 삿포로 근교에 있는 공항 이름

물론 병자나 노인이 2등 차를 타는 걸 결코 사치라고 말할 수는 없지만 말이에요."

홋카이도까지 올 만한 목사라면, 그가 노인은 아니리라 생각되었다. 건방지게도 나는,

'지금 병세가 좋지 않아 누구와도 면회하지 못합니다.'

하고 거절했다.

그러자 곧 답장을 보내왔다.

'그럼 들르지 않겠습니다만, 부디 몸조심하시도록…'

라고 씌어 있었다.

그 후 이가라시 겐지 씨는 매월 『은총과 진리』라는 그리스도 교지를 보내왔다. 그러나 1년이나 감사 편지 한 장 쓰지 않았다. 시간이 지나자, 마음에 걸려 고맙다는 엽서를 보냈다. 아주 간단한 내용이었다.

그러자 봉서 답장이 왔다.

'그런 것까지 꼬박꼬박 읽어 주시니 고맙습니다.'

오히려 나에게 하는 정중한 인사말까지 담고 있었다. 매우 겸손한 편지였다.

그때 나는 순간 이상하다고 생각했다. 이분은 예사 사람이 아니라고 짐작하면서 그의 인품이 배어 나오는 글귀를 몇 번이나 읽었다.

너무 잘난 체하고 지레짐작한 나의 오만함에 죄송한 마음으로 답장을 썼다. 그러자 달력 한 부가 도착했다.

세계 여러 나라 풍속도가 그려진 달력이었는데, 클리닝 〈백양사〉라는

회사 로고가 선명하게 인쇄되어 있었다.

'우리 회사 달력을 보내드립니다. 병석에 계시는데 조금이라도 위안이 되면 좋겠습니다. 주님의 은총이 있기를 바라는 마음으로 기도드립니다.'

부끄러운 이야기이지만, 백양사가 뭐 하는 회사인지 전혀 몰랐다. 클리닝이라면 아사히카와의 작은 세탁소만 연상될 뿐이다. 나중에 알았지만, 이 회사는 동양 제일의 클리닝 회사로 주식시장에 상장까지 한 재벌급 회사였다.

선생이 이미 여든의 노인이고, 자비로 비행기를 타고 온 사실을 그때 비로소 알았다. 재벌 회사 노인이라면 비행기를 타든 호텔에 묵든 비난할 일도 아니었다.

목사라고 짐작했으니 미국의 원조를 받는 원로 목사가 아닌가 하고 약간 꺼림칙했던 것인데, 이제야 마음이 풀렸다. 물론 목사들 모두 높은 급료를 받고, 비행기는 물론, 일등 기차를 탈 수 있게 되기를 바란다.

혜택을 받지 못하는 목사가 많은데, 혼자만 비행기를 타고 다니는가 싶어 약간 분노 같은 걸 느낀 것이다.

비로소 이가라시 겐지 씨는 돈에 구애받지 않는 분임을 알게 되었다. 앞서 예사 분이 아니라고 생각했음에도 불구하고 치졸한 나는 다음과 같이 편지를 썼다.

'당신은 부자시죠? 부자라면 난 두렵지 않습니다.'

그야말로 기묘한 편지를 써 보낸 것인데, 이가라시 겐지 씨는 그 편지를 보고 분명 미소 지었으리라. 편지 왕래를 계속하며 선생은 자기에게 새로

딸이 생긴 것 같다는 말씀까지 하셨다.

겐지 씨는 니시무라 선생 못지않게 훌륭한 크리스천이었다. 스물아홉 살까지 미츠코시三越에서 근무하다 독립하기로 결심했다고 한다. 독립을 결심한 이유는 일요일에 교회에 나가 예배를 드리고 싶어서였는데, 독립할 사업을 물색함에 즈음하여 이가라시 선생은 다음과 같은 기준을 정하였다고 한다.

1. 일요일 예배를 방해하지 않는 업종.
2. 오랜 세월 신세 진 미츠코시의 영업에 저촉되지 않는 업종.
3. 미츠코시를 단골로 삼아 언제든 드나들 수 있는 업종.
4. 자본이 많이 들지 않는 업종.
5. 거짓말이나 에누리할 필요가 없는 업종.
6. 타인에게 이익이 되고 해가 되지 않는 업종.

이 내용을 『백양사 50년사』에서 읽고 경탄하였다. 상식적으로 생각하면 자기 경험을 살려서 독립하는 게 당연하다. 양복점에 근무했다면 양복 감을 다루고, 식당에서 일했다면 식당을 개업하는 식이다. 이는 가게 이름을 나누어 주는 관습에도 잘 나타난다.

그러나 선생의 생각은 달랐다. 10년의 경험을 아낌없이 버렸다. 자신이 몸담았던 미츠코시의 영업에 조금이라도 지장을 주는 업종은 선택하지 않았다. 이와 같은 기준으로 이모저모 독립할 직종을 연구한 끝에 클리닝 사업을 골라 시작한 것이다.

'세탁장이, 남의 때로 밥 먹고,'

라는 센류우川柳50)가 있을 만큼 세탁업은 사람들이 별로 좋아하지 않는 기피 업종이었다고 한다. 그러나 선생은, '나처럼 학벌도 재능도 없는 사람이 남들이 하고 싶어 하는 직종과 영업으로는 절대 성공할 수 없다. 남이 좋아하는 일보다는 싫어하는 일을 해야 하겠다고 결심했다.' 라고 『백양사 50년사』에 기록되어 있다.

처음에 선생은 일본 제일의 옷감 생산업체에서 일하셨으므로 세탁장이 되기가 왠지 부끄러웠다고 한다. 그러나 선생은, '남의 때가 문제가 아니다. 인류의 더러운 죄를 한 몸에 지고 십자가의 괴로움과 치욕을 대속하신 그리스도를 생각하면, 나와 같은 인간이 남의 때를 씻어주는 일이 뭐 부끄럽겠느냐? 세탁업은 하나님이 내려주신 성업이다. 이 업에 생애를 바치겠다.' 라고 결심하셨다고 한다.

선생은 불과 창업 1년 만에 일본에서 클리닝의 창시자가 되었다.

선생이 쇼와 31년(1956년) 6월, 처음으로 나를 문병하기 위해 아사히 카와까지 와 주시기로 하였다.

나는 기다렸다. 선생님께서 앞으로 미우라 미츠요와 어떻게 하면 될지 가르쳐 주실 것 같았기 때문이다.

기십 년幾十年을 병석에 누워있는 날들이
하나님 은총인 줄 이제 알았네

---

50) 풍자나 익살을 주로 하는 짧은 시

사랑이 불어오는 곳
제5부

함께 나란히 걷는 거리에
빙상이 나란히 줄 서 있고
오후 햇살의 밝고 추움이여

따사한 햇살
난방 불 꺼도 될 듯한 햇살
난롯불 꺼진
따뜻한 오후의 햇살이어라

내 삶에
파도는 사납고 바람이 들이쳐도

백양사의 이가라시 겐지 선생이 아사히카와의 우리 집으로 나를 찾아오신 것은 보슬비가 내리는 6월의 어느 날이었다.

선생은 비서 가네코 씨와 삿포로의 지점장까지 동반하고 오셨다.

침대에 누워있는 내 곁에서 선생은 진심으로 동정을 표하시며 걱정스럽게 나를 바라보셨다. 도저히 여든으로는 보이지 않을 정도로 광이 나는 온화한 얼굴의 노인이었다.

"60대로 보이세요."

내가 장난스럽게 말했다.

선생은 초록과 흰색 꽃무늬가 있는 담요를 내 위에 덮어주셨다. 선생님의 병문안 선물이었다. 곧 기도해 달라고 부탁드리고, 이어 찬송가까지 불러달라고 말씀드렸다. 찬송가는 내가 좋아하는 273번이었다.

내 영혼을 사랑하는 예수여 파도는 사납고 바람이 들이쳐
빠질 수밖에 없는 이 몸을 지키시니

비서는 물론 지점장도 크리스천이었다. 다 같이 큰소리로 나를 위해 찬송가를 합창하셨다. 선생은 계속해서 성서를 읽고 성경 말씀을 들려주었다. 구약성서의 「요나서」였다.

요나는 예언자였다. 하나님은 요나에게 니느웨로 가서 하나님의 말씀을 전하라고 명하셨는데, 요나는 도망쳐 배를 탔다. 배는 폭풍우와 거센 파도를 만났다. 그러자 배에 함께 타고 있던 사람들은 누구의 죄 때문에 이같은 풍랑을 만나게 되었는지 제비를 뽑아보기로 했다. 제비를 뽑았더니 요나에게 떨어졌다.

사람들은 요나가 하나님의 명령을 듣지 않고 도망쳐 왔음을 알고 그를 바다에 내던졌다. 그러자 바다는 잠잠해졌다. 요나는 커다란 물고기에게 삼켜져서 사흘 낮 사흘 밤을 그 배 속에 있었는데 물고기는 요나를 육지에다 토해냈다.

요나는 구사일생으로 니느웨로 갔다. 그리고 이 나쁜 마을 니느웨는 40일 후에 멸망한다고 예언했다. 니느웨 사람들은 하나님을 두려워하여 단식하면서 마음을 고쳤다. 요나는 하나님의 명령대로 멸망한다는 예언을 했던 것인데, 하나님이 니느웨를 용서하여 마을은 구원받게 되었다. 이에 요나는 몹시 화를 냈다. 예언대로 되지 않았음이 부끄러웠기 때문이다.

요나가 성에서 나가 그 성 동쪽에 자기를 위하여 초막을 짓고 그 그늘에 앉아서 성읍이 어떻게 되는가를 보려 하니라. 하나님 여호와께서 박덩굴을 준비하사 요나 머리 위에 가리게 하셨으니, 이는 그를 위하여 그늘이 지게 하며 그 괴로움을 면하게 하려 하심이었더라.

요나가 박덩굴로 하여 심히 기뻐하였더니 하나님이 벌레를 준비하사 이튿날 새벽에 그 박덩굴을 씹게 하시니 곧 시드니라. 해가 뜰 때 하나님이 뜨거운 동풍을 준비하셨고, 해는 요나의 머리에 쬐자 요나가 혼곤하여 스스로 죽기를 구하여 가로되, 사는 것보다, 죽는 것이 내게 나으리라.

하나님이 요나에게 이르시되, 이 박덩굴로 인하여 성냄이 어찌 합당하냐. 그가 대답하되, 내가 성내어 죽기까지 할지라도 합당하나이다. 여호와께서 가라사대, 네가 수고도 아니하였고, 하룻밤에 났다가 하룻밤에 망한 이 박덩굴을 네가 아꼈거든 하물며 이 큰 성읍 니느웨에는 좌우를 분별치 못하는 자가 12만여 명이요, 가축도 많이 있나니 내가 아끼는 것이 어찌 합당치 아니하냐.

선생은 이 마지막 장을 읽고 나에게 말씀하셨다.

"고마운 일입니다. 우리 하나님은 미리 준비해 주시는 하나님입니다. 좋은 일도 궂은일도 하나님이 우리를 위해서 빈틈없이 준비해 놓고 계십니다. 우리 눈에 나쁘게 보이는 것도 결국은 좋으리라 생각하시고 준비해 주시고 계십니다. 모든 것은 하나님이 준비해 주시기 때문에 이보다 더 고마울 수가 없습니다."

선생은 아사히카와에 숙소를 정하고 아바시리 방면, 왓카나이 방면으로 강연차 다니셨다. 그리고 그런 분주한 데도 짬을 만들어 나를 세 번이나 찾아오셨다.

떠나실 때 선생은 내 손을 잡고 눈물지으셨다. 훗날 내가 완쾌하자 선생은 이때의 일을 말씀하셨다.

'가엾게도 이젠 잔명이 얼마 남지 않았구나.'

그렇게 생각하고 눈물지으셨다는 것이다.

선생께서 들려주신 요나의 이야기는 내 마음에 큰 감동을 주었다. 모든 것은 하나님이 준비하고 계신다. 그렇다면 이 병도 나에게는 꼭 필요한 것이었을까?

'그렇다면 미우라 씨의 일도 틀림없이 예비하고 계실 것이다.'

필요 없는 것을 하나님께서 내려주실 리 없다. 더욱더 하나님을 신뢰하고 하나님이 내려주시는 대로 받기만 하면 된다고 생각하게 되었다.

이가라시 선생을 만나 뵈면 미우라 미츠요와의 일도 어떤 가르침이든 받게 되리라고 고대하던 나는 요나의 이야기를 듣고 내 나름대로 실마리를 찾은 듯했다. 아무리 내가 그를 사랑하더라도 하나님이 나에게 그를 내려주시지 않는다면, 그것 역시 어쩔 수 없는 노릇이라고 생각했다.

이 무렵부터 나는 '필요한 것은 반드시 하나님이 내려주신다. 내려주시지 않는 것은 필요하지 않다는 증거이다.' 라고 믿었다.

지난날처럼 초조하지 않았다. 주님의 은총이 마음의 텃밭을 가꾸어주신 것이다.

흐르는 개울물에 구름이 떠 있어라
바닥까지 보이는데 자갈이 아롱지네

그대 돌아오라,
하늘나라에서

    나의 병세는 여전히 미열이 계속 나고 식은땀이 났다. 편도선이 자주 부어올랐다. 그러나 다행히도 체력이 조금씩 회복되어 가는 것이 어렴풋이 느껴졌다.

    그날은 맑게 갠 7월 초였다. 내 신발이며 옷가지가 복도 끝 빨랫줄에 널려 일광소독을 위해 햇빛을 받고 있었다.

    그때 어린 조카가 복도로 달려오며 이상하다는 듯 말했다.

    "자장자장 고모."

    어린 조카들은 나를 그렇게 불렀다.

    "이 신발, 누구 거야? "

    "고모 거란다."

    "거짓말. 고모는 발이 없잖아."

    그렇게 말하는 것도 무리가 아니었다. 조카가 태어나기 전부터 나는 병을 앓고 있었으며, 아이들은 내가 서 있는 모습을 한 번도 본 적이 없었기 때문이다.

    "고모도 발이 있나요? "

"그럼 고모도 발이 있지."

"정말? 발이 있으면 빨리 보여주세요."

"고모 이불을 걷어 보렴."

조카는 아직도 믿기지 않는다는 듯 이불자락을 걷어 올렸다.

"어머, 정말이야! 발이 있네."

어린 조카는 놀라 외쳤다.

"자장자장 고모는 발이 있는데, 왜 걸어 다니지 않아요?"

"고모는 아프기 때문이야."

"응."

조카는 여느 때처럼 내 병실에서 동화를 짓고 노래를 부르다가 돌아갔다. 이때 내가 완전한 불구인 것처럼 여겨져서 씁쓸했다. 한편으로는 우스꽝스럽기도 했다.

이러한 내가 남을 사랑한다는 따위의 말이나 하고 있으니 우스울 수밖에 없다. 자기 발로 서지도 못하는 주제에 마음은 왜 그렇게 누군가를 그리워하는지 운명이 야속했다.

그 무렵, 만약을 위해 유언을 써 놓았고 시가도 정리해 두었다. 유언에는 내 시체를 해부해 달라는 부탁을 담았다. 이 세상에 태어나서 아무 쓸모도 없는 병자가 나였다. 해부용 시체가 부족하다는 이야기는 의대학생인 마에카와 타다시로부터 이미 여러 번 들었던 터이다.

나처럼 결핵이 좀먹는 몸은 의학적인 면에서 연구에 도움이 될 것이다. 하다못해 죽어서라도 쓸모가 있다면 좋겠다는 것이 내 바람이었다.

단가短歌 역시 잘하지 못했다. 그러나 나름대로 힘껏 살아온 모습을 남겨두고 싶었다. 지나온 삶을 누군가에게 보여주고 싶은 마음은 인지상정이 아닌가. 시가를 써 모은 노트를 들고 있다가 문득 생각나기에 겉장에 이렇게 썼다.

'내가 죽으면 이 노트를 미우라 미츠요 씨에게 주세요.'

지금은 그의 노래도 『아라라기』지에 실리는 시가 동인이다. 그러면 내 노래를 틀림없이 이해해 주리라 믿었다. 그리고 이 세상에서 내가 가장 사랑하는 존재가 바로 미우라 미츠요였다.

그때는 분명 내가 죽은 뒤 노트를 보아달라고 떼를 쓴 셈이었다. 왜 그랬는지는 지금도 모르지만, 어느 날 무심코 그 노트를 미우라 미츠요에게 건네주었다.

그는 눈썹을 약간 찌푸리면서 겉장을 응시하다가 '내가 죽으면'이라는 글자를 칼로 깨끗이 잘라내 버렸다.

"꼭 낫습니다."

그는 꾸짖듯 그렇게 말하고 나서 가만히 미소 지었다. 그는 내가 건네준 바로 그 노트를 읽어 주었다. 그리고 내가 마에카와 타다시를 애도하는 노래에 깊은 감동을 나타냈다.

아내처럼 여긴다고 나를 안아주던 그대여
그대 돌아오라, 하늘나라에서

그는 여러 노래 중에서 이 노래가 사랑의 극치라고까지 평했다. 또 이 노래를 읽기 전까지는 여성의 마음을 믿을 수 없었다고도 했다. 무엇보다도 이 노래가 자신의 여성관을 바꾸는 계기가 되었다고도 말했다.

이 노트 속에는 나의 모습이 적나라하게 표현되어 있어, 마에카와 타다시와의 사랑을 수없이 읊고 서로 사랑하는 그 모습에 미우라 미츠요는 감동했다는 것이다.

그리고 한 남성을 진실로 사랑했던 나의 사랑 덕분에 그도 나에 대한 애정을 깊이 했다는 것이다.

그날은 그와 처음 만났던 날처럼 맑게 개어 있었다. 활짝 열린 뜰을 침대에 앉아 바라보았다. 송이가 큰 장미봉오리가 피기 시작하여 뭔가 좋은 일이 있을 것 같은 예감이 들었다. 잊지 못할 7월 19일이었다.

미우라 미츠요로부터 두툼한 봉서가 배달되어왔다. 편지에는 당신이 죽는 꿈을 꾸고 한 시간 남짓 눈물 흘리며 하나님께 기도를 올렸고, 관청에 출근해서도 얼마간 눈언저리가 부어 있었다고 씌어 있었고, 내 이름 위에 '가장 사랑하는' 이란 글자가 적혀 있어 뜨거운 무언가가 울컥 치밀어올랐다.

거듭해서 그 편지를 읽었다. 마침내 기다리던 것이 온 것이다. '가장 사랑하는' 이라는 글자 위에 손을 얹고 떨리는 마음을 조금씩 가라앉히려고 숨을 길게 내쉬었다. 기뻤다. 무어라 표현할 수 없을 만큼 벅찬 기쁨이었다.

그러나 한편으로는 이래도 될까 하는 또 다른 걱정도 있었다.

첫째, 나는 언제 나을지 모르는 병자이다. 나를 사랑하는 그에게 어떤 행복이 찾아오기는 할까? 이미 서른을 넘은 그가 앞으로 몇 해나 더 나를 기다릴 수 있을까? 나의 기쁜 마음은 차츰 무겁게 가라앉았다.

설사 낫는다 해도 과연 내가 그의 아기를 낳을 수 있을까? 그의 시가를 다시 떠올렸다.

혼자서 살다 가버리고 싶던 마음에
어느덧 아버지가 되려는 생각이 스쳐 가네

그는 처음부터 독신으로 일생을 지낼 각오를 했던 모양이다. 그 이유는 신장결핵으로 한쪽 신장을 척출했기 때문이었을 것이다. 오로지 신앙 속에 살고 싶다는 간절한 소망과 때 묻은 이 세상 속으로 깊이 빠져들고 싶지 않았기 때문이리라. 또 여성이라는 이성에 대해 그 나름의 불신을 가졌기 때문인지도 모른다.

그러나 그의 마음 밑바닥에 아버지가 되고 싶은 간절한 소망이 살아있지 않은가?

그런 생각을 하자, 병자인 나를 돌이켜보지 않을 수 없었다.

'진정으로 사랑한다는 것은 어떤 것일까?'

펜을 들고 그에게 순백의 마음을 담아 편지를 썼다.

'미우라 씨,

참으로 뜻밖의 편지를 받고 무어라고 말씀드리면 좋을지 모르겠습니다. 가장 사랑한다는 말씀을 읽고는 기쁘거나 황송하다거나 하는 단순한 감동만 있는 게 아니었습니다. 현기증을 일으킬 정도였습니다. 서 있었다면 틀림없이 쓰러졌을 것입니다.

그동안 여성으로서 당신의 사랑을 바라지는 않았습니다. 그것은 당신의 불행을 의미하기 때문입니다.

미우라 씨, 나는 헤어날 수 없는 병자입니다. 당신을 행복하게 해드릴 게 아무것도 없습니다. 당신이 건강한 젊은 여성과 서로 사랑하며 결혼하기를 바랄 뿐입니다.

미우라 씨, 마음속으로 당신을 짝사랑하는 것만으로도 난 행복합니다. 당신이 살아계시는 것만으로 난 기쁩니다.

눈물로 편지를 적시면서 읽고 울면서 기도를 올렸습니다. 하나님이 만일 내 사랑을 용서해 주신다면 나를 건강하게 해주시겠지요. 그러나 지금의 나는 보통 사람의 반만이라도 생활할 수 있을지 가늠도 할 수 없습니다.

미우라 씨, 당신을 진정 사랑하는 까닭에 당신에게 병자인 저를 떠맡기고 싶은 생각은 전혀 없습니다. 내가 병자라는 사실이 장래 당신에게 얼마나 무거운 짐이 될지 알 수 없기 때문입니다. 지난날 사랑하는 여성을 만나지 못한 것은 당신이 모든 여성에게 마음의 문을 닫아걸었기 때문 아닐까요? 지금처럼 자연스럽게 교회나 직장의 여성과 사귀어 보면 반드시 당신과 어울리는 착하고 아름답고 건강한 여성을 만나 사랑하시게 될 겁니다.

하나님, 부디 우리 두 사람이 주님 품 안에 더욱 굳건하게 서서 당신만 사랑할 수 있도록 해주십시오 그것이 주님 마음에 흡족하다면 일생 주님의 순수한 사랑으로 교제할 수 있도록 해주십시오 두 사람이 나아갈 길을 명백히 드러내 주시어 지금의 흐트러진 마음을 가라앉혀 주십시오 하나님이 최고 최선의 길을 예비해 두셨음을 믿을 수 있게 해주십시오

주님의 이름으로 비옵니다. 아멘.'

'아직 하나님을 본 사람이 없되, 우리가 서로 사랑한다면 하나님이 우리 안에 계시고, 또 하나님의 사랑이 우리 안에서 이미 완성되어 있다.'

아야코 드림

무려 열 한 장에 이르는 긴 편지였다.

그러나 나는 내세울 것 없는 연약한 여자였다. 미우라 미츠요의 사랑을 전적으로 거부할 만큼 이성적이지도 않았다. 어느덧 그를 아무에게도 넘겨주고 싶지 않을 만큼 난 그에게 가까이 다가가 있었다.

키가 큰 그대에게 기대어 가는 이 몸
왜 어깨가 닿을 때마다 가슴이 설레는가

눈물로
씻은 사랑

어느 날, 학교 교사 시절의 여제자가 문병을 왔다. 그녀는 영림국에서 미우라 미츠요와 함께 근무하고 있었다. 그녀는 내 앨범을 보다가 놀란 표정으로 말했다.

"선생님, 미우라 씨를 알고 계세요?"

"응, 같은 크리스천이니까."

미우라 씨가 직장에서는 어떤 사람인지 물어보았다.

"아주 조용한 분입니다. 점심시간 같은 때 혼자 책을 읽거나 조용히 사색하는 모습이 왠지 멋져요. 동료 중에는 그분과 결혼하고 싶다면서 동경하는 직원도 있어요."

제자는 내가 미우라의 연인인 줄 모르고 있었다. 지난날 가르쳤던 제자인 그녀는 같은 직장 동료가 사모하는 사람이 설마 옛날 선생의 연인이라고는 미처 생각지 못했을 것이다.

"모두 미우라 씨를 동경해요."

미우라 미츠요에 대해 그렇게 말하고 제자는 돌아갔다.

그 말을 되새기면서 그에게 어울리는 상대는 '내가 가르쳤던 제자 또래의 아가씨로구나' 하고 새삼 깨달았다. 그러자 두 살 위인 나를 사랑하는 그가 가엾어서 견딜 수 없었다. 더구나 나는 아직 환자의 몸이 아닌가.

어느 날, 찾아온 그에게 이렇게 말했다.

"미우라 씨는 일시적인 동정으로 나를 사랑하는 게 아닌가요?"

그 말에 그는 분명하게 고개를 가로저었다.

"일시적인 동정이 결코 아닙니다. 겉모습이 아름다운 사람이라면 직장에도 이웃에도 있습니다. 난 당신의 눈물로 씻긴 아름다운 마음을 사랑합니다."

나직한 음성이었다.

"그러나 나는 이처럼 앓는 환자인걸요. 사랑해주셔도 결혼은 할 수 없어요."

그는 바로 받아 말했다.

"병이 나으면 결혼하면 됩니다. 당신의 병이 낫지 않으면, 나도 독신으로 지내겠습니다."

얼마나 고마운 말인가. 크게 감동했다. 그러나 한 마디 정직하게 말해 두어야 할 게 있었다.

"미우라 씨, 난 타다시 씨를 잊지 못해요."

나는 변함없이 마에카와 타다시의 유골을 담은 오동나무 상자를 머리맡에 놓아두고, 그 옆에 사진까지 장식해 놓고 그를 잊지 못하고 있었다. 그는 나에게 등 돌리고 떠나버린 사람이 아니었다. 죽음이라는 배의 갑판에 서서 나를 바라보며 자꾸 손을 흔들면서 서서히 멀어져 간 사람이었다.

나도 부두에 선 채 이젠 보이지 않는 그를 향하여 계속 손을 흔들고 있는 여자이다. 아무리 손을 흔들어도 이제는 돌아올 사람이 아니다. 그것을 알고는 있지만, 지금까지도 변함없이 손을 흔들고 있다.

그러한 나의 곁에 다가온 사람이 미우라 미츠요다. 그의 용모와 신앙, 생각까지 마에카와 타다시와 너무나도 닮은 사람이다. 오히려 닮았다는 것이 나를 더 망설이게 했다.

그럼 미우라 미츠요를 통하여 마에카와 타다시를 사랑하는 것 아닌가? 결단코 그렇지는 않다고 부인하면서도 석연치 않은 마음은 남았다.

미우라 미츠요는 그러한 내 마음의 동요를 이미 알고 있다는 듯이 말했다.

"당신이 타다시 씨를 잊지 못한다는 것이 중요합니다. 그분을 절대로 잊어서는 안 됩니다. 왜냐하면 당신은 그분의 인도를 받고 크리스천이 되었으니까요. 우리는 마에카와 씨로 인해 맺어진 관계입니다. 아야코 씨, 마에카와 씨가 기뻐할 만한 두 사람이 됩시다."

미우라 미츠요의 눈은 눈물로 반짝였다. 그의 두 손을 힘껏 잡아주었다.

"하나님, 뜻대로 하십시오. 부디 우리의 사랑을 고결하게 지켜주십시오."

우리는 서로 손을 꼭 잡은 채 기도를 올렸다.

군대식 긴장으로 사랑을 고백하는 부동자세
이 몸이 우습기만 하여라

툇마루에 앉아 바라본
달과 별의 아름다움

그 후에도 미우라 미츠요는 토요일마다 문병하러 왔으나 횟수를 늘리거나 하지는 않았다. 문병하는 시간도 한 시간 정도로 결코 오래 머무르지 않았다.

나를 문병하러 오는 친구 중에는 몇 시간씩 길게 얘기를 하다가 돌아가는 사람도 있었다.

"미우라 씨, 당신이 제일 빨리 돌아가는 편이에요."

미우라에게 그런 푸념 비슷한 말을 하기도 했다.

"요양하는 데 방해가 되면 안 되니까요."

그는 그렇게 말하며 정에 휩쓸리거나 자세를 흐트리지 않았다. 그는 찾아오면 먼저 내 용태를 묻고 성경을 읽고 찬송가를 부르고, 그다음에는 신앙에 관한 얘기나 단가 등에 관해서 물었다. 그러다가 시간이 되면 함께 기도를 올리고 돌아가는 늘 변함없이 담담한 모습이었다.

그도 오랫동안 앓은 경험이 있기 때문인지 방문객으로 인해 피로하지 않도록 늘 배려하는 것 같았다. 악수할 때 내 손에 힘이 들어가는 것조차 염려했다. 체력 전부를 투병에만 쏟기를 바랐던 것 같다.

'믿음은 바라는 것들의 실상이요, 보지 못하는 것들의 증거니라.'
라는 성경 말씀을 어느 날, 그는 작은 족자에 써서 가지고 왔다. 그리고
직접 액자에 넣고 격려해주었다. 그리고 만날 때마다,

"꼭 낫습니다."

그렇게 용기를 북돋아 주었다.

그런 그의 정성 덕분인지 오랫동안 바깥출입을 하지 못했던 나는 차츰
체력을 회복하여 그를 현관까지 배웅할 수 있게 되었다. 물론 화장실에도
나 혼자 가는 작은 기적이 일어났다.

화장실에 처음으로 갈 수 있게 되었을 때의 기쁨을 뭐라고 표현하면
좋을까? 조금씩 걸을 수 있게 된 나는 깁스에 오랫동안 누워있었던 탓인
지, 처음에는 몸을 구부리고 앉아 있기가 무척 힘들었다.

그러던 것이 휘청거리면서 몇 번 반복 연습하다, 마침내 안정되게 앉았
을 때의 기쁨, 몇 년 만에 화장실 문을 열어보는가, 감격의 눈물을 머금고
안으로 들어갔다. 그리고 방으로 돌아왔을 때, 이제는 변기를 잡아달라고
하지 않아도 되겠구나, 생각하니 몹시 기뻤다. 꿈이 아닌가 싶을 만큼
내가 자랑스러웠다.

건강할 때는 그 고마움을 왜 모르고 살았던가, 이때 뼈저리게 느꼈다.
스스로 화장실에 가는 것도 결코 당연한 일이 아니다. 걷는 것도 일어서는
것도 예삿일이 아니라고 생각했다.

전국에는 얼마나 많은 사람이 부자유한 몸 때문에 고통받고 있는가?
자기 발로 걸어서 가고 싶은 곳에 맘대로 가고 싶으면서도 어제도 오늘도

누워만 있는 사람이 세상에는 얼마나 많을까?

이제는 앉아서 식사도 할 수 있게 되었다. 지금까지는 천정을 보고 누운 채 가슴 위에다 작은 나무판 밥상을 놓고 손거울로 비춰보면서 먹었다. 그러나 이제는 내 눈으로 직접 밥상을 볼 수 있게 되었다. 얼마나 기쁜지 가슴이 떨렸다. 지금도,

'아! 지금 내 눈으로 밥상을 보면서 먹고 있구나.'

하고 문득 생각할 때가 있다.

그러나 습관은 무섭다. 걷는 것, 앉는 것, 화장실에 가는 것, 그 하나하나에 감격했던 그때의 일을 너무 쉽게 망각해 버린 듯하다.

내가 줄곧 누워있을 때 한 친구가 찾아와서,

"오늘 밤 달이 참 밝아. 보여줄까?"

라고 말했다.

그리고 손거울 두 개를 이용하여 달의 모양을 비추어 나에게 보여주려 했지만, 아무리 해도 내 손거울에는 달이 들어오지 않았다.

"괜찮아, 정말 고마워."

달을 보여주려고 애쓰던 친구에게 그렇게 말하고 나니 씁쓸했다.

처음으로 깁스 침대에서 일어나 툇마루에서 바라본 달과 별의 아름다움, 이 세상에 이렇게 아름다운 풍경이 또 있는가 사무치게 외치고 싶은 심정이었다. 그리고 지상의 많은 이들은 이 밤하늘의 달과 별의 아름다움을 모르고 있나 싶어 왠지 안타까웠다.

오랜 요양 생활 덕분에 얻은 하나하나의 기쁨은 어느새 일상생활 속에

서 잊혀 갔다. 그러나 가끔 생각지도 않을 때 '아, 내 발로 걷고 있구나'라든가, '아, 내 눈으로 별을 보고 있구나'라고 생각할 수 있는 것 역시 고마운 일이 아닐 수 없었다.

그 기쁨을 결코 잊어서는 안 된다. 왜냐하면 지금도 세상에는 얼마나 많은 이들이 곳곳에서 절대안정을 강요당하고 있을지 모르니까.

순수한 사귐만이 진실한 연애임을 아는가 모르는가
묘비墓碑 앞의 그 사람

사랑이
불어오는 곳

　나와 미우라 미츠요는 아무런 풍파 없는 교제를 순탄하게 이어갔다. 그러던 어느 날, 분명 눈이 내리기 시작했을 무렵이라 기억한다. 그가 열흘쯤 지방으로 출장을 떠난 적이 있다.

　그는 출장에서 돌아오면 늘 서표書標[51]나 과일 등 선물을 가지고 왔는데, 이번에는 호주머니에서 편지 한 통을 꺼냈다. 별다른 생각 없이 편지를 받아든 나는 전율했다. 그것은 여자의 예쁜 손글씨 편지였다.

　그가 말했다.

　"우리 사이에는 아무리 사소한 일이라도 숨기지 않는 게 좋을 것 같아 가지고 왔어요."

　그에게 편지를 보낸 사람은 예상대로 역시 여성이었다.

　읽어보라는 그의 재촉을 받고 편지를 펼쳤다. 거기엔 오랫동안 그를 사모해 오던 여성의 아름다운 마음을 뛰어난 문장으로 고백하는 내용이 있었다. 순간 내 마음은 어지러웠다.

　이 젊고 건강한 여성이 그의 반려자로 적합하지 않을까? 편지의 사연

---

51) 책갈피

을 봐도 여성스럽고 총명함이 넘치고, 무엇보다도 그녀는 미우라 미츠요의 사람됨을 정확히 파악하고 그를 존경하는 것이 분명했다.

"답장은 보내셨나요?"

씁쓸한 마음으로 물었다.

"아뇨, 어젯밤 출장에서 돌아오니 편지가 와 있더군요."

그렇다면 그 여성은 일주일 이상 그의 답장을 기다린 셈이다. 당사자는 답장을 몹시 고대하고 있을 것이다.

미우라 미츠요가 말했다.

"나는 바람이 불기 전에 문을 닫아야 한다고 생각합니다. 이 여자와는 단둘이 대화를 나눈 적도 없습니다."

그리고 그는 나와의 관계를 이 여성에게 알리겠다면서 돌아갔다.

그가 정말로 그 여성에게 내 존재를 분명하게 알릴 수 있을까 하는 생각이 들었다. 여성이든 남성이든 사랑받는 것은 즐거운 일이다. 어쨌든 그 여성은 나보다 훨씬 괜찮은 사람이라 생각되었다. 그것은 같은 여성의 직감이기도 했다.

그만큼 그가 더 위태롭게 느껴졌다. 한편으로는 그런 걸 질투하는 내가 싫었다.

미우라는 그렇게 우유부단한 사람이 아니다. 누구보다도 내가 그의 성품을 잘 알고 있지 않은가. 그러한 미우라를 조금이라도 의심했던 게 부끄러웠다.

며칠 후, 그는 또 그 여성이 보낸 편지를 가지고 왔다. 거기엔 참으로 아름다운 진심이 담겨 있었다.

'병을 앓고 있는 분을 기다리고 계신다는데, 너무나 실례되는 말씀을 올렸습니다. 하루빨리 회복하셔서 두 분이 행복을 누리시도록 진심으로 빌겠습니다.'

감동하지 않을 수 없었다. 나에 관한 일을 조금도 숨김없이 이 여성에게 알린 미우라의 태도도, 그러한 그에게 이와 같은 편지를 쓴 여성의 마음에도 깊이 감동했다.

깊은 감동과 함께 나는 그 여성에게 미안한 생각이 들었다. 그리고 인간은 자기도 모르게 타인의 마음을 상하게 하고 또 슬프게 하는 존재이구나 하고 생각했다.

만일 내가 없었다면, 미우라는 이 여성과 결혼했을지도 모른다. 그렇다면 나는 이 여성을 밀어낸 악녀가 아닌가.

이 세상에 존재하는 인간은 이처럼 유형무형으로 누군가를 차지하기 위해 치열하게 살고 있다는 삶의 이야기다. 너무 잘난 체할 것 없다고 깊이 반성하였다.

당시 서른이 넘은 미우라에게는 여러 군데서 혼담이 들어왔다. 은혜를 입은 직장 상사로부터도 결혼 권유가 있었지만, 그때마다 미우라는 분명하게,

"약속한 사람이 있습니다."

하고 거절했단다.

　언제 완쾌될지도 모르는 나를 두고 당당하게 말하는 그를 생각하면, 고맙다거나 기쁘다거나 하는 언어를 초월한 깊은 감동을 지금도 절절히 느낀다.

　끊임없이 두 가지 중에서 하나를 선택하지 않으면 안 될 선택의 기적이를 부정했을 당신을 바라본다

다시
태어나는 삶

내 병실은 전과 다름없이 남자와 여자 친구들로 늘 북적거렸다. 그들과 나는 주로 성경 이야기를 나누었다. 때로는 작은 집회를 열기도 했다.

그중에는 성경을 읽기 시작한 지 두어 달 만에 그리스도를 믿게 된 의대학생도 있었다. 현재 그는 열렬한 신자가 되었다.

미우라의 헌신적인 사랑과 격려, 깊은 우정에 보답이라도 하듯 내 몸은 건강을 더욱 회복하여 이제는 외출도 가능해졌다.

그러나 웬일인지 쇼와 32년(1957년) 무렵부터 이상한 환각에 시달렸다. 그 환각은 잠에서 깨어나는 순간, 눈은 이미 또록또록하게 뜨고 있는데, 중국의 장식품 같은 빨강이나 초록색 물체가 공중에서 떠도는 듯 보이는 것이었다.

그것이 어느 때는 소머리 같기도 하고, 어느 때는 불단佛壇 같기도 했다. 그리 오랜 시간은 아니었지만, 기분은 좋지 않았다.

의사 친구는 내 말을 듣고 홋카이도 대학병원 정신과에서 진료받으라고 권유했다. 그러나 나는 망설였다. 여덟 번째 입원이니 또 가족에게 폐를 끼칠 수도 없는 노릇이었다.

그러나 한편으로는 입원하고 싶은 마음도 있었다. 건강해졌다고는 하나, 당시 체온은 37도 아래로 내려가지 않았다. 무엇보다도 미우라와 결혼하려면 이쯤에서 정밀검사를 받아볼 필요가 있었다.

추운 겨울에 입원하기 싫어서 이듬해 봄 따뜻해지면 하기로 마음먹었다. 그 정도의 시간이면 내가 진행하고 있는 포렴을 만드는 부업으로 약간의 저축도 가능할 것이었다. 미우라도, 친구인 의사도 치료비를 내주겠다고 했지만 되도록 폐를 끼치고 싶지 않았다.

이듬해인 쇼와 33년(1958년) 7월 홋카이도 대학병원에 입원했다. 결핵으로 오랫동안 누워만 있던 환자라면 누구든 창백한 여인이라 상상할 것이다. 그러나 나는 누워있을 때부터 얼굴은 엷은 갈색이었다.

의사 중에는 안색이 좋으니 굳이 누워있을 필요 없다고 말하는 사람도 있었다. 그러나 몇 해나 햇볕을 쬐지 않았는데도 얼굴빛이 볕에 그을린 것 같으니 이상하다고 친구들은 걱정했다. 의사 친구도 부신에 이상이 있는 것 같다며, 그것부터 검사해 보자고 했다.

입원한 것은 여름인 7월이었다고 기억한다. 여덟 번의 병원 생활 중에서 이번이 가장 즐거웠다. 왜냐하면 절대안정이 아니라 2백 미터쯤은 걸어 다닐 수 있었기 때문이다. 담당 간호사에게 부탁할 일도 없었다. 세면장도 갈 수 있고, 화장실에도 드나들 수 있었다. 이것은 환자의 몸으로는 퍽 다행한 일이었다.

그런데 매일 아침 세면장에 가 보면 정말 이상했다. 아무도 다른 병실 사람과는 대화를 나누지 않았다. 아니, 대화는커녕 서로 아침 인사도 하지 않았다.

모두 아침부터 우울한 표정으로 양치질을 하거나 세수를 하였다. 자기 손으로 세수도 할 수 있는데, 이런 모습으로 시작하면 하루가 얼마나 지루할까 하고 생각했다. 그 후부터 세면장에 가면 나부터 먼저 큰 소리로 인사를 건넸다.

"안녕하세요?"

인사에 답하는 사람이 아무도 없었다. 나를 바라보는 무표정한 얼굴이 그들의 인사였다. 그러나 다음 날 아침에도 소리 내어 인사했다. 여전히 똑같다. 굴하지 않고 아침마다 큰 소리로 인사했다.

일주일가량 지났을 무렵 인사에 답하는 사람이 있었다. 옳다구나 생각 하고 즉시, 그 사람에게,

"건강은 좀 어떠세요?"

하고 물었다.

이런 날이 계속 이어지면서 아침 세면장의 분위기가 바뀌어 가는 것이 느껴졌다. 일등병실의 환자도 큰 병실을 여럿이 쓰는 환자도 사이가 좋아 지고, 기분이 좋아진 환자는 저녁 식사가 끝나면 서로의 병실을 찾아다닐 만큼 되었다.

이곳에도 역시 온갖 병명이 다른 환자가 있었지만, 나처럼 오랜 세월 동안 앓은 병자는 한 사람도 없었다. 병원 생활 이력이 가장 긴 사람이 6년이었다. 만 12년을 앓고 있는 나의 절반에 불과했다.

내가 오랫동안 병을 앓아온 것을 아는 것만으로도 사람들은 자기의

병이 그다지 무겁지 않다고 느낄지 모른다. 내가 오랫동안 병을 앓은 이력이 다른 병자들에게 위안이 되게 한 것을 하나님께 감사했다.

내 병실은 6명이 함께 쓰는 방이었는데, 맥없이 앓는 주부 환자가 말했다.

"당신이 입원하고 나서부터 병원 생활이 즐거워졌어요. 일 년 동안 입원해 있었지만, 이렇게 즐거웠던 적은 없었어요."

이 말에 어떻게 하면 병실 사람들을 즐겁게 해줄 수 있을까 궁리해 보았다. 한 예로 병실에 놀러 온 남자 환자 등에 여배우 사진을 몰래 붙여두고, 그 옆에 '이 여자는 제 애인입니다.'라고 써 놓았다.

장난에 걸려든 환자는 아무것도 모르고 자기 방으로 돌아가서 다른 환자들의 폭소를 자아내게 했다.

그러한 장난으로 환자들은 서로 가까워지고 상대편에서도 갚아 주려고 다른 장난을 하는 식으로, 잠시나마 통증으로부터 눈을 돌리게 하고 싶었다. 자신이 앓고 있는 걸 잠깐이라도 잊는다면 그 잠깐은 병자가 아니다.

한편 밤이 되면 '하나님 이야기를 해달라'는 동료 환자들이 나타났다. 그들에게 내 나름대로 이야기를 전해 주노라면 내 침대 주위에는 반드시 몇 사람인가 모여들어 귀를 기울였다.

그들의 진지한 얼굴에서 왠지 모를 아픔을 느꼈다. 어떤 사람이든 무엇인가를 늘 추구한다고 생각하게 되었다.

그러던 어느 날 밤, 잠이 오지 않아 간호사 대기실로 약을 얻으러 갔다. 이미 사람들은 잠들었는지 조용했다. 그때 병실 복도 끝에 나처럼 잠이 오지 않아 밖으로 나온 젊은 남자 환자가 있었다.

　잠을 이루지 못하는 사람끼리 벤치에 앉아 얘기를 시작했다. 체격이 우람한 그 젊은 사내는 으스대듯 자신이 상당히 과격한 깡패였음을 과시했다.

　"지금은 이렇게 됐지만, 한창 설치고 다닐 때는 아무도 나에게 손을 못 댔었지. 모두 무서워서 말이요."

　"그래요?　얼굴은 귀엽기만 한데요."

　"난 말입니다, 도쿄의 시부야渋谷에서 목숨을 건 싸움을 벌인 적도 있죠. 굉장한 난투였다고요. 백양사 옆에서 말이요."

　"어머나, 나 백양사 잘 알아요. 그 회사를 창립한 사장님은 참 훌륭한 분이에요."

　무슨 말을 해도 조금도 당황하지 않았다.

　잠시 후 그가 대기실에서 물러가자, 간호사가 말했다.

　"어떻게 그를 무서워하지 않아요?　그 사람 굉장해요. 조금이라도 거슬리면 밥상도 뒤집어 엎어버리는 사람이에요."

　손을 댈 수 없는 무법자라고 했다. 게다가 한 번은 강제 퇴원까지 당했단다. 그러나 그 젊은이도 결국은 누군가에게 사랑받고 싶어 하는 외로운 사람이 아닌가 하는 생각이 들었다. 그와 얘기를 나누는 동안 그가 했던 말을 다시 떠올려 보았다.

　"난 당신의 말 대강 짐작이 가는데, 당신 하나님 믿지?　나도 어렸을 적에 가톨릭 성당 성경학교에 다녔으니까. 대충 알겠군, 그래."

그 말에는 어딘지 부드러운 반향이 있었다.

그로부터 며칠 지나 세면장에서 남자의 거친 소리가 들려왔다. 간호사가 머리를 감겨주고 있는데, 뭐가 마음에 안 드는지 한 사내가 떠들어대고 있었다. 복도를 지나가면서 큰소리로 나무랐다.

"누구예요? 머리를 감겨주는데도 불평하는 사람? "

"뭐라고!"

의자에 앉아 있던 사내가 내 쪽으로 고개를 돌렸다. 며칠 전 밤에 스스로 깡패라고 으스대던 그 사내였다. 그는 나를 알아보고는 쑥스러운 듯 웃고 나서, 다시 돌아앉았다. 그리고 간호사가 머리를 감겨주는 대로 고분고분 따랐다.

내 친구인 의사가 그의 담당임을 나중에 알게 되었는데, 이런 이야기를 들려주었다.

"요즈음 그 녀석, 동생처럼 귀엽더라고."

깡패를 마주하여 야단친 것은 이것이 처음이었다.

나의 뇌파에는 다행히 이상이 없었다. 다만 복막에 유착이 있었기 때문에 부인과 쪽이 안 좋다면서 담당 의사가 초단파를 쏘였다. 이 요법이 뜻밖에 효과를 나타내어 열도 내리고 얼굴빛까지 좋아졌다.

그리고 다음에는 아사히카와로 돌아가 초단파 치료를 계속하면 더 좋은 효과를 볼 수 있을 것이라고 했다.

그동안 미우라는 끊임없이 격려 편지와 입원비 일부를 보내주었다. 그 덕분에 예정보다 더 여유롭게 입원하여 원기를 회복하였다.

지난날 삿포로에서 입원했을 때는 아는 사람이라곤 하나도 없었는데, 이번에는 백여 명이 문병하러 왔다. 그것은 이전에 입원했을 때 알게 된 교회의 선배 신도들이 대부분이었다.

　　그러나 내 마음에는 아직도 약간 씁쓸한 감정이 남아있음은 물론이었다. 지난날 마에카와 타다시가 다녔던 홋카이도 대학, 그리고 그와 함께 진찰받은 적이 있는 대학병원, 그곳에 입원해 있는 나에게 씁쓸함이 없을 리가 없다.

　　누구보다도 자주 문병하러 오셨던 니시무라 선생은 이 많은 이들 속에 더 이상 계시지 않았다. 선생이 병자를 위로했듯, 마에카와 타다시가 많은 이들을 사랑했듯, 나도 그렇게 하고 싶었다.

　　그로부터 약 두 달간의 입원 생활을 마치고 나를 기다리고 있는 미우라와 부모님 곁으로 돌아왔다. 난 다시 태어난 것이다.

　　느티나무 숲 위를 원 그리며 맴도는
　　둥지 찾는 뱁새에 석양빛이 곱구나

　　지빠귀 쪼아내는 꽃잎이 소복한데
　　그래도 벚꽃만은 말없이 피어나네

청혼

    홋카이도 대학병원을 퇴원하여 아사히카와로 돌아온 나는 정밀검사 결과를 가족과 미우라 미츠요에게 자세히 알려주었다.

    혈담과 객혈로 죽음의 공포를 끈질기게 토해내던 공동이 이제는 완전히 사라졌다는 것, 카리에스도 7년 동안 깁스 침대에서 인내한 덕분에 훌륭하게 치료되었다는 것, 모두 기적이라며 기뻐했다.

    다만 결핵성 복막염이 부인과 쪽으로 미세하게 침범해 있어서 초단파 치료를 아사히카와 병원에서 계속 받기로 했다. 하루도 빠짐없이 병원에 다닌 것이 내 몸을 단련시켜 37.5킬로가 채 안 되던 체중이 52.5킬로까지 늘었다.

    해가 바뀌어 쇼와 34년(1959년) 새해 첫날 미우라가 맨 먼저 신년인사차 찾아왔다. 우리는 새해를 맞아 첫 예배를 보았다. 성경을 함께 읽고 찬송가를 부르고 기도를 올렸다.

    그에게 물었다.

    "내년 설날에도 와 주실래요?"

    콩가루 묻힌 찰떡을 먹던 미우라는 젓가락질을 멈추고 고개를 가로저었다.

"어머, 안 오실 거예요? "

놀라서 그를 보았다. 그러자 그는 웃으면서 말했다.

"내년 설날에는 둘이서 이 집으로 세배드리러 옵시다."

"옛? 둘이서? "

그의 말에 깜짝 놀랐다. 형용할 수 없는 기쁨에 가슴이 벅찼다.

미우라가 돌아간 뒤, 어머니에게 그의 말을 알렸다.

저녁 식사 때 어머니가 아버지에게 말씀하셨다.

"여보, 올해는 장롱을 사야겠어요."

"장롱이라니? 뭘 하려고? "

"아야코가 시집을 가게 됐네요."

"아야코가 시집을 가? 상대는 누구요, 그 사람도 사람이야?"

아버지는 결코 말장난으로 하시는 말씀이 아니었다. 오랫동안 병석에서 앓던 딸이다. 지금도 하루의 반을 침대에서 지내고 있으며, 나이는 서른여덟이다.

이러한 나에게 결혼 상대가 있으리라고는 아무리 나의 아버지라도 생각하지 못했을지 모른다. 세상에 어느 남자가 병자인 나이 많은 딸을 데려가겠는가, 아버지는 상상도 못 하셨을 것이다. 새삼 그의 진실한 사랑에 감동하지 않을 수 없었다.

"미우라 씨가 아야코를 데려간답니다."

어머니가 말하자, 아버지는 멍한 얼굴로 말씀하셨다.

"하지만 여보, 미우라 씨에게는 부인이 있을 게 아니요?"

미우라 미츠요는 그 해에 서른여섯 살이 되었고 나이로 봐서나 그 차분한 태도로 미루어 기혼자로 믿기에 충분했다.

모든 이야기가 사실이라는 것을 알았을 때, 아버지는 눈을 껌벅이며 더 이상 아무 말씀도 하시지 않았다. 세 사람은 각기 자기 생각에 빠져 젓가락 드는 것조차 잊었다.

1월 9일 마침내 그의 형이 정식으로 혼사를 의논하기 위해 방문하였다. 그때 나와 같은 여자를 동생의 아내로서 허락해 주신 미우라의 형님에게 진심으로 감사드렸다.

미우라는 초혼이며 공무원이다. 지금까지 여러 곳에서 혼담이 들어왔는데도, 그때마다 물리치고 나를 기다렸다.

만일 내 동생이 나을지 안 나을지도 모르는 연상의 병자를 기다리겠다고 한다면 난 어떤 말을 할까?

"그런 꿈같은 일이 실현될 수 있겠니? 너도 나이 더 들기 전에 다른 건강한 사람하고 결혼이나 해라."

틀림없이 그렇게 말했을 것이다. 나와 친구 의사도 우리의 결혼에는 결사반대했다. 그 친구는,

"우선 몸이 견뎌낼 수 없다고."

하고 위태롭다고 했다. 또 어떤 목사는 이렇게 말씀하셨다.

"결혼은 현실입니다. 꿈같은 소릴 하면 안 돼요."

완전히 남인데도 내 건강을 먼저 걱정하고, 그를 위해 조언하는 말이다.

남들도 옆에서 보기에 얼마나 안타까웠는지 노심초사한 모양이었다. 그러나 그의 형은 이렇게 말했다고 한다.

"서로 좋아하는 사이라면 결혼하여 사흘 만에 죽는다 해도 무슨 여한이 있겠습니까?"

어려서 아버지를 잃은 미우라는 형이 아버지 역할을 대신하고 있었다. 이 따뜻한 말씀에 우리는 얼마나 큰 힘을 얻었는지 모른다.

마침내 두 집안의 허락으로 약혼식은 1월 25일에 올리기로 하였다.

우리는 먼저 교회에서 교회 신자들 앞에서 언약식을 올렸다. 두 사람의 언약식을 하나님의 이름으로 축복하고 결혼에 이르기까지 순결하고 진실하게 살아갈 수 있도록 곁에서 지켜보겠다고 기도를 올렸다.

우리 두 사람도 순수하게 교제하면서 남편이 되고 아내가 되는 날을 위해 더 깊이 신앙생활에 힘쓰자고 맹세했다.

약혼식 날인 1월 25일은 일요일이었다. 하나님 앞에서 혼인을 맹세하고 목사님이 기도해 주셨다. 그리고 우리는 약혼반지가 아니라, 성서를 교환했다.

성서의 속표지에는,

'약혼기념 1959년 1월 25일 미츠요와 아야코'

라고 썼다.

약혼식에 성서를 교환하는 것은 뜻깊은 일이다. 두 사람의 일생을 하나님의 말씀에 따라 인도하시는 대로 따르겠다는 의미이다.

박수받는 우리 두 사람
약혼의 징표로 성서를 주고받으며

그의 집에서는 그의 형 내외가, 우리 집에서는 부모님과 셋째 오빠가 참석했다. 약혼식을 마친 우리는 주례를 서 주실 아사히카와 니조오 교회의 타케우치 아츠시竹內厚 목사님 댁에 이 소식을 알리기 위해 길을 서둘렀다.

내리는 눈이 비가 되고 우박으로 바뀌는 거리를 걷는다
오늘부터 그대는 나의 약혼자

참 이상한 날씨였다. 아사히카와에서는 보기 드문 거센 바람 때문에 눈이 휘날리면서 때리듯 몰아쳤다. 그러다가 금세 비가 되고 또 우박으로 변했다. 두 사람의 앞날이 다난함을 예고하는 악천후 같았다.

그러나 문득 하늘을 올려다보고 놀랐다. 이상한 광경이 펼쳐져 있었다. 땅에는 거센 바람과 눈보라가 몰아치고, 비가 우박으로 변하는 거친 날씨인데도, 하늘엔 태양이 넓은 구름 사이에서 찬란하게 빛나고 있었다.

니시무라 선생에게 들은 말씀이 떠올랐다.

"구름 위에는 언제나 태양이 반짝이고 있습니다."

그때는 정말 그렇다고 생각했다.

우리 두 사람의 앞길에는 어떠한 악천후가 있을지 예측할 수 없었다.

그러나 어떠한 악천후가 우리를 괴롭히더라도 그 검은 구름 위에는 반드시 태양이 빛나고 있을 것이다. 구름은 사라지겠지만 태양은 사라지지 않고 빛을 비출 것이다.

　우리는 태양인 하나님을 결코 잊어서는 안 되리라고 가슴에 깊이 새겼다. 하나님이 우리를 축복하기 위해 날씨를 통해 가르쳐주셨다는 생각에 기뻤다.

　'모든 것을 하나님의 뜻대로 이루어 주시옵소서.'

　밀린 짐 정리하고 개운한 마음으로
　우리는 맞이하리, 희망에 찬 새해를

결혼식
전야

드디어 우리의 결혼식이 5월 24일, 일요일로 결정되었다. 그런데 보름을 앞두고 별안간 열이 39도까지 올라 걱정에 휩싸였다.

미우라는,

"아무것도 새로 장만할 필요 없어요. 이부자리도 지금 덮고 있는 것이면 됐어요."

라고 말했지만, 그래도 난 이것저것 결혼 준비에 힘썼다. 그로 인한 피로 때문이었는지 열은 좀체 내리지 않았다. 진찰을 끝낸 의사는 페니실린 주사를 놓고 클로로 마이신을 복용하도록 해 주었다. 그래도 열은 내리지 않고 계속 올랐다.

사흘이 지나 나흘째가 되니 불안해지기 시작했다. 결혼식까지는 열흘 밖에 남지 않았기 때문이다. 만일 계속 열이 내리지 않으면 어쩐다지? 아무리 안정을 취하고 주사를 계속 맞아도 열은 여전히 높았다.

나와 편지를 주고받던 각지의 요양하는 친구들로부터 연일 결혼 축하 선물과 기념품이 도착했다. 친척 한 분은 대형 거울과 장롱을 보내주셨다.

그러한 물건들에 둘러싸여 누워있으려니 마음은 더 초조해졌다. 이미 결혼식 초대장도 발송했다. 결혼식 채비는 모두 갖춘 셈인데 원인불명의 열이 며칠이나 계속되니, 아버지와 어머니는 당황하기 시작했다.

'필요한 것은 반드시 내려주신다.'

축하 선물인 장롱과 거울을 바라보면서 그렇게 생각했다. 만일 미우라 미츠요와의 결혼을 하나님이 허락하시지 않는다면, 이러한 물품이 내게 주어지지 않았으리라. 그렇게 생각하는 데도 열은 열흘이나 계속되고 보니 차츰 확신이 옅어져 갔다.

앞으로 며칠 안에 열이 내린다 해도 예식을 감당할 체력이 남아있지 않을지도 모른다. 그렇다면 이 결혼은 하나님이 허락하시지 않는 것인지도 모른다. 차츰 비관적으로 되어갔다.

그러나 미우라만은 태평했다.

"반드시 예정대로 결혼식을 올릴 수 있어요, 우리를 결합해 주신 하나님을 믿읍시다."

그의 말에는 확신이 담겨 있었다. 관청에서 퇴근하는 길에 나를 보러 오면서도 그는 한 번도 불안한 내색을 하지 않았다.

정말로 열이 내릴까? 식은 올릴 수 있을까? 나를 믿을 수가 없었다. 결혼식 이틀 전이었다. 나에게는 아직 변화가 없었다. 마침내 아버지는 먼 곳에 사는 친척들에게 결혼식을 연기한다는 전보를 치자는 말까지 꺼내셨다.

이렇듯 나는 마지막까지 부모님께 걱정을 끼쳐드린 불효자식이었다. 아버지 말씀에 나도 동의했다.

그러나 미우라는 염려할 것 없다며 태평하게 말했다. 그러나 난 여전히 불안했다. 결혼식 날이 되어 내가 일어나지 못하면 어쩌나? 축하객이며 먼 데서 달려온 친척은 어쩔 것인가? 생각할수록 걱정이 태산이었다.

그러나 미우라의 태도는 바위처럼 굳건했다. 결국 일은 그의 믿음대로 되었다. 바로 예식 전날 열은 거짓말처럼 내렸다. 페니실린으로도 클로로 마이신으로도 변화가 없던 열이 말끔하게 내린 것이다.

이것은 기적이었다. 더구나 열흘 동안 열이 계속되었는데도 몸의 마디 마디까지 풀어진 듯 피로감이 완전히 가셨다. 부모님은 기뻐하셨다. 나는 나약한 신앙심을 부끄럽게 생각하지 않을 수 없었다.

'확신을 포기해서는 안 된다. 확신에는 커다란 보답이 따른다.'
라고 성경에 씌어 있는 말씀을 잊고 있었다.

하나님은 내 결혼에 가장 필요한 하나님에 대한 완전한 신뢰를 기대하 셨는지도 모른다. 그러나 난 그 신뢰를 망각하고 그저 일신만 걱정하였다.

'모든 일을 하나님의 뜻대로 이루어 주시옵소서. 우리의 눈에 나쁘게 보이는 사건에도 감사하는 마음으로 따르게 해주십시오.'

하나님이 하시는 일에 순종하는 신앙, 그것을 가졌다고 난 자신만만하 였다. 그런데 밤낮 계속되는 고열로 말미암아 허물어지고 말았다.

비로소 나는 새삼 하나님이 하시는 일에 감사함을 느꼈다. 그리고 결혼 을 앞두고 오로지 물질적인 준비에만 마음이 빼앗겼음을 부끄럽게 생각 했다.

가장 소중한 하나님에 대한 믿음을 잊고 분주하게 나날을 보내는 나에게 하나님은 보름 동안이나 원인을 알 수 없는 고열을 내린 것이다. 나는 미우라의 신앙에 기대어 결혼식을 하는 기분이 들어 진심으로 부끄럽게 생각하였다.

약혼기념으로 교환한 성경책을
열여섯 해 아침마다 둘이서 읽어왔네

바람 한 점 없는
포근한 봄밤

5월 24일 아침이 밝았다.

결혼식 전날 아사히카와에서는 보기 드물게 매서운 바람이 불었다. 이곳 5월의 바람은 차다. 이 추위를 웨딩드레스가 막아줄 수 있을지 난 걱정하였다. 그런데 결혼식 날은 아침부터 땀이 날 만큼 온화하고 바람 한 점 없이 포근했다.

긴 병을 치르고 난 나를 축하하기라도 하듯 아주 청명한 봄날이었다. 그전에도 이렇게 찬란한 5월의 봄날은 한 번도 없었다고 해도 지나치지 않다.

결혼행진곡이 울려 퍼지는 교회당으로 들어선 나는 그와 함께 한 걸음 한 걸음 단상 앞으로 나아갔다.

내가 가는 길 언제 어떻게 될는지 알 수 없지만
주님은 항상 돌보아주시네

우리 둘이 고른 찬송가를 참석자 모두와 함께 불러 교회 안에 울려 퍼졌다. 신랑인 그는 서른다섯, 신부인 나는 서른일곱, 둘 다 초혼이다. 그것만으로도 여느 젊은이들의 결혼과는 다르다는 것을 하객들은 틀림없이 느꼈을 것이다.

더구나 축하객 모두 나의 오랜 요양 생활을 너무나 잘 알고 있다. 두 사람의 부모, 형제, 친척 외에 내 친구들도 자리를 함께해주었다.

지난날 자살 시도를 했다가 미수에 그친 리에, 내 결혼을 반대했던 의사 친구, 병상에 누워있는 나에게 익명으로 송금해 주던 제자 하시모토 나리오, 변함없이 내 병상을 찾아주던 사람들, 포럼 일을 도와주는 사람들, 그리고 나를 그리스도에게로 이끌어준 죽은 마에카와 타다시의 어머니 마에카와 부인, 이들은 모두 온갖 생각을 떠올리며, 우리 두 사람의 결혼을 축복해 주었다.

이따금 강한 카메라 셔터 불빛이 터졌다. 지난날의 병실 동료로 지금은 크리스천이 된 쿠로에 츠도무의 형님이 오랜 병상에서 해방된 나를 축하해 주기 위해 8밀리 영사기로 촬영 중이었다.

"앓고 있을 때나 건강할 때나 신랑은 아내를 사랑하겠는가? 또 신부는 남편을 사랑하겠는가?"

오늘의 주례인 나카시마 마사아키 목사님의 말씀에 우리는 마주 서서 고개를 깊이 숙였다. 순간 생각했다. 그것은 건강한 사람들이 나누는 맹세 아닌가. 신랑 미우라 미츠요는 한 번도 나의 건강한 모습을 본 적이 없다.

그가 사랑한 신부는 침대 곁에 변기를 두고 침대에 누워있던 병자인 내가 아닌가. 그는 앓고 있는 나를 헌신적으로 사랑하며 햇수로 5년이나 기다려주었다. 깊은 감동의 물결이 나의 마음을 겸허해지도록 만들었다.

지금 진심으로 그의 좋은 아내가 되겠다고 어린아이 같은 순수한 마음으로 하나님 앞에서 맹세하고 있다.

식이 끝나자 예배당 아래층 유치원 강당에서 피로연이 열렸다. 작은 홀은 120여 명의 하객으로 넘칠 듯했다. 축의금은 백 엔으로 케이크를 담은 종이 접시와 홍차뿐인 간소한 피로연이었다. 그러나 참석해 주신 분들은 한결같이 진정이 어린 축하를 해주었다.

맨 먼저 중매인 격인 카케우치 아츠시 목사님이 인사 말씀을 해주셨다. 목사님은 되도록 이 피로연을 빨리 끝마쳐 몸이 약한 두 사람을 해방해 주자고 말씀하셨다.

그동안 내가 소속한 교회의 담임목사로 우리의 건강을 오늘에 이르기까지 늘 염려해 주시는 고마운 분이시다.

이어 마에카와 부인이 교회 신자를 대표하여 자리에서 일어섰다.

"아야코 씨, 진심으로 축하합니다. 이렇게 건강한 날이 올 줄 꿈에도 생각지 못했습니다. 뭐라고 말씀드려야 좋을지, 믿기지 않는 기적인 것만 같아서…."

눈물과 함께 떨리는 부인의 목소리는 거기서 뚝 끊어졌다.

깜짝 놀라 얼굴을 들었다. 부인은 눈에 눈물을 가득 담고 입술을 깨물며 격한 감정을 억누르고 계셨다. 나는 손에 들고 있던 꽃다발에 얼굴을 묻었다. 몇 번이고 절을 하며 떠나던 마에카와 타다시의 마지막 모습이 눈에 선했다.

나와 그의 관계를 아는 사람이라면 부인의 눈물이 어떤 의미인지 알고도 남을 것이다. 마음속으로 마에카와 타다시에게 말했다.

'타다시 씨, 고맙습니다. 난 미우라 씨와 결혼했습니다!'

리에가 했던 말이 뒤이어 떠올랐다.

"아야코 언니, 언니의 결혼을 제일 먼저 기뻐해 주실 분은 타다시 씨일지도 모르겠네요."

그리고 어젯밤에 어머니가 전해 주신 니시카와 이치로의 결혼선물을 생각했다. 이미 죽어서 이별한 사람이나 살아서 헤어진 사람도 모두 아름답고 진실한 사람들이었다.

미우라 미츠요도 그들 못지않게 다정한 사람이다. 아무 쓸모도 없는 병자인 나를 하나님은 많은 사람을 통해 사랑하며 이끌어주신다고 새삼 느꼈다.

밤에는 철도회관에서 집안 식구끼리 검소한 자축연회를 열었다. 아침부터 밤까지 나를 보살펴 주던 장미 미용실의 미용사가 말했다.

"지금까지 여러 번 신부 시중을 들었는데, 오늘처럼 감격적이지는 않았어요. 평생 잊지 못할 거예요."

그날 밤 여덟 시가 지나 우리는 미우라의 형과 의동생의 안내를 받으며 신방으로 들어갔다.

신방이라고는 하지만 헛간을 개조하여 만든 다다미 아홉 장짜리 한 칸에 넉 장 정도의 부엌이 딸린 조그마한 집이었다.

손을 뻗으면 천정에 닿을 듯한 한 칸짜리
우리가 처음으로 살림 차린 집은

훗날 미우라가 노래로 읊었던 바로 그 집이다. 이 집의 천장 위 다락방
은 이웃집 창고로 연결되어 있고, 벽 하나를 사이에 둔 그쪽 방 역시
헛간이었다.

우리 방 지붕 끝은 이웃집 헛간
나막신 달각거리는 소리가 들린다

벽 저쪽 이웃집 헛간에 밤은 깊어
마른 장작 끌어 내리는 소리 들린다

훗날 미우라는 이렇게 읊었다.
헛간이든 단칸방이든 천정이 낮든, 우리에게는 아무런 장애가 되지
않았다.
늦은 밤 미우라의 형과 의동생도 돌아갔다. 이제 우리 둘만 남자, 미우
라 앞에 단정하게 두 손을 짚고 인사를 올렸다.
"보잘것없는 여자입니다만, 앞으로 잘 부탁드립니다."
"저야말로 잘 부탁드리겠습니다."
미우라도 공손하게 인사를 받았다. 그리고 둘은 진정이 어린 감사의

기도를 하나님께 올렸다.

오늘 결혼식에서 불렀던 찬송가처럼 우리의 앞길은 언제, 어떻게 될지 예측할 수 없다. 그러나 어떤 경우에도 우리는 신앙의 발판 위에 굳건히 서서 진실하게 살아가자고 맹세했다.

포근한 바람 한 점 없는 봄밤이었다.

죽는 날을 함께 하는 예감 속에 이루어진
교회 안 결혼식 신부 앞 맹세

결혼행진곡 울리는데 팔짱도 끼지 않고
서둘러 퇴장한 조급하던 이 마음

바로 어제 시집온 아내와 뜰에 나가
파랗게 피어오른 호도 꽃을 보았다

옮긴이의 말

감성 작가感性作家로 알려진 미우라 아야코三浦綾子는 일본의 여류작가로 정상 자리를 굳히고 있고, 또 반전反戰 평화주의자이기도 하다.

그녀가 문단에 데뷔한 것은 20여 년 전으로, 연륜에 비해 퍽 늦은 출발이었다. 그러나 그녀가 발표한 수많은 작품은 우리나라에도 이미 번역 출판되어 그를 아는 독자들은 많으며, 세계 여러 나라에서도 번역 소개되고 있다.

그녀의 작품에는 종교적 냄새가 물씬 풍긴다. 이것은 그녀가 독실한 그리스도교 신자라는 점도 있겠지만, 그보다는 그녀가 어렸을 적부터 지금까지 오로지 인간으로서의 애환과 인생의 유전流轉을 수없이 겪어온 휴머니스트란 점에 더 큰 까닭이 있을 것이다.

이 책에 수록된 산문들 가운데 실린 단가短歌들 역시 그런 면에서 읊어진 것이 대부분이며, 그녀의 이 시들에 대한 느낌을 선명하고 간결하게 표출시켰다.

단가라 하면 우리나라의 시조時調와 유사한 형식의 가곡으로서, 한시漢詩에 그 원류를 두고, 그것을 현대화한 것이다.

그녀는 이에 대해 하나의 장편소설, 또는 꽁트라고 이름하면서 인간의 절규라고 규정한다.

그녀는 올해로 65세, 역자가 일찍이 방일訪日 기회가 있어서 그녀를 만났을 때는 회갑을 앞둔 때였다. 인생으로서는 만년에 접어든 그녀였지만, 소녀같이 맑고 청순한 모습에 유난히 맑은 눈빛에는 언제나 미소가 감돌고 있었다. 이때 그녀는 사랑을 강조했다. 물론 그 사랑은 이성 간의 사랑뿐 아니라 보다 큰 의미의 인류애를 말하는 것이리라.

나는 그때 우리나라 관습대로 할머니라고 불렀다가 가벼운 핀잔을 받았던 일이 생각난다.

백발이 성성한 그녀를 보고 한 말이었는데, 그녀는 웃으며 '이건 염색한 건데요!'라며 티 없이 웃던 앳되기만 하던 그 얼굴에 난 지금도 미안한 마음이 있다.

그리고 그녀는 애써 칼럼에 대해서 부정적이었는데, 요 몇 년 동안에 몇 편의 칼럼집을 발표하였다. 아마도 회갑을 지냈기에 이젠 쓸 수 있다는 생각에서일 것이다.

그녀의 근간인 「길은 있었네」가 바로 이 책인데, 저자의 양해를 얻어 「나에게도 길은 있었네」로 책명을 바꾸었음은 독자분의 양해를 구한다.

여기에 실린 작품을 대하자 반갑기 한량없어 주저하지 않고 번역에 손을 댔다. 그동안 그녀가 살아온 삶의 모습이 그대로 투영된 글은 하얀 겨울과 같은 투명함과 싸늘함을 동시에 느끼게 해 준다.

이 책을 읽는 여러분의 인생 지표에 조금이나마 도움이 된다면 감사할 따름이다.

끝으로 이 책이 번역 출판되기까지 동지적 입장에서 뒷받침해주신 출판사 문지사 홍철부 사장과 편집부 여러분께 감사드린다.

옮긴이 드림